文庫

カメラ・オブスクーラ

ナボコフ

貝澤哉訳

kobunsha classics

光文社

Title : КАМЕРА ОБСКУРА
1933
Author : Владимир Набоков

目次

カメラ・オブスクーラ

I

一九二五年頃、かわいらしくて愉快な生き物が世界中を席巻《せっけん》した――今ではもうほとんど思い出されることがないが、当時は、つまり三、四年のあいだは、世界のいたるところであまねくその姿を見ることができたのだ――アラスカからパタゴニア、満州からニュージーランド、ラップランドから喜望峰にいたるまで、ようするに色刷りの絵葉書が届くところならどこにでも――。この流行《はや》りの生き物にはかわいい名前があった。チーピーだ。

彼（正確には彼女）の誕生は生体解剖の問題と関係があった。ニューヨーク在住の漫画家ロバート・ホーンは、あるとき、たまたま知り合った男――若い生理学者――と朝食をとっていた。生きた動物の実験に話がおよんだ。生理学者はいかにも繊細なタイプで、研究室特有の悪夢めいた空気にまだ馴染《なじ》んでいなかったので、ふつうなら、ふさふさした手ざわりとぬくもり、魅力的なしかめっ面で人の心を和ませてくれるあの動物たちにたいして、科学がたんに手の込んだ虐待をやらかすのみならず——まるで熱に浮かされたように——生きたまま磔《はりつけ》にし、実際に必要な数よりはるかにたくさんの個体を切り刻むのだ、という考えを表明した。「どうでしょう」彼は言った。「あなたは雑誌のために、面白いテーマならなんでもかんでも、もののみごとに描いて見せるわけですから、塗炭《とたん》の苦しみをなめている小動物、たとえばモルモットなんかをとりあげて、なんというか、流行の波ってやつにでも乗せてやればいいじゃないですか。その絵に添える面白おかしいキャプションを考えてくださいよ、ちらっとでいいから、モルモットと実験室の悲劇的なつながりをそれとなく匂わせるようなやつをね。ユニークで楽しいキャラクターを創るだけじゃなく、だれもがかわいがりたくなるようなある種の後光で、モルモットを包むこともできるんじゃないかなと思いますし、それが実際は愛くるしいこの生き物の不幸な運命に、大方の注意を向けることになるでしょう」。「どうかな」ホーンは答えた。「どっちかっていうとラットのイメージだな。まあどっちでもいいさ。メスで切られてぴいぴい喚《わめ》いていればいいんだよ」。けれど、この会話からひと月ほどたったある日、イラスト雑誌の出版社に依頼された連載シリーズのテーマを考えているときに、あの感受性過多な生理学者のアドヴァイスが浮かんできた——そしてその夜のうちにたいした苦労もなくさっそく誕生したのが、初代モルモットのチーピーだった。読者をすぐさま夢中に、いや夢中どころか——すっかり魅了してしまったのは、この輝くビーズのような瞳をもった生き物の茶目っ気たっぷりな表情、まるまるした体つき、むっちりしたお尻とすべすべしたこめかみ、リスみたいに後脚で立つしぐさ、黒、コーヒー色、金色のすてきなまだら模様だったが、なかでも大切なのは、とらえどころがないけれど、おかしくて心惹かれるような部分、ファンタジックだが、きわめてかっちりした生活感なのである——。ホーンは、この動物の姿のなかにカリカチュア風の輪郭線を見出すことに成功したわけだが、こういう輪郭線は、対象のなかのいちばん面白おかしいものを一つ残らず暴き出して誇張しながらも、同時にそれをなんだか人間たちに似た姿に近づける効果があるものなのだ。描かれた姿は、はじめのうちはこんなふうだった。齧歯類《げっしるい》の頭蓋骨（「Cavia cobaja」のラベルが貼られている）を両脚でつかんで「かわいそうなヨリック！」と嘆くチーピー。実験室の台にあお向けに寝て、はやりの体操をしようとしているチーピー――脚を頭の後ろに伸ばすのだ（あの短い後脚でこれほどのことができるなんて想像できようか）。立ったまま、ありえないほど細いはさみでのんきに爪を切っているチーピー――まわりにはランセット、綿、針、紐みたいなものが散らかっている……。けれど、わざとらしい手術のほのめかしは、早々になりをひそめ、チーピーはもっと別のシチュエーションや予想だにしない状況で姿を見せるようになった――チャールストンのステップも無難にこなすし、真っ黒になるまで日焼けもする。ホーンは複製画や色刷り絵葉書、アニメの原画でみるみるうちに金持ちになり、さらにチーピーの立体像でも稼ぐようになったのだが、それというのもぬいぐるみや布製、木製、粘土製のチーピー人形への需要がすぐさまあらわれたからだった。一年もたつと世界中がチーピーに夢中になってしまった。生理学者は、自分がホーンにモルモットのアイディアを教えたのだと一度ならず世間に公表したものの、だれにも信じてもらえず、それを言うのをあきらめた。

一九二八年初頭のベルリンで、絵画の鑑定家ブルーノ・クレッチマーは、その道では相当の通人ではあったのだろうが、人並はずれているとまではお世辞にも言えない人物だったが、どうでもいいような、はっきり言ってくだらない事柄のエキスパートとなる破目におちいった。人気画家のコックが映画女優ドリアンナ・カレーニナの肖像画を描き、化粧品会社が広告としてその複製を口紅のポスターに使用する権利を得た。その肖像画でドリアンナは肩をあらわにし、ばかでかいぬいぐるみのチーピーを抱きしめていた。ホーンはニューヨークからただちにその会社を訴えた。

この件の関係者全員にとって、結局のところ重要なのはただ一つ――騒ぎをより大きくすることだった。絵や女優は話題になり、口紅は売れ、チーピーのほうもまた、もはや冷めかかった人気をとりもどすために、やはり宣伝を必要としていたわけだが、ホーンの新しいイラストではつつましく目をふせ、一輪の花を手にした姿で登場し、そこに簡潔なキャプションが添えられていた。「Noli me tangere.［ラテン語で『私にふれないで』の意］」

「どうやら、自分の獣を愛しているんだな――あのホーンという男は」。あるときクレッチマーは、妻の弟マックスにむかって言ったが、この相手ときたらでっぷり太った無類のお人好しで、襟足からはたるんだ皮膚が吹き出物だらけの襞《ひだ》になってはみ出ているのだった。「じゃあなにかい、義兄《にい》さんはその人と知り合いってわけかい」マックスはたずねた。「知り合いのわけがないだろう。いったいどうやったら知り合えるっていうんだね。この男はアメリカ在住なんだから。この件じゃ彼は勝訴するだろうな。もしこのご婦人よりも例のちいさな獣のほうが見る者の関心を惹くってことが証明できればね」――「どの件ですって」クレッチマーの妻アンネリーザが聞いた。自分もその場で聞いていたはずなのに、もうさんざん話題にのぼった事柄をいちいちわけもなく蒸し返そうとするこの女の癖は、話をろくに聞いていなかったからというより、むしろ、物を考えるとき神経質になるせいだった。場違いな質問をするとき、アンネリーザは、たいていの場合、まだ話の途中で言葉を追いかけている最中なのに、自分はもうとっくに答えを知っているのだと思い込むのである。夫はこの癖をじゅうぶんに心得ており、だから妻が彼を怒らせることなどまったくなく、ただ優しさやおかしさをかきたてられるだけだったから、夫は、質問には答えず、待ち構えるような微笑みを口元にうかべて会話を続け、するとその期待はふつう実現されることになる――つまり、妻はほとんど間髪《かんはつ》を入れずにみずから自分の問いに答えるのだ。ところが今回、まさにあの日、三月のあの日、奇妙でひそかな経験に恐れおののき、もうすでに一週間もそれに苦しめられていたクレッチマーは、突如として猛烈な苛立《いらだ》ちにとり憑《つ》かれたのだった。「なにを言ってるんだおまえは、月から降ってきたわけじゃいてあるまいし』。彼は嘆息し、妻は手を振って言った。「あらそういえば、まえに聞いていたわね」――「そんなに慌てちゃだめよ、この子ったら、そんなにがつがつしないでね」――ここで妻が八歳になる娘のイルマに声をかけたのは、娘が出されたチョコクリームにわき目も振らずぱくついていたためである。「法律的に見れば……」煙草をふっと吐き出しながらマックスが口を開いた。クレッチマーは思った。『このホーンて奴だのマックスの意見だのチョコクリームだのなんて、ぼくにはどうでもいい……。なにかありえないことがぼくのなかで起こっている。ブレーキをかけて、自分を見失わないようにしなくては……』

それはまったくもってありえないことだったのだ――ありえない理由は、クレッチマーは九年の結婚生活のあいだ、妻を裏切ったことなど一度もなかったからである――すくなくとも裏切りを行動に移したことはけっしてなかった。『実のところ』と彼は考えた。『アンネリーザになにもかも話したものだろうか、それとも、なにも話すべきじゃないのだろうか、あれと一緒にしばらくベルリンを離れたほうがいいのか、あるいは催眠療法士のところにでも行ったほうがいいのか、はたまた、どうにかしてあの女の息の根を止めてこの世から消してしまえばいいのか……』。それはばかげた考えだった。実際のところ、女に一目惚れしたからというだけで、ブローニングを手にとって、知りもしないその女を撃つなど無理な相談だろう。

II

クレッチマーは、見た目は魅力的だし、人づき合いも快活にこなすし、碧《あお》いくるくるした瞳がきらきら輝き、話しぶりも目に見えるようにいきいきしていて（彼にはかすかな吃音があって、それが彼の言葉に魅力を与えていた）、そのうえ父から土地や金を相続してさえいたのに、よくよく恋愛運に恵まれず、つきもなければうまくいったためしもなかった。学生時代、この男は年配の女と関係を持ったが、そのご婦人はうっとうしくなるほど彼に熱をあげ、のちに戦争がはじまると、前線にいた彼にソックスや綿入れ上着や、ざらざらの黄色い紙に書いた長くて情熱的で読みづらい手紙を送ってよこしたものだった。次はある医者の妻との情事で、その人はかなりの別嬪《べっぴん》で物憂げなか細い女だったが、言うもけがらわしい婦人病を患っていた。その次はバート＝ホンブルクでのことだ――すばらしい歯をしたロシアの若いご婦人だったが、ある夜、口説き文句に答えて不意に言った。「私は入れ歯なの。寝るときにははずすのよ。お信じにならないのなら今お見せしましょうか」。「けっこうですよ。なにもそんな」クレッチマーはつぶやくと、翌日にはそこを旅立った。最後にベルリンでは、ねちっこい不器量な女が週に三回泊まりにきて、自分の過去をなにもかも洗いざらい延々と語っては同じことを何度も何度も蒸しかえし、彼に抱かれながら退屈したようにため息をついては、自分が唯一知っているフランス語をくり返すのだ――「C'est《セ》 la《ラ》 vie.《ヴィ》［人生はこんなものよ］」。およそうまくいったためしのない、ぱっとしないこうしたロマンスのあいまに、またその最中にも、彼が憧れを抱きながらも知り合うことがどうにもかなわぬまま、かたわらを通り過ぎ、耐えがたい喪失感を一両日のあいだ残してゆく女性たちがごまんといた。

彼は結婚した――妻を愛していたからというわけではなく、なぜか妻には心ときめくことがあまりなかったのだ。彼女は劇場の興行主の娘で、かわいらしく、褪《さ》めた色の髪をしたお嬢さんで、瞳の色は薄く、眉間《みけん》には吹き出物があった――彼女の肌はあまりに柔らかく、かすかに触れただけでもバラ色のあとが残るほどだったのだが、彼が結婚したのは成り行きだった——またとないきっかけをつくったのは、彼女とその弟、それになんだかやたらと体力抜群な叔母との山岳旅行だったが、結局叔母さんはポントレジーナで足を骨折してしまった。アンネリーザにはどこか愛らしい、軽やかなところがあって、水がひたひたとあふれてこぼれだすような、すてきな笑い方をするのだった。二人はミュンヘンで式を挙げたが、それというのもベルリンの知り合い連中が大挙して押し寄せるのを避けたかったからだ。マロニエが花をつけていた。妻にはかすかなちいさい傷があった——盲腸の痕である。

この女《ひと》はやさしく、従順で物静かだったが、ごくまれに恥ずかしそうで神経質な情欲の発作に見舞われることがあり、そういうときクレッチマーは、ほかの女性などだれもいらないという気持ちになった。やがて妻は妊娠してよたよたと歩くようになり、雪が大好物になり、だれも見ていないと、柵の上やベンチの背もたれに積もった雪を掻《か》き集めては両手いっぱいにのせ、頬張るようになった。彼は妻にたいして悶《もだ》えるような、息がつまるほどひそやかな愛《いと》おしさを感じ、面倒をよく見た——夜更かししないように、急な動きをすることがないように——でも、毎夜彼が夢に見るのは、どこかの年若い半裸のヴィーナスたちがいるがらんとした砂浜で、妻が追ってくるのではと思うと、いても立ってもいられないほどびくびくするのだった。毎朝アンネリーザは円錐の形になった腹を鏡に映してながめ、満足げでなぞめいた微笑みをうかべていた。ついに妻は病院に運ばれ、クレッチマーは三週間ほどもひとり暮らしとなって、自分をもてあまして悶々《もんもん》とし、二つの事柄で気がふれんばかりになった。一つは妻が死ぬかもしれないという考えから、もう一つは自分がこんな臆病者でなかったら、どこかのバーで女を見つけてひとり寝のベッドに連れ込むこともできたろうにという考えから。

妻のお産は延々と時間がかかり難産となった。クレッチマーは病院の白くて長い廊下を行ったり来たりし、トイレに煙草を吸いに行ってはまたふたたびうろうろ歩き回って、白衣をシュッシュッと鳴らす血色のよい看護婦たちがいつも彼をどこかに追い払おうとするのに腹を立てていた。ようやく妻の病室から助手が出てきて、看護婦の一人に浮かない顔で言った。「やっと終わった」。クレッチマーの目の前を、細かい黒い雨がちらついたが、それはまるでとても古い活動写真のフィルムのちらつきのようだった。彼は病室に飛び込んだ。アンネリーザは無事に重荷から解放されていた。

女の子ははじめのうちは赤くてしわくちゃで、空気が抜けた風船玉のようだった。

やがてその子はしわもぴんと伸びて、一年もたつとしゃべりはじめた。八年たった今では女の子ははるかに口数が少なくなっていたが、それというのも母の無口な性格が遺伝したからだ。――女の子の陽気さも母ゆずりのもので、自分自身であることをうれしがっているような、自分の存在自体をひっそりと楽しんでいるような、独特の控えめな陽気さだった。

そして、この年月のあいだずっと、クレッチマーは妻に忠実だった。彼は自分に裏《うら》表《おもて》があることにはっとしたのであり、人を好きになることができるのだから、妻を心から強くやさしく愛しているのだと感じており――その辺のすてきなうら若い娘たちを自分のものにしたいという、ひそかな、しかしどのみち無理な、意味のない渇望以外の事柄については、妻に隠し事など一つもしていなかったのだ。妻は彼の手紙を、出したものも受け取ったものもひとつ残らず読んでいたのだが、それというのも世間的なことに好奇心旺盛だったからで、絵画オークションや鑑定、展覧会などについて相当こまごまとした事柄にいたるまで微に入り細を穿《うが》って夫にたずね――そしてそのあとにお定まりのとぼけた質問をして、自分でそれに答えるのである。イタリアや南仏など外国への旅行はとてもすばらしいものだった。イルマが小児疾患に罹ったこともあった。さらに、妻といっしょにバルコニーに腰掛けて、自分は分不相応なほどに幸せだと感じる、おだやかですてきな夕べもあった。だが、こうした落ちついた月日ののち、静かでおだやかな生活に満ち足りて、四十代も終わりを迎えようとしていたクレッチマーは不意に、少年時代から鬱陶《うっとう》しく彼につきまとってきた、あの信じがたい、甘美で頭がくらくらするような、そしていくぶんか恥ずかしげななにかが、彼めがけて押し寄せてくるのを感じたのだった。

三月のある日（モルモットのことを話す一週間前）、夜十時にカフェで仕事の相手と会うことになっていたので、そこに向かって歩いている最中に、クレッチマーは自分の時計がとんでもないぐらい進んでいて、まだ八時半にしかなっていないことに気づいた。街の反対側にある自宅に戻るのはもちろん無駄だったし、カフェに一時間半も腰かけて、騒々しい音楽に悩まされながら、よそのカップルたちをこっそりのぞき見るなんて、ちっとも気乗りがしないのだった。通りの向こう側には紅《くれない》の電球に照らされた小さな映画館の看板が赤々と輝いていて、甘い木苺《きいちご》色の照り返しで雪を染めていた。クレッチマーはポスターをちらりとながめると（消防隊員が黄色っぽい髪の女を抱えていた）切符を買った。もともと彼は映画には相当に興味があって、この分野で何事かしてやろうとみずからあれこれ画策したことがあるぐらいである――たとえば、もっぱらレンブラントやゴヤ流の明暗だけで映画を撮ろうと企てたりした。広い観客席のビロードのような暗がりに足を踏み入れたとたん（初回の上映が終わるところだった）、懐中電灯の円い光がすぐさま彼のほうに滑りよってきて、なめらかに、軽く傾斜した暗闇にそってすばやく彼を導いた。ところが、電灯が彼の手元の切符へと向けられたとき、クレッチマーはその光を向けてきた女の横顔が照らし出されているのに気づき、その女性のあとについて進みながら、女の体の線や歩き方をおぼろげに見分け、衣擦《きぬず》れで空気が動くのをかすかに感じとった。なかほどにある列の端っこの席に腰をおろしながら、彼はもういちど女性のほうを見つめたが、ふたたび目にしたものにいたく驚嘆させられた――たまたま照らし出された切れ長の目のえもいわれぬきらめきと、その頬のやわらかくとろけるような輪郭線は、まるで暗闇を背景にして描いた名だたる巨匠たちの手になるもののようだったのだ。女性は後ずさりすると暗闇にまぎれて消え、クレッチマーは不意にむなしさと寂しさに襲われた。今スクリーンを眺めても、なんの意味もない――どちらにしろ、それは彼がまだ知らない事件が、わけもわからず解決されてゆくだけだからだ（……肩幅の広いどこかの男が、後ずさりする女のほうに手探りで歩いてゆく……）。もし映画を最初から全部見れば、わけのわからないこの登場人物たちや、わけのわからない彼らの行動が理解できるようになって、まったく違ったふうに感じられるはずだなんて、考えるのも妙なことだった。『どうなんだろう』クレッチマーは不意にこう思った。『だいたい座席係の娘《こ》たちは映画を見てるんだろうか、それとももうとっくにうんざりしちまっているのかな』

ピアノの音が止み館内が明るくなると、彼はまたあの女性に目をとめた。女性は今引き開けたばかりのひだのある暗幕をまだ手にしたまま出口に立っていて、そのかたわらを、光の醍醐味でもう満腹という人々が押しあいへしあいしながら通り過ぎてゆく。女性は片手を前掛けのポケットに突っ込んでいた。クレッチマーは彼女の顔をまっすぐ見つめてなぜかおどおどした。魅力的な、身悶えしたくなるほどに魅力的な顔立ちだ。その顔は、おそらく疲れ以外にはなんの表情も浮かべていなかった。見たところ十五、六だった。

映画館がほとんどからっぽになって、元気に目を輝かせた人々が押し寄せてくるようになると、女性は何回かすぐそばを通ったが、まぢかで見るとよけいに愛くるしいのだった。彼は顔をそむけると、あらぬ方へ目をそらした。というのも、女性をずっと見つづけるのがあまりにつらかったからで、これまで彼のそばを美が何回通り過ぎて、跡形もなく消えていったかが思いやられた。

彼は暗闇のなか、くるくるした瞳でスクリーンをじっと見つめ、半時間ほどで席を立った。女性は彼のために暗幕のひだを持ち上げた。『見えたぞ』彼はいくばくか失望を感じながら思った。彼には、女性の唇がかすかにぴくっとしたように見えた。女性はひだを下ろした。クレッチマーは外に出て、木苺色の水溜りに足を踏み入れた——雪は解け、夜は生暖かい風でじめじめしていた。

三日後、彼は我慢しきれなくなり、恥ずかしさや苛立ちにくわえて、ぼんやりと心に響きわたるある種の歓喜を感じながら、ふたたびアルグス座へと向かい、またしても上映回の終わりに行き当たった。なにもかもが最初の時とおなじだった。電灯、ルイーニ風の切れ長の目［ベルナルディーノ・ルイーニはルネサンス期イタリアの画家。薄目をあけた女性像で知られている］、空気の動き、暗闇、そして、暗幕をさっとはねけるうっとりするような手の動き。『今日だけでも、一ダースものドン・ジュアンがあの娘と知り合ったかもしれないんだ』クレッチマーはそう考えると途方にくれた。

スクリーンでは、チュチュを身にまとったモルモットのチーピーが、ロシア・バレエの真似をしてはしゃぎまわっていた。続いて上映されたのは、日本の風物を映した『桜の咲くとき』だった。映画館を出ようとして、クレッチマーはあの娘が自分のことをわかるかどうか確かめたくなった。彼は娘の目線をつかまえることができなかった。雨が降り、赤いアスファルトが光っていた。

もし彼が、以前ならけっしてしなかったこと——ちらりと現れては消え去る美を押しとどめようと、すぐには降参しないで、ちょっとばかり運命に楯突《たてつ》こうとするようなことを実行しなかったなら——つまりアルグス座にふたたび行かなかったならば、おそらく彼は、退却の時期を逸することはなかっただろう。今となってはもう手遅れだった。三回目に来たときには彼はあの娘ににっこり笑顔を見せようと固く心に決めていたのだが、あまりに心臓がどきどきしたためにタイミングをはずしてしまい失敗に終わった。次の日、義理の弟が昼飯時に現れ、ちょうどホーンの訴訟のことを話していて、幼い娘が意地汚くチョコクリームにかぶりついていたときに、妻があの間抜けな質問をやらかしたわけである。「なにを言ってるんだおまえは、月から降ってきたわけじゃあるまいし」彼はそう言って、遅ればせの笑顔を見せて、いらついた口調をやわらげようとした。食事が済むと彼は、広々としたソファに妻とならんで腰をおろし、いちいち軽いキスをして『婦人《ディ・ダーメ》』誌を読んでいる妻の邪魔をしては、声を出さずに心の中で思うのだった。『なんてばかばかしい……。だってぼくは幸せなんだからな……。これ以上なにが要《い》るっていうんだ。もうあそこには絶対行くまい』

III

その娘はマグダ・ペータースといい、掛け値なしにまだ十六だった。両親はアパートの管理人を稼業にしていた。戦争で頭部を強打した父はもう白髪まじりだったが、いつも頭をぴくぴく動かし、ちょっとしたことで激昂《げきこう》するのだった。母はまだかなり若かったけれど肌はたるみ、冷淡で乱暴なうえ、その手のひらときたら、いつびんたを飛ばしてもおかしくなく、普段はスカーフで頭をきつく覆っていて、それは仕事中に髪が埃をかぶるのがいやだったからなのだが、土曜の大掃除（機転をきかせてエレベーターにくっつけた掃除機をおもに使っていた）が終わると、着飾ってお向かいさんにお呼ばれに出かける。借家人たちはこの女に眉をひそめていたが、それは横柄な態度で、入ってきた者にマットで足を拭けだの、床の大理石張りのところ（そんなに広くもないのだ）を歩くなだのと指図するいかにも杓子定規なやりかたが、どうにもしゃくにさわるからだった。女は夜毎、おとぎ話のようにきらびやかで、砂糖みたいに純白の階段や、すでにその頂上に登りつめた小さな人影を夢に見るのだが、その人物は階段の一段一段に、黒々とした大きな靴底の跡を残すだけなのだった、左、右、左、右というぐあいに……。それはつらく苦しい夢だった。

オットーはマグダの兄だが、妹より三つ上で、自転車工場に勤めており、父親の小市民《ビュルガー》的な共和主義を小馬鹿にしていて、その辺の酒場に腰をすえ、政治のことをあれこれ議論してはこぶしでテーブルをどんと叩き、嘆くのだった。「人間様にまずもって必要なのはおまんまにありつくことだよな！」。これが彼にとって重要な公理なのだった――それ自体としてはなかなかに正しいのだが。

子供のころ、マグダは学校に通っていたが、そこで過ごすほうが楽だったし、家ではしょっちゅうわけもなく殴られていたため、ひじを持ち上げて自分を庇《かば》おうとするしぐさが癖になって、いつも自然に出てしまうのだった。だからといってそれは、マグダが陽気で活発な女の子に育つ邪魔にはならなかった。八歳のとき、一階に住んでいた老紳士が、なんの理由もないのにこの子をひどくつねった。そのころの彼女は、男の子たちが舗道のまんなかでうるさく喚き散らしながら駆け回ってサッカーをするのに交ぜてもらうのが好きだった。

十歳で彼女は兄の自転車を乗りこなせるようになり、腕をむき出しにして、編んだ暗い色の髪を風になびかせ、近所の通りを前へ後ろへ猛スピードで駆け抜けながらうれしそうに歓声をあげたかと思うと、そのあとは舗道の端に片足をつっかけて止まったまま、なにか物思いにふけるのだった。十二歳になると彼女はちょっとばかり落ち着いてきたようで、玄関口に立ち止まって、とある住人のもとにいろんな女たちが出入りしていることについて炭鉱夫の娘とひそひそとささやきあったり、通行人たちを眺めては、ドレスや帽子を品評したりするのがお気に入りになった。あるとき彼女は階段に使い古した小さなバッグがあるのを見つけたが、バッグのなかには髪の毛のこびりついた石鹸や、半ダースほどのみだらな絵葉書が入っていた。またあるときは、むき出しになった彼女のうなじにキスしたギムナジウムの生徒がいたが、そいつはつい最近までサッカーで彼女を突き倒そうとしていたやつだった。夜更けにヒステリーをおこしたこともあったが、水をぶっかけられたうえ、しまいにはどやしつけられた。

その一年後には彼女のかわいらしさときたらそれはもう並はずれていて、丈の短い目の覚めるような赤のワンピースを着て、映画に夢中になっていた。向かいの建物に、派手なニットのジャケットをはおった巻き毛の若い男があらわれ、夜にはいつも窓に置いたクッションに肘をついて、向こう側から彼女に微笑みかけた――けれど、すぐにどこかに越してしまった。

のちにこの時期の生活を思い出すと、彼女はなんとも甘くせつない、妙な感覚におそわれるのだった――このあかるく暖かい平和な夜々、商店ががちゃんと錠をかける響き、父親は椅子にまたがってパイプをふかし、まるで何事かを一生懸命に拒否しようとしているみたいにたえず頭をびくんと震わせ、母は隣のアパートの玄関番の奥さん相手に住人たちのおかしな癖をおしゃべりのネタにしていたし（「あたしはそのときその人にこう言ったのよ……そしたらその人はあたしにこう言ったの……」）、フォン・ブロック夫人が網袋を抱えて買い物からもどり、しばらくすると小間使いのリズヴェートがグレイハウンドと剛毛を生やしたおもちゃのような二匹のフォックステリアを連れて通り過ぎる……。陽が落ちてくる。すると兄が仲間を二、三人つれてきて通りすがりに妹のまわりに集まり、マグダは取り囲まれてむきだしの腕をつかまれたりしたが、そのうちのひとりは目がファイト［無声映画時代のドイツの俳優］そっくりだった。沈みかけの陽の名残をとどめる通りはひっそり静まりかえり、ただ、禿頭《はげあたま》の男が二人、向かいの建物のバルコニーでカードをやっていて――その物音が一つひとつ響いてきた。

十四歳になるかならないかのころ、角の文房具店の女店員と親しくなったマグダは、この店員の妹が絵のモデルをしていて、まだ年端もいかない小娘なのに、稼ぎもなかなかのものだということを知った。マグダにはすてきな夢ができた。どういうわけか、モデルから映画の大女優になる道がとても容易に思えたのだ。ほぼおなじころ彼女はダンスを覚え、女友達といっしょに何回かダンスホール『パラダイス』に通ったが、そこではシンバルの音やジャズのビートの響くなか、年配の男たちが彼女になんともあけすけなプロポーズをした。

ある日彼女は自宅前の通りの角につっ立っていた。何度か見かけたことのある、薄い色の髪をオールバックにして風変わりな革ジャンをはおり単車にまたがった若者が、急ブレーキをかけて歩道に乗りつけ、ドライブしないかと誘った。マグダはにっこりすると後ろにまたがり、スカートを直したが、つぎの瞬間にはあまりのスピードに息を詰まらせそうになった。若者は彼女を街外れに連れ出して単車を停めた。それは陽射しの強い夕暮れどきで、蚊が群れをなして飛んでいた。あたりにはヒースや松が茂っていた。単車の若者はシートから降りると、彼女とならんで道端に腰かけた。ちょっと前にはちょうどこんな感じでスペインまで旅して、パラシュートで二、三回飛び降りたのだと若者は彼女に話した。それから若者は彼女の肩を引き寄せてぎゅっと抱きしめると息苦しいほどのキスをしだし、彼女は自分の体のなかが、なにもかもとろとろになって流れ出てしまうような感覚を味わった。彼女は急に気分が悪くなって血の気が引き、泣き出した。彼女は言った。「キスしてもいいけど、そんなにがつがつとやるもんじゃないわ。今日は頭が痛いの。あたしは調子が悪いのよ」。若者は怒り心頭で、マグダを乗せて黙って走り出すと、どこかの通りに彼女を置き去りにした。彼女は家まで歩いてもどった。妹が単車で去るのを見ていた兄は彼女の首筋に拳固を一発お見舞いし、おまけにブーツで蹴りまで入れたので、彼女は転んでミシンにしたたか体を打ちつけた。

冬になって彼女はようやっとあのモデルの女性、つまり店員の妹と知り合えたのだが、頬一面に木苺色のほくろがある、一見いかにもとりすました年配のご婦人とも出会った。その女はレヴァンドフスカといった。このレヴァンドフスカ家の使用人部屋にマグダは住み込むことになった。もうずっとまえからマグダは穀潰《ごくつぶ》しだと罵《ののし》ってきた両親は、やっと娘の面倒を見る必要がなくなったことでせいせいしていた。母親の見るところでは、実入りのある仕事ならなんであれ敬うべきものなのだ。兄は以前よく、貧乏人の娘たちを買い漁る資本家について、憤慨すらまじえてしゃべっていたものだが、このときにはブレスラウに出稼ぎに行っており、レヴァンドフスカ家にひょっこり顔を出すことになるのはもっと後になってから、もっとずっと後になってからのことなのである……。

彼女がはじめてポーズをとったのは、どこかの女学校の広々した教室だったが、やがて本物のアトリエに立つようになり、そこでは女性だけでなく男たちも絵を描いていて、そのなかにはまだ若い連中も交じっていた。とはいえ、なにもかもがいたって節度を保っていた。こげ茶の髪をショートにして素っ裸になった彼女は、カーペットのうえに横向きにすわって、ついた手をまっすぐに伸ばして体を支え――そのため肘のところには皺《しわ》のよった優しそうな目玉ができていた――痩せた上半身をこころもち傾け、物思いに沈むような物憂げなポーズをとり、画学生たちが目線を上下させる様子を上目遣《うわめづか》いにながめ、陰影をつける鉛筆が紙にこすれるかすかな音や、木炭のきいきい響く音に耳を澄ましていた——でもすぐに彼女は、今あの人は自分の太ももを写しているな、あの人は顔を描いているんだな、などと考えるのには飽き飽きしてしまって、たった一つの願いといえばもう、ただ姿勢を変えたいということだけなのだ。退屈した彼女は、なかでもいちばんハンサムな画学生に秋波《しゅうは》をおくりだし、その若者があまりの熱心さに口を半開きにした顔を上げるとかならず、ほんのわずか目を細めるのだった。彼女は若者の気を惹いて、その注意をもっとリラックスしたほかのことに向けることができず、ちょっとばかりご機嫌ななめになった。たくさんの目が注目するなかにただひとり裸でいる自分を事前に想像したときには、ちょっと恥ずかしい気もしたのだけれど、それと同時に、温かい風呂に浸《つ》かっているみたいな居心地のよさもけっこうあるように思えた。実際には恥ずかしさなんてこれっぽっちもなく、ただひたすら辛くて単調なだけなのだ。そこで彼女は退屈をまぎらわそうとありとあらゆる些細《ささい》ないたずらを考えだし、ネックレスをはずさなかったり、口紅を塗ったり、たっぷりシャドウを引いたじゅうぶん色っぽい目元にさらにシャドウを重ねたりし、あるときなど色の薄い胸の先端を深紅色《カーマイン》でちょっぴり目立たせさえした。そのことでマグダはレヴァンドフスカ夫人にきついお仕置きをされるはめになったが、だれかが彼女に告げ口したのだった。

とはいえマグダは、自分がいったいなにをめざしているのか、それほどよくわかっていたわけではない。映画の大女優のイメージははるか遠くでちらついていた。オットセイの毛皮をショールカラーにした豪華なオーバーを着た紳士が彼女をつやつやの自動車に乗せる。彼女は、おとぎ話に出てくるような店のショーウィンドーできらきらと光を放っている、玉虫色で衣擦れの音をさらさらとたてるドレスを買う。何時間も真っ裸ですわりながら、自分がモデルになった肖像画すらもらえないなんて、相当に味気のない定めだった。ある意味で彼女の運命をつかさどるのは映画の神なのだということに本人は気づいていなかった。こういう神がどこかにいて采配を振っているなんて、レヴァンドフスカ夫人が「恋に落ちた田舎者」のことをはじめて口にしたあの春の晩でさえ彼女は思い至らなかったのだ。

「おまえは男なしには生きていけないよ」レヴァンドフスカはコーヒーを飲みながら落ち着きはらって言った。「おまえはおてんば娘でしじゅう飛んだり跳ねたりしてるけど、男がいなけりゃ人生踏み外すことになるよ。その男の人は控えめな田舎の出だからね、誘惑やけがれがいっぱいのこの都会で、やっぱりつつましい女性をもらいたいと思っているのさ」

マグダはひざのうえにレヴァンドフスカ夫人の犬を抱えていた——まるまるした黄色のダックスフントで、鼻面の毛には白いものが混じり、頰にはひげが長く伸びていた。彼女は絹のようにつやつやした犬の片耳を手で握ると、目を上げようともせずに答えた。

「あら、まだ急ぐことないわ。あたしはまだ十五だもの。それにそもそもどうしてなの。大抵そんなもんだとしても——くだらないことよ。あたしはそういうおじさんたちはよく知ってるもの」

「ばかだねおまえは」レヴァンドフスカ夫人はいらついて言った。「あたしが言ってる人はぶらぶらしてる遊び人なんかじゃなくて、親切で気前のいい御仁《ごじん》で、おまえのことを通りで見かけてね、それ以来おまえにご執心なんだよ」

「どっかのじじいでしょ」マグダは言って犬の額にキスをした。

「ばかだね」レヴァンドフスカはくりかえした。「まだ三十だし顔もさっぱり剃りあげて、おしゃれだよ――絹のネクタイに金のシガレット・ホルダーだからね。ただ心根が控えめなだけなのさ」

「お散歩してらっしゃい」マグダは犬に命じた――犬は床に飛び降りて、年寄りのダックスフントがよくやるように体を斜めにしたまま廊下をちょこちょこと走り出した。

話題にのぼった紳士は田舎者でも控えめな男でもなければ、ミューラー某《なにがし》でさえなかった（本人はそう名乗ったのだが）。男がレヴァンドフスカと知り合ったのは、血の気の多い二人の行商人の紹介だが、彼らとはハンブルクからベルリンに向かう汽車のなかでポーカーをやった仲だった。はじめのうちは金額の話は出なかった。女主人はにっこり微笑む少女の写真を見せ、ミューラーは首実検を要求した。約束の日、レヴァンドフスカはケーキを山のように買いこみ、コーヒーを大量に淹れ、マグダにはもうすっかり着古してえらく子供っぽいものにしか見えないあの赤いワンピースを着るように勧め、そして六時ごろにお待ちかねの呼び鈴が鳴った。『危ない目にあうことはないわ』最後にマグダは考えた。『嫌なやつならおばさんにそのとおり言ってやるし、そうじゃなかったとしても、考える時間はまだたっぷりあるんだから』

残念なことに、ミューラーが嫌な男なのか、いい男なのか確かめるのはそれほど容易なことではなかった。奇妙で独特な顔立ち。艶のない黒い髪は、ブラシを湿らせずに無造作に横分けにされ、わずかに落ち窪んだ頬はまるで米粉製の白粉《おしろい》の薄い層で覆われているようだった。らんらんと輝く瞳や三角の鼻先は一瞬たりともじっとしていることがなく、一方で口の両脇に二つのやわらかな皺が走っている顔の下半分は逆にまったく動く気配がなかった——ごくまれに、艶々した分厚い唇をなめるだけである。仕立てのよい水色のシャツは熱帯の空のように鮮やかで、ネクタイに、幅広のパンタロンを組み合わせたブルーブラックのスーツを身に着けていた。彼は四角くごつい肩をうごかして豪快に動いて見せた——それは上背のあるすらりとした男で、マグダが予期していたのとはぜんぜん違っていたので、硬い椅子に腕を組んで腰かけながら、歯の間から音を出すようにしてベルリンの名所旧跡についてレヴァンドフスカと話していたミューラーが、その眼差《まなざ》しで彼女つまりマグダの腑分けにとりかかろうとしはじめたとき、彼女はちょっとばかりどぎまぎしてしまった。自分の話を途中でいきなりさえぎると、彼はきんきんした鋭い声で彼女の名をたずねた。彼女は答えた。「そうか、マグダリーナか」男は一瞬くすっと鼻を鳴らしながら発音すると、そののしかかるようなしつこい眼差しをやはり急に彼女からそらして、中身のない会話をレヴァンドフスカと続けるのだった。

しばらくすると男は黙り込み、煙草に火をつけ、艶々してまるで腫れているみたいな唇にはりついた煙草の巻紙をはがそうとしながら言った。「アイディアがあるんです、フラウ・レヴァンドフスカ。私が払いますから車を拾ってオペラに行かれてはどうです――このとおり余ったチケットがあるんですよ。ちょうど間に合いますから」

レヴァンドフスカは、今日は疲れたので家にいますと丁寧に断って礼を言った。「あなたにちょっとお話があるのですが」ミューラーはさも不満そうに言うと席を立った。「お茶をもういっぱいいかがです」レヴァンドフスカは落ち着きはらって勧めた。男は肩をすくめてマグダのほうになにかぴりぴりと突き刺すような視線を投げたが、不意に善良な笑みでぱっと顔を輝かせると長椅子の彼女の横に腰かけ、知り合いの歌手かなにかについての笑い話を延々としゃべりだしたのだが、その歌手は『ローエングリン』で白鳥にまたがるのが間に合わず、つぎの機会が来るまで待つことにしたのだった。マグダは死にそうにおかしくて唇をぎゅっと嚙《か》むと顔をとっさに伏せた。レヴァンドフスカの胸は心地よさそうに揺れていた。

男は贅沢にもじっくりと腰をすえて敵を攻めることにし、慎重でやさしい目で見つめたり、ため息さえついてみせた。レヴァンドフスカはまだちょっとした手付金しか受け取っておらず、とんでもない額をふっかけて、一歩も後に引こうとしなかった。彼女に言われるままマグダはモデルをやめて、一日中刺繍《ししゅう》をしてすごした。ときおり、日暮れ時にマグダが犬を散歩させるようなことがあると、ミューラーがたそがれのなかからぬっと姿を見せ、彼女はそれに心底びっくりしてついつい早足になってしまい、ダックスフントは忘れられ、とり残されてしまって、なんとか追いつこうと横むきのまま悲しげにちょこちょこ走るのだった。レヴァンドフスカは早々にこの遭遇に勘づき、自分で犬を散歩させるようになった。

こうして、出会いから一週間以上がすぎた。ある日ミューラーは非常手段に訴えることにした。首尾よくことが運ぶようならば、女主人が要求する莫大な額を支払うなどばかげている。晩方にやってくると、男は笑い話をさんざん語り倒し、コーヒーを三杯たいらげると、頃合を見計らったようにレヴァンドフスカに近寄って彼女を抱き上げ、早足で小走りに風呂場へ運んでゆき、器用に鍵をはずして外側からドアに錠をかけた。レヴァンドフスカはあまりのことに最初の半秒ほどは声を出すこともできなかったが、それでもすぐに喚いたりドアをばたばた叩いたり、全身で体当たりしたりしはじめた。「荷物をまとめて行くんだ」男はマグダに言葉をかけたが、彼女は客間のなかほどにつっ立って頭を抱えていた。

二人は、男があらかじめ借りうけていた立派な部屋に落ち着いたが、敷居をまたごうとするその瞬間から、マグダはみずからすすんで熱心に、ある種の悪意さえいだきながら、もうずっと前から執拗に彼女をとらえようとしていた運命に身をゆだねたのだった。それでも彼女がミューラーを好きになったのは、まったくのところ一風変わったある特徴のせいだった——彼の瞳や声、しぐさ、分厚くて熱い唇を彼女の背中の肩甲骨のあいだを上から下へ這わせるやり方には、有無を言わせないなにかがあった。彼はマグダにろくに話しかけもせず、彼女をひざの上に乗せて何時間も座って、なにか考え事をしてはほくそ笑《え》んでいた。マグダは彼がベルリンでどんな仕事をしているのか、彼が何者なのか知らなかった——彼が出てゆくといつも、もう戻ってこないのではないかと不安になった。この不安を除けばマグダは幸せだったし、それもばかばかしいくらいに幸せだったから、ふたりの同棲生活が永久につづくことを夢見ていた。プレゼントはいろいろともらった——パリで買ってきた帽子、時計の類——

もっとも、プレゼントについては大盤振る舞いとまではいかなかったのだが、そのかわり評判のいいレストランや大きな映画館にはよく連れて行かれて、そういう映画館で彼女はチーピーの冒険を見て涙が出るほど笑いころげたものだった。彼はマグダにぞっこんだったので、もう出かけようというときになって、いきなり帽子を部屋の隅に投げ出して（高価な帽子をそんなふうに扱うこういう習慣にマグダはちょっとびっくりした）、居残ることがよくあった。こういうことがきっかり一ヶ月のあいだつづいた。あるとき彼は普段より早く起きると、留守にしなければならないと言った。彼女は長いのかとたずねた。彼はマグダをじっと見ると、目がくらむような木苺色と鮮やかな青のパジャマ姿のまま部屋のなかを歩き出し、石鹸でもつけているみたいに手をぬぐうのだった。「ずっとだ、ずっとなんだよ」突然彼は言い、マグダには目もくれずに着替えをはじめた。この人はきっとふざけているんだとマグダは思って、成り行きを見守ることにした——部屋がむしむししていたので毛布をはねのけると、伸びをして壁のほうを向いたのだ。「おまえの写真を持ってないんだ」紐靴をとんとんと鳴らしながら彼は言った。そして彼がスーツケースをごそごそいわせ、ぱちんと錠をかける音が聞こえた。さらに何分かすぎた。「動くなよ」彼は言った。「おれがなにをしてるか見ちゃいけない』。『撃たれるんだわ』どうしてか彼女はそう思ったが、身じろぎひとつしなかった。この人はなにをしているんだろう。なんの音も聞こえない。彼女はあらわになった肩をほんのちょっと動かしてみた。「動くんじゃない」彼がくりかえした。『狙いをつけてるんだ』マグダは思ったが、ぜんぜん怖くなかった。五分ぐらいのあいだ沈黙がつづいた。この沈黙のなかを、さらさらいうかすかな音がうろうろとさまよっていて、それはマグダがよく知っている音のように思えたけれど、どうして知っていたのだろう。「こっちを向いていいよ」彼は悲しげに言ったが、マグダは横になったままじっとしていた。彼は近づいてマグダの頰にキスし、そそくさと出て行った。彼女は一日中ベッドに寝ていた。彼は戻ってこなかった。

つぎの朝マグダはハンブルクから電報を受け取った。「ヤチンハ7ガツマデシハライズミサヨナラクソサヨナラ」。「まあ、あの人なしでどうやって生きたらいいのかしら」マグダは口に出して言った。彼女はひとっ飛びで自殺するつもりでさっと窓を開け放った。向かいの建物には赤と金の消防車がベルを鳴らして乗りつけ、野次馬たちが集まり、上の階の窓からはもうもうと煙があがっていて、黒い紙きれのようなものが舞っていた。火事見物にすっかり心を奪われてしまったので、当初のもくろみはひとまず延期することにした。

マグダの手元に残った金はわずかだった。良い映画によくあるように、悲しみをまぎらわそうと彼女はダンス・カフェに踊りにでかけた。すぐに彼女は二人の日本人と知り合い、ほんのりほろ酔い気分で、二人のところに泊まることを承知した。翌朝彼女は二百マルクを要求したが、二人は三マルク半を払って彼女を追い出した——それ以来マグダはもっと用心することにした。

ある日、でっぷりした年かさの男が近寄ってきて彼女の横に腰かけた。腐った梨みたいな鼻をして、禿頭にはいちめんに茶色の斑点が浮き出ていたその男はこう言った。「またお会いできてなによりですな。お嬢さん、ヘリングスドルフのビーチではおおいにはしゃぎまわったものですが、おぼえておいでですか」。マグダは笑って、人違いですと答えた。老人は、なにをお飲みになりますかとたずねた。そのあとこの男は、彼女を送ろうと乗り込んだ乗合タクシーの暗がりのなかで言語不明瞭にして破廉恥このうえない人物となった。マグダは車から飛び降りた。老人も車を降りたが、運転手がいるのもかまわずデートしてくれと懇願するのだった。彼女は電話番号を教えた。男が十月までの家賃を支払ったうえにアザラシの毛皮のコートを買う金をくれたとき、マグダは男が夜をともにすごすのを許した。この男とすごすのは最初のうちはとても楽で、かるくちょっと愛し合うだけで彼はすぐに寝入ってしまい、夜が明けるまでぐっすり目も覚まさないのだ。しばらくすると男はありとあらゆる新奇な要求をしはじめた。彼女の衣装棚にはあたらしい二着のドレスがくわわった。不意に男は約束したデートをすっぽかし、数日後、男の事務所に電話すると、男が亡くなったことを知らされた。

老人のことは思い出すのもぞっとした。こういう経験は二度とくりかえすまいと彼女は心にきめた。毛皮のコートを売って二月まではなんとかすることができた。毛皮を売る前日、彼女は両親に無性に会いたくなった。マグダはタクシーで家に乗りつけた。土曜日で、母親は入り口のドアノブを磨いていた。娘を見ると、母はそのまま凍りついた。「なんとまあ」母はうわずった声をあげた。マグダはなにも言わずににっこりするとまたタクシーに乗り込んだが、そのとき、兄の姿が（窓越しに）見えた。兄は歩道に駆け出してくると彼女に何事か叫んでいた——きっと悪態をついていたのだろう。

マグダはもっと家賃の安い部屋に引っ越し、毎晩、濃くなってゆく闇のなか、ソファベッドの端にじっと座って、手のひらでこめかみをおさえながら、煙草をもうもうとふかしていた。大家は年配の女で本職は不明だが、マグダのところに顔を見せては情け深くあれこれと話を聞き、自分の親戚にちょっとした映画館を持っているのがいて、そこそこいい収入があるのだと語ったりした。冬の寒さは厳しく、生活費は底をついた。『これからいったいどうなるんだろう』マグダは思った。はつらつとした豪気な日和《ひより》のある日、彼女は派手に化粧すると、フリードリヒシュトラーセにあるいちばん名の知れた映画会社の事務所をえらんでたずね、支配人に会うまでに漕ぎつけた。支配人は右目に眼帯をした年配の紳士で、左目には鋭い眼光をたたえていた。マグダは、地方ではもう何度も出演した経験があるんです、いい役ももらっていたんですよ、などと切り出した……。「映画のかね」支配人は彼女の上気した顔を愛想よく見つめながら聞いた。マグダは映画会社や作品の名をいくつかあげた――自信満々な、傲慢《ごうまん》にすら思える態度で――というのも心の中で彼女はずっとこうくりかえしていたからだ。『あたしのことを知らないなんてあり得ない、疑うほうがおかしいのよ……』。沈黙がつづいた。支配人は見えるほうのたった一つの目を細めると言った。「なあ、この私のところに来るなんて、君は運がよかったんだよ。ご同業の連中ならどいつもみんな君の初々しさにいかれてしまって、山のような報酬を約束するだろうが、例によっておきまりのあっちの世話ばかりさせられて、あげくのはてに捨てられるのが関の山だろう。私はもう若くはないし、物事をいろいろ見てきた人間で、たぶん君より年上の娘もいる——だから言わせてほしいんだが、君は女優だったことなんか一度もないし、きっとこれからもそうだろう。家に帰ってよくよく考えて、ご両親に相談してみなさい……」

マグダは手袋で机の端をぴしゃりと叩いて立ち上がり、顔をゆがめてそこを飛び出した。同じ建物にもうひとつ事務所があった。そこでは面接さえしてもらえなかった。つぎの会社ではこう言われた——体《てい》よく追い払うためだろう。「電話番号を置いていってください」。彼女は怒りに身を震わせて帰宅した。大家の女はゆで卵を二個つくってやり、マグダが怒りにまかせてがつがつと食べているあいだその肩をさすり、そのあとブランデー一瓶にグラスを二つ用意してあふれる寸前まで満たすと、瓶を戻しに行った。「あなたの健康に乾杯」ふたたびテーブルにつくと大家は言った。「なにもかもうまくいくわよ。ちょうど明日義理の弟に会うから、話してみるわ……」

最初のうち、新しい仕事はマグダを楽しませた。もっとも、映画のキャリアの幕開けが女優でもなければ、大部屋役者ですらないのは少々悔しかったけれど……。最初の一週間が終わるころにはもう、これまでずっと、自分は観客を席に案内することしかしてこなかったみたいに思えた。けれど、金曜日にはプログラムの変更があって、それが彼女の気を紛らわせた。暗闇のなかに立って壁にもたれながら、彼女はグレタ・ガルボを眺めた。二、三回目の上映になると彼女はもうどうにも退屈でしようがなくなった。さらに一週間が過ぎた。客のひとりが、ドアのところでもたもたしながら妙にマグダを見つめていた——どぎまぎした哀れっぽい目つきだった。二、三日たった夜ふたたび男は現れた。男はかなり若そうに見え、身なりも上等で、青い瞳を横目にしてむさぼるように彼女を見ていた……。『なかなか上品な人だけど、グズね』マグダは思った。四回目、五回目に姿を見せたときも、いかにも間が抜けた感じで、つまりもう前に見た映画に来ていたので、マグダはちょっとばかりどきどきした。それと同時に雇い主の警告が彼女の頭をよぎった。「色目なぞ使ったら即放り出してやるからな」

ところが、この客はびっくりするくらい小心なのだった。ある日家路につくため映画館を出ると、マグダは男が通りの向こう側にじっと立っているのに気づいた。彼女はそちらに目を向けずに小刻みに歩き出し、男が斜めに道を渡って自分をつけてくるだろうと期待した。ところがそうはならなかった。男は姿を消してしまったのだ。二日後にふたたびアルグス座にやってきたとき、男はなんだか病人みたいで憔悴《しょうすい》しきった、なんともこっけいな様子だった。最終回の上映が終わるとマグダは傘を開きながら出てきた。『立ってるわ』彼女は心の中で言うと、男がいる通りの向かい側めがけて道を渡った。男は彼女が近づいてくるのに気づいたとたん、それを避けるように歩き出した。男の心臓は口から飛び出しそうなぐらいどきどきし、空気が足りなくなって唇がからからに干上がっていた。男は彼女が後ろを歩いているのを感じ、この幸せを失うのが怖くて足を速めることもできず、かといってこの幸せが自分を追い越してしまうのが怖くて足を止めることもできないのだった。けれど交差点まで来ると、クレッチマーは立ち止まらざるをえなかった。自動車が列になって行く手をさえぎっていたからだ。そのとき彼女は男を追い越し、あやうく車に轢《ひ》かれそうになって後ろに飛び退《の》くと、男の手にぎゅっとしがみついた。信号が青に替わった。男は彼女の肘を手探りでつかみ、一緒に道を渡った。『はじまった』クレッチマーは思った。『ついに狂気の沙汰がはじまったんだ』

「あなたずぶ濡れじゃありませんか」女は微笑みながら言った。男は彼女の手から傘を受け取り、彼女はますますぴったりと男に身を寄せ、頭上では幸せがばらばらと雨音をたてていた。一瞬彼は心臓が破裂するのではと危惧した——しかし突然気が楽になり、あたかも最初は息を詰まらせていた喜びの空気に一挙に慣れてしまって、もはや苦もなく会話を楽しむことができるようになった。

雨はやんだが、二人はそれでもまだ傘をさして歩いていた。女のアパートの玄関口に立ち止まると、傘は彼女に渡され閉じられた。「まだお帰りにならないでくださいい」クレッチマーは頼み込んだが、手は外套《がいとう》のポケットに入れたまま親指で結婚指輪を薬指からはずそうとしていた——まあ万一ということもあるのだから。「どうか帰らないでください」男はくりかえし、痙攣《けいれん》するように手を動かしてようやっと指輪から解放された。「もう遅いですから」彼女は言った。「叔母さんが怒りますので」。クレッチマーはぴったり寄り添って手をとり、彼女にキスしようとしたが、狙いは帽子に逸《そ》れた。「おやめになって」彼女は顔をうつむけながらつぶやいた。「おやめになって。そんなことしてはいけませんわ」——「でもまだお帰りにならないでください。私にはこの世にあなた以外ないのですから」——「いけません、いけません」鍵を差し込んで回し、体でドアを押しながら彼女は答えた。「明日もお待ちします」クレッチマーは言った。彼女はガラスの向こうから笑みを見せた。

クレッチマーはひとり残され、大きく息をつきながらオーバーコートのボタンをはずすと、ふっと気が楽になって左手が妙にすうすうしているのに気づき、まだ温もりの残る指輪をあわててはめると、タクシー乗り場に向かって歩き出した。

Ⅳ

家のなかではなにひとつ以前と変わったことはなかったが、それがまた妙な感じだった。妻、娘、マックスはまるで、イタリアの画家たちの描くごく初期の風景画のような、のどかであかるい別の時代に属しているみたいだった。マックスは劇場の事務室で一日中働いた帰りに姉の家に寄ってくつろぐのが好きで、姪《めい》のことになるともう夢中でかわいがり、クレッチマーや彼の言うことや、どの壁にもかかっている暗い色調の絵や、食堂にあるほうれん草色のゴブラン織りにたいしては敬意をこめて人あたりよく接した。

　クレッチマーは自宅のドアを肩で押し開きながら、いまにも妻やマックスと顔をあわせるのだと思うとはっと息を呑《の》み、腹の底がひやっとするのを感じた――ふたりが浮気に勘づいたりしないだろうか（というのもこの雨のなかの散歩はもはや浮気だったからだ――それ以前のことはなにもかも、たんなる空想や夢にすぎないのだった）、もしかしたら、とっくに勘づかれて突きとめられているのかもしれない――彼がドアを押し開けながら大急ぎでひねり出した言い訳は、一緒にいたのは若い女性画家で、彼女は貧しいけれど才能があるから個展を開く手助けをしてやらないといけない、というものだった……。それは、自分にとってかつてない光明の時代がはじまったのだということをさらにひしひしと実感させ――彼は一夜にして熱に浮かされでもしたようにそういう時代に突入してしまったわけなのだが――そして、ふだんと変わりない廊下のたたずまい、その奥の娘が寝ている部屋のドアの白さ、小間使いがフラシ天張りのハンガーに丁寧に掛けたマックスのオーバーコートの窮屈な両肩、こういう家庭のなかで慣れ親しんだこまかなことがいちいち目について一瞬とまどいを覚えたものの――すぐにほっと胸をなでおろした。万事ぬかりなく、だれもなにも知っちゃいないのだ。彼は客間に入った。格子縞のワンピース姿のアンネリーザ、煙草をくわえたマックス、さらに古くからの知り合いだが、インフレで零落して今では絨毯《じゅうたん》や絵画を商う男爵未亡人……。なにをしゃべっていたかなどたいしたことではない——大事なのはただ、いかにもありふれてなんの変哲もない日常というこの感覚なのだ。そのあと、やわらかに照明の灯《とも》された寝室で妻のそばに横になりながら、クレッチマーは自分が裏表のある人間だということにおどろくのだった。アンネリーザをいとおしむ気持ちがいささかも揺るがないことに気づく一方——同時に彼の頭のなかにはひとつの思いが稲妻のように駆け巡っていた、たぶん明日、もう明日には、そう、きっと明日になれば……。

けれども、事はそんなにやすやすと運んだわけではなかった。つぎの逢い引きでも、またそのあともずっと、マグダは唇を奪われないようにうまいこと立ち回った。彼女が自分のことを話したのはほんの少しだけだった——父は画家だったけど、両親はもういない、叔母のところで暮らしていて、生活はとても苦しくて、今の仕事はそれはきつくてね、転職したいのよ。クレッチマーは「シッファーミューラー」と名乗り、マグダは苛つきながら考えた——『粉屋《ミューラー》には不自由しないってわけね』——そして

『まったく、嘘もいいとこだわ』。三月は雨ばかりが続き、夜更けに傘をさしながら歩きまわるのにほとほとうんざりしたクレッチマーはある日、カフェに寄らないかと彼女を誘ってみた。彼が選んだのは、小さくてみすぼらしいカフェだったが——そのかわり危険がない。彼は、カフェやレストランに落ち着くとすぐ、シガレットケースとライターをテーブルに置く習慣があった。シガレットケースに「B・K」というイニシャルがあるのにマグダは気づいた。彼女は黙ったまちょっと考えてから、電話帳を持ってきてくれと彼に頼んだ。彼が投げ遣りな様子でのっそりと電話のほうに歩いていくあいだに、椅子においてあった彼の帽子のシルクの裏地を彼女はすばやく盗み見て、その姓名を読み取った（それは、うっかり者ぞろいの絵描き連中に帽子を持っていかれないようにするために不可欠の方策だったのだ）。クレッチマーはおだやかな笑顔で電話帳を運んできたが、彼が自分のうなじや伏した睫毛《まつげ》に見とれているのをいいことに、マグダは彼の住所と電話番号をさっさと探し出すと、使い古されてよれよれになった水色の電話帳を、なにも言わずに落ち着きはらってパタンと閉じた。「コートを脱いだら」——クレッチマーは小声で言ったが、敬語なしで彼女に話しかけたのはそれがはじめてのことだった。彼女は立ち上がろうともしないで、首をかしげて肩を左右に傾けながらコートの袖から腕を抜こうともぞもぞしだし、クレッチマーがコートを脱がすのを手伝って、彼女の肩甲骨の輪郭が動くさまや、背骨をおおう浅黒い肌に寄っては消えるしわを見つめていると、その肌の温もりはヴァイオレットの香りがした。それはほんの瞬く間だった。彼女は帽子もとり、手鏡を覗き込むと、つばで指を濡らして、こめかみに垂れたダークブラウンの巻き毛《アクロシュ・キョール》を撫でつけた。クレッチマーは彼女の横に腰をおろすときも、その顔から目を離すことができなかったのだが、そこではなにもかもが魅力に満ちあふれていた——火照って紅潮したほっぺたも、リキュールにぬれてつやつやした唇も、切れ長のブラウンの瞳のあどけない表情も、ちょっとばかり産毛《うぶげ》の濃い頰骨に浮いたぱっと見にはわからないほどかすかな染みも。『このせいで明日処刑されることになったとしても、ぼくはやっぱりこの女を見つめているんだろうな』と彼は思った。彼女のちょっぴりぞんざいな言葉づかいや、ベルリン仕込みの抑揚、あら、と声をあげたりくすくす笑いをしたりするときでさえ、それが彼女の声の音色をおび、白い歯の輝く口から発せられると、独特の魅力を放つようになる——それに、笑うとき彼女はうっとりと目を細めるのだ。彼は女の手を握ろうとしたが、彼女はそれすら許さなかった。「きみのせいでぼくは気が変になりそうだ」クレッチマーはぼそっと漏らした。マグダは彼の手の甲をぴしゃりとはたき、やはり敬語を使わないで言った。「おかしなことしないで。お利口さんにしててね」

つぎの朝いちばんにクレッチマーは考えた。『もうこんなやり方じゃだめだ。あれに部屋を借りてやらなくちゃ——叔母さんに邪魔されないように。働かなくてもすむようにしないとな。ぼくらだけで、二人きりになれるようにするんだ。愛の技《アルス・アモリス》を教え込もう。あの娘はまだピチピチそのものだからね。フィアンセもボーイフレンドもいないなんてまったく不思議だよ……』

「寝てるの」アンネリーザが小声でたずねた。彼は今起きたとでもいうようにあくびをして目を開いた。アンネリーザは水色のネグリジェ姿でベッドの隅に腰かけて手紙を読んでいた。

「なにか面白いことかい」クレッチマーは妻の生白い腕を眺めながら聞いた。

「またあなたにお金を無心しようっていうのよ。家内が病気だとか向こうのお母さんが病気だとか、みんなが自分を陥れようとしているとか言って——渡すしかないわね」

「そうだな、それしかなかろう」クレッチマーは答えながら、今は亡きマグダの父親をいやにまざまざと心に思い描いていた――やはり、年老いてたいした才もなく、すっかり生活に打ちひしがれた絵描きだったにちがいない。

「で、こっちは『パレット』の招待状よ。行かなくちゃね。それからこれは――アメリカから」

「読みあげてくれ」彼が頼んだ。

「尊敬するクレッチマー様。私の代理人の伝えるところによりますと、私の権利が侵害された件に関しましては、貴殿より心よりの公平無私なるご厚情を賜りました由。そこで私がご提案申し上げたいのは……」

そのとき、ナイトテーブルの電話が鳴り出した。アンネリーザは舌打ちすると受話器をとった。クレッチマーは、黒い受話器をぎゅっと握りしめた妻のむっちりした白い指をぼうっと見つめながら、向こう側でしゃべっている顕微鏡的な声を他人事《ひとごと》のように聞いていた。

「あら、こんにちは」アンネリーザが声を上げ、夫のほうを見て、目をむき出すようなあのおどけた顔をしてみせた。それを見ると彼はいつも、話し相手がきわめつきの電話魔である男爵夫人なのだとわかるのだ。彼は羽根布団のうえのアメリカから来た手紙のほうに身を乗り出して、サインを覗き見た。イルマが入ってきた。朝になるといつも両親に挨拶をしにやってくるのである。イルマは無言で父親にキスし、無言で母にもキスしたが、母はといえば聞き入ったかと思うと嘆声をあげ、ときに受話器を持ったままうなずくのだった。「今日は子守のおばちゃんがびっくりしないようにするんだよ」クレッチマーは小声で娘に言って、ちょっと前にやらかしたなにかの失敗をほのめかした。イルマはにっこりした。彼女は美人とはいえず、睫毛は色がなく、薄い眉の下にはそばかすがあって、しかもがりがりにやせこけていた。

「それではまた、ありがとうございます、ではごめんくださいませ」アンネリーザはいかにもほっとしたような声を出すと、受話器をことさらにがちゃんと置いた。クレッチマーは手紙を読みだした。アンネリーザは娘の手をとって笑いながらキスし、一つひとつの言葉の語尾をかすかに引き伸ばすようにしてなにか話しかけていた。イルマはずっとにこにこしたまま足で床を掻いていた。

また電話が鳴りはじめた。クレッチマーは受話器を耳に当てた。

「どうも、ブルーノ・クレッチマーね」知らない女の声が言った。「どなたですか」

クレッチマーはたずねたが、不意にものすごい速さのエレベーターですうっと落ちていくような気分におそわれた。「あたしにうそをついたのはまずかったんじゃない」声はたたみかけた。「でも許してあげるわ。ねえ聞いてるのかしら。あたしはただあなたに言いたかっただけなのよ、つまり……」――「まちがいです。ほかの人でしょう」クレッチマーはかすれた声で言い、電話を切った。まさにその瞬間に彼は気づいてぞっとしたのだが、ついさっき、電話の向こうから漏れてくる声が自分にも聞こえていたし、それどころか話の内容まで聞き取れたのだから、アンネリーザにだってすっかり聞こえていたかもしれないのだ。「いったいなんだったの」がまんしきれずに妻はたずねた。「あなた、どうしてそんなに赤くなってるの」

「なにかの悪ふざけにきまってるさ。イルマ、行きなさい、こんなところでぐずぐずしてちゃだめじゃないか。ふざけるにもほどがあるよ。もうかれこれ十回は間違い電話をよこしてるんだからな。あの人がたぶん冬にはベルリンに来るからぼくに会いたいって書いてきたよ」

「あの人が書いてきたって、だれのこと」

「ああ、まったく、なにひとつとしてすぐに呑みこめたためしがないんだからね。

ほら、例のあの人だよ――風刺漫画家のさ、アメリカの。あのホーンとかいう……」

「ホーンってなんのことかしら」アンネリーザはくつろいだ様子で聞いた。

V

夜の密会はなかなか波乱にみちたものになった。マグダがまた電話してくるんじゃないだろうかとびくびくして、クレッチマーは終日家を出られなかった。こんなことは断固許しちゃならない。彼女がアルグス座から出てくると、彼は単刀直入にそのことからきりだした。「ねえマグダ、家に電話するのはやめてもらう。わけがわからないじゃないか。きみに自分の名を告げなかったってことは、つまりそうする理由があるからさ」――「ごきげんよう」マグダは落ち着きはらってそう言うと、ふり返りもせずに歩き出した。彼は追いかけようともせず、ぽつんと立ちつくしたまま、彼女のうしろ姿が遠ざかるのをなすすべもなく見つめていた。なんてへまなんだろう――だんまりを決め込むべきだったんだ、事実あいつは自分が間違っていたんだって気がついたろうにな……。気取《けど》られぬように彼女に追いつくと、クレッチマーはならんで歩きはじめた。「ゆるしておくれ」彼は言った。「怒ることなんかないんだよ、マグダ。ぼくはきみがいないとだめなんだからね。だからいろいろ考えたんだよ——仕事なんかやめたらどうだい、とっても大変そうじゃないか。ぼくは金には余裕がある。部屋でも家でも、欲しいものはなんでもあげるから」

「どういうことかわかってるわよ」マグダは冷淡な声で言った。「たぶんあなたはやっぱり女房持ちなのよね——最初からそんなことだと思ってたわ。でなきゃ電話であたしにあんなぞんざいな口のきき方しないでしょう」

「ぼくが妻帯者なら」クレッチマーはたずねた。「きみはもうぼくと会わないっていうのかい」

「どうだっていいわ。せいぜい奥さん相手に法螺《ほら》をお吹きなさいな、そのほうが奥さんにはずっといいでしょうね」

「マグダ、やめてくれ」クレッチマーはたじたじになって声をあげた。

「あなたこそあたしに説教しないでちょうだい」

「ねえマグダ、たしかにそうだよ——ぼくには妻と娘がいる——でもお願いだから、そんなふうにあざ笑うなんてあんまりだ……。ああ、待ってくれよマグダ」手をはたと打ちあわせて彼はつけくわえた。

「あんたなんか、とっととどっかに消えうせてちょうだい」彼女は叫ぶと、彼の目の前でドアをぴしゃりと閉めた。

「占っていただきたいの」彼女は大家に言った。大家の女はトランプを一揃い取り出したが、それは手の脂ですっかりべとべとになっていて、煮たら出しがとれるんじゃないかと思えるほどのしろものだった。黒髪のお金持ちがあらわれ、あとは化かし合いやごたごた、二人だけのちょっとした宴《うたげ》……。『あいつの暮らしぶりがどんなのか見てみなくちゃ』テーブルに肘をついたままマグダは思った。『もしかしたら、あいつはやっぱりぐうたらなダメ男で、つきあってやる値打ちなんかないのかもしれない。言うとおりにしてやるか。まだ早いんじゃないかしら』

一日置いて彼女はまたしても彼の家に電話した。アンネリーザは風呂に入っていた。クレッチマーはドアのほうを見ながらほとんどひそひそ声になってしゃべった。びくびくものではあったが、それでもマグダが許してくれたことで、彼はたいそう幸せな気分をあじわった。「好きだよ」唇をひきのばすようにして彼は言った。「愛してる」――「ねえ、お宅の奥さん、いつ出かけるのかしら」彼女が笑いながら聞いた。「わからない」クレッチマーは答えたが、ぞくっと鳥肌が立った。「それがなんだい」――「ちょっとあなたのところに行きたいのよ」。彼は口をつぐんだ。どこかでドアがばたんと鳴った。「これ以上しゃべるのはまずい」クレッチマーはもぞもぞとつぶやいた。「まったく腰抜けもいいとこね。そっちに行ったらキスしてあげるから、おぼえといて」――「今日はどうかな、きっと出かけないよ」彼は無理して言った。「今すぐ電話を切ってもおどろかないでくれ、夜また会うから、そのときに……」。彼は受話器をもどし、しばらくじっと座って、心臓がどっくんどっくんと鳴り響くのを感じていた。『ぼくはほんとうに腰抜けだな』彼は思った。『あいつはまだ半時間は風呂場でなんやかんやぐずぐずやってるんだから……』

「ちょっと頼みがあるんだが」マグダに会うと彼は言った。「車に乗ってドライブしないか」――「オープンカーなら」マグダがさえぎった。「いや、そりゃあ危ないよ。おかしなことはしないって約束するから」彼はつけくわえた――街灯に照らされ、まるで子どものように彼を見上げている顔に見とれたまま。

「ねえ」二人でタクシーにおさまると、彼はしゃべりだした。「むろんぼくは、きみが電話してくるのに腹を立てているわけじゃないけれど、今後はもうそんなことは二度とないように頼むし、心底そうお願いしたいんだよ。きみは魅力的で、ぼくの宝物さ（『もっと前からそうだったらよかったのよ』とマグダは思った）。それから、ぼくの名前がどうしてわかったんだね」。とりたてて必要があったわけでもないのに、彼女は知り合いのなかに彼の顔を知っている女がいて、二人がいっしょに歩いているところを見られた、とかなんとかうそを言った。「そいつはいったいだれだ」クレッチマーは震えあがって聞き返した。「あらまあ、ふつうの女の人よ、親類だわ、飯炊き女だか家政婦だかで、昔あなたの家ででも働いていたんじゃないの」。クレッチマーはなんとか記憶を絞り出そうと苦心惨憺《さんたん》していた。「でもあたし、人違いでしょうって言っておいたわ――あたしお利口さんだもの」

暗闇がまだら模様になって車内へと流れこんでいたが、彼女は頭がぼうっとのぼせあがるほどぴったりくっついて座っていて、そこから、なにかこのうえなく満ち足りた、動物的な温もりが伝わり、窓のむこうを夜の動物園《ティーアガルテン》の暗がりが、鳴き声や吼《ほ》え声をあげて飛び過ぎていった……。『この女が自分のものにならなきゃ、ぼくは死ぬか、気が触れちまうだろう』クレッチマーは思い、こう言った。「つぎは、きみの引っ越しのことだ。二部屋か三部屋にキッチンつきのアパートを探しておきなさい。払いは全部ぼくに任せるんだ。ただし、ぼくがきみのところに寄ってもかまわないっていう条件でね」――「あなたは今朝二人で話したことを忘れてるみたいね、ブルーノ」――「でも、それはあんまり危なすぎるよ」クレッチマーは声をうわずらせた。「まあたとえば、明日の四時から六時ごろまではぼくは一人だ。でもなにが起こるかわかったもんじゃないからね……」。彼の脳裏に浮かんできたのは、妻が気まぐれに外出先からくるっと家にもどろうとする光景だった……。若い女性画家、彼女が個展を開く手助けをしなくちゃならない。「でもあたしがキスしてあげるって言ってるのよ」マグダが小さな声で言った。「それにね、人生どんなことにだって言い訳はきくものよ」

そんなわけで彼は折れた。四時ごろ、アンネリーザはおろしたての黄色のドレスを着て、それはまったく彼女に似合っていなかったのだけれど、ようやくイルマをつれて子供たちのお茶会に出かけた。なんと哀れで疑うことを知らない女なのだろう。それにおでこにちょこんと口づけするあのしぐさ……。かわいそうなアンネリーザ、かわいそうなカナリアさん。どうも書斎だと堅苦しすぎるかな。

マグダのことをほんのちょっとでも心に浮かべ、子供なみに華奢《きゃしゃ》な彼女の体の線や絹のような肌のことを思うと、いつも彼の足には小刻みに震えがきて、うめき声をあげたくなった。ようやくあの体に触れることができるのだと思うと、このうえないほどの至福に思えた。ところが、その背後にはさらにあらたな、見当もつかないようなはるかな地平が開けてきたのだった。そこで彼のまなざしを待ち受けていたのは、まさにあの、つい最近までたくさんの若い画学生たちがまなこを上下させながら、あれほどに冷静に、そして下手くそにデッサンした画像だった。けれど、アトリエやスタジオでくりかえされた陽光がさんさんとふりそそぐこうした退屈な数時間について、クレッチマーはまるでなにひとつとして知るところがなかった。それどころか、ついこのあいだ、老ランペルト博士が彼に、息子がここ一年のあいだに制作した木炭デッサンの紙束を披露したが、そのなかに、すらりとした裸の少女のポートレートがあって、ネックレスを首に巻き、栗色の髪の房がうつむいた顔を縁どっているのだった。「このせむし男のほうがよほどよく描けてるな」頬ひげを生やした醜男が描いてあるほかの紙にもどってクレッチマーは評したが、それは大胆な筆致で皺を一本一本描き込んでいた。「ああ、才能があるよ」彼は紙ばさみ《カルトン》をぱたんと閉じて付け足した。それだけだった。彼はなにもわからなかったのだ。

そして今、彼は熱にうかされたような悪寒を感じ、書斎のなかを歩きまわって窓の外を眺め、家じゅうの時計という時計で時間を確かめようとした。マグダはもう二十分も遅刻していた。「半まで待って外に降りていこう」彼はつぶやいた。「そうしないと遅い、間に合わないんだ——時間があまりに少ないんだからな……」

窓は開いていた。春の昼下がりは湿り気を帯びてきらめき、向かい側の建物の黄色い壁には、煙突の影から吹き出す煙の影が流れていた。クレッチマーは窓敷居に手をかけて腰まで身を乗り出した。『なんてことだ、しっかり言い聞かせておけばよかったんだ、家に来ちゃまずいって』。まさにこのとき彼は女に気づいた——彼女は通りを渡るところだったが、コートも羽織らず帽子もかぶらず、まるで近所に暮らしているみたいだった。

『まだ逃げる時間はある、入れちゃだめだ』彼は考えたが、そうするかわりに玄関に向かい、彼女が軽やかに階段をのぼってくる足音が聞こえると、こっそりドアを開けた。

マグダは丈の短いノースリーブの鮮やかな赤のドレスを着て、にこにこしながら鏡を覗き込み、片足を軸にしてくるっと向きをかえると、うなじの毛をなでつけた。「あなた豪勢に暮らしてるじゃない」彼女は言い、瞳をきらきら輝かせて、ひろびろとした玄関や、壁に飾られた拳銃にサーベル、暗めの色調がすばらしいタブロー、壁紙代わりのクリーム色のクレトン織りを眺めまわした。「ここかしら」彼女はドアを押してたずね、なかに入ってからもずっと四方に目を走らせていた。

彼は立ちすくむようにして彼女の腰に腕を回し、まるで自分もここが他人の家だとでもいうように、シャンデリアや絹みたいにつやつや光る調度品を、彼女といっしょに眺めていた——だがそれでも、見えていたのはただ陽だまりのような靄《もや》だけで、なにもかもがふわふわと漂い、ぐるぐると廻っている、と不意に彼の腕の下でなにかが絶妙にびくっと動き、太ももがわずかに持ちあがって、彼女はさらに奥に進んだ。「それにしてもねえ」つぎの部屋に足を踏み入れながら彼女は言った。「あなたがこんなにリッチだなんて知らなかったわ、この絨毯ときたらまあ……」

ダイニングの食器棚、クリスタルと銀器がよほど彼女の心を奪ったとみえ、クレッチマーは彼女の肋骨《あばらほね》、そして——さらにすこし上の——熱気を帯びたやわらかい肉をこっそりとまさぐることができた。「もっと奥に」彼女は唇をなめると言った。鏡が映し出していたのは、赤いドレスを着た少女とならんで歩く、顔色の蒼ざめた、生真面目な紳士だった。彼は女のむき出しの腕を慎重に撫でてみたが、それは温かくておどろくほどすらっとしていた――鏡がかきくもった……。「もっと奥に」マグダが言った。

彼は一刻も早く女を書斎につれていって、ふたりで長椅子に腰かけなければと焦って気が気ではなかった。妻が帰ってきても、そうしておけば万事簡単だ。お客さんだよ、仕事の件でね……。

「あそこのあれはなに」マグダが聞いた。

「ありゃあ子供部屋さ。もうすっかり見ただろう、書斎に行こうじゃないか」

「離してちょうだい」鎖骨をぐいぐい動かして彼女は言った。

彼は、女の横を歩きながら、まるで彼女に手をまわしているあいだじゅうずっと息を止めていたとでもいうほど胸いっぱいのため息を吐き出した。

「子供部屋だよマグダ――言ったじゃないか、子供部屋さ」

彼女はそこにも入っていった。不意に彼は、どうかなにもさわらないようにしてくれよ、とこの女に大声で怒鳴ってやりたいという妙な欲求をおぼえた。しかし彼女はもう、ビロード製のまるまると太ったモルモットを手にとっていた。彼はそれを彼女の手からとりあげて部屋のすみに投げ捨てた。マグダは笑いだした。「お宅のお嬢ちゃんはたいそうな暮らしぶりね」彼女は言うと、つぎの間《ま》のドアを開いた。

「マグダ、もうたくさんだよ」クレッチマーが哀願するように言った。「そんなにうろちょろしないでおくれ。ここからじゃあ、だれかが来たとしても物音が聞こえない。もうまったく、とんでもなく危ないことをしてるんだよ」

ところが彼女ときたら、いっこうに聞き分けのない小さな子供みたいになに一つ答えようとせず、廊下を渡って寝室に入り込んだ。そこで彼女は鏡の前に腰をおろして足を組み、背が銀でできたヘアブラシをもてあそびながら、香水瓶の口をくんくん嗅いだりした。

「頼むからさわらないで」クレッチマーは言った。すると彼女は飛びあがり、ダブルベッドにむかって駆け出し、そのへりに腰かけて、子供みたいにストッキングを引っ張りあげながら舌をぺろりと出した。

『……あとはもう自分で額を撃ち抜くしかないな……』こんな考えがクレッチマーの脳裏をよぎった。

だが、彼女はまたしても飛びあがり、彼の手をひょいとかわすと、部屋から飛び出した。彼は女を追おうと突進した。マグダはばたんと扉を閉じ、息を弾ませて大声で笑いながら、外から鍵をかけた（ああ、あわれなレヴァンドフスカはなんと激しくドアを叩いていることか……）。

「マグダ、開けてくれ」クレッチマーは消え入りそうな声で言った。彼には女の足音が足早に遠ざかっていくのがわかった。「開けてくれ」彼はもっと声をあげてくりかえした。静かだ。なんの物音も聞こえなかった。『あぶなっかしい生き物だよ』彼は思った。『それにしてもなんとまあ滑稽《こっけい》な立場だろうね』。彼が味わっていたのは、恐怖、後悔、欲望があざむかれたときの苦々しい思い……。彼女はほんとうに行ってしまったのか。いや、だれかが廊下を歩き回っている。クレッチマーはこぶしで軽くドアを叩き、声をあげた。「開けてくれ、聞こえるかい」。足音が近づいてきた。それはマグダではなかった。

「どうしたんだい」予期せず響いたのはマックスの声だった。「どうした。閉じ込められたのか」（なんてことだ、マックスは家の鍵を持ってるんだった）

ドアが開いた。マックスの顔は紅潮していた。「どうしたんだい、ブルーノ」彼は心配そうにたずねた。

「まったくあきれた話さ……。今話すよ……。書斎に行って一杯やろう」

「びっくりしたよ」マックスは言った。「なにかとんでもないことが起こったと思ったよ。なあ、ぼくが来てよかった。アンネリーザが六時までには家に帰るって言ってたからね。早めに来てよかった。よかったねえ。さっぱりわけがわからないんだが、だれかに閉じ込められたのかい」

クレッチマーは彼に背を向けて立ち、棚からブランデーの瓶を取り出した。「階段でだれにも出くわさなかったかね」落ちついて話そうと努力しながら彼は聞いた。

「いいや、ぼくはエレベーターの信奉者なんでね」マックスが答えた。

『助かった』クレッチマーはそう思って、おおいに元気をとりもどした。

「どういう顚末《てんまつ》だかわかるかい」ブランデーを注ぎながら彼は言った。「泥棒が入ったんだよ。そんなことはもちろん、アンネリーザには言っちゃだめだぜ。でも泥棒だったんだ。わかるだろう、やつはきっと、家は留守だと思ったんだな、小間使いが出ていったのを知ってたんだ。いきなり物音がして、廊下に出たら、男が走っていくのが見えた——労務者風だったよ。ぼくは追いかけた。ひっ捕まえようとしたんだが、やつは思ったよりはしっこくて、ぼくは閉じ込められたんだ。そのあとドアがばたんといった——だからぼくは、きみがやつに出くわしたかと思ったのさ」

「冗談だろう」マックスがおびえたように言った。

「いや、大真面目な話だ……」

「だけどそいつはきっと、なにか盗《と》ったにちがいないよ。確かめなくちゃ。警察に届けを出さないと」

「いやいや、そんなひまはなかったさ」クレッチマーは言った。「なにもかも一瞬のことだったんだよ、ぼくが泥棒をひるませたのさ」

「でもそれじゃあ、そいつはどうやって侵入したんだい。合鍵でも持ってたっていうのかい。まさかね。行って見てみよう」

二人は全部の部屋を見てまわり、ドアや棚の錠を点検した。どこもかしこも傷ひとつなく異常は見当たらなかった。点検作業ももうおしまいになろうとして、二人が書庫のなかを通り抜けようとしたとき、クレッチマーは突然目の前が真っ暗になった。というのも書棚と書棚のあいだ、回転式本棚の背後から、真っ赤なドレスの裾が覗いていたからだ。なんの奇跡か、いたるところに目をこらしていたにもかかわらず、マックスはなにも気がつかなかった。ダイニングルームで彼は食器棚の扉をばたんと閉じた。

「ほっとけよ、マックス。もういいさ」クレッチマーはかすれた声で言った。「あきらかにやつはなにも盗ってない」

「なんて顔してるんだ」マックスは言った。「かわいそうに。わかるよ、こういうことは神経にさわるんだ」

がやがやした声が聞こえてきた。帰ってきたのだ。アンネリーザ、乳母《うば》、イルマ、イルマの友達――落ちついたかわいらしい顔のぽっちゃりした女の子だが、唖然《あぜん》とするようないたずら者なのだ。クレッチマーには、自分がまだ眠っていて、まさにかつて見たなかでもとびぬけて恐ろしい夢が、終わりなくずっと引き延ばされているように思えた。マグダが家にいるということは、奇怪で耐えがたいことだった。彼は劇場に行こうとみんなに勧めたが、アンネリーザは疲れたと言った。夕食のあいだもずっと耳をそばだてていて、なにを食べたのかわからなかった。マックスは始終あちこちに目をこらしていた――たのむからそこに座っていてくれ、どうかうろちょろしないでくれ。おそるべき可能性もあった。子供たちが家じゅうの部屋という部屋に忍び込みはじめるかもしれない。しかし幸いにしてイルマの友達はすぐに帰った。彼には、自分たち全員が——マックスも、妻も、小間使いも、そして彼自身も——どういうわけかたえず家じゅうを徘徊して、マグダがするりと脱出できないようにしていると思えた——そもそも彼女がそうしたいと思っているとしての話だが。

マックスは十時にやっと帰った。彼が外に出ると小間使いがドアにチェーンをかけて鉄のかんぬきをさし、防犯ベルのスイッチを入れた——もう抜け出すことはできない、閉じ込められたのだ。「寝るんだ寝るんだ」神経質なあくびをしながらクレッチマーは妻に言った。二人は横になった。家のなかはすっかりしんとしていた。アンネリーザがあかりを消そうとした。「きみは寝なさい」彼は言った。「ぼくはもう少し本を読んでくる。眠気が消えうせたよ」。妻は眠そうな笑みをうかべた。「あとでわたしを起こさないでね」彼女はもぐもぐ言った。寝室は闇につつまれた。

あたりはすっかり静まりかえり、まるでなにかが待ち構えているようにひっそりとして、そのうち静けさ自体が耐え切れなくなって今にも大声で笑い出すんじゃないかと思えた。パジャマ姿でふかふかの部屋履きをはいたクレッチマーは、音もなく廊下を進んだ。言うも奇妙なことに、恐怖はどこかにかき消えてしまい、悪夢はもはや、あのいくぶん妄想じみてはいるが満ち足りた状態へとうつりかわっていて、そんなときには罪をおかすことすらが甘ったるく、なんの呵責《かしゃく》も感じないでできる。というのも、人生は夢なのだから。クレッチマーは歩きながらパジャマの襟のボタンをはずした。体じゅうが小刻みに震えていた――おまえはもうじき、すぐにもおれのものになるんだ。彼は書庫のドアをそっと開けて電気をつけた。「マグダ、正気じゃないよきみは」彼は熱っぽくささやいた……。それはひだ飾りのついた赤い絹のクッションで、書棚の下のほうに入った大型本を床の上で見るために、彼自身がついこのあいだ持ち込んだものだった。

Ⅵ

マグダは大家に、じきに引っ越すからと伝えた。なにもかもが信じられないほど上首尾に運んだ――クレッチマーがあそこまで裕福だとは夢想だにしていなかったのだ。あの家のなにもかもが上質で、豊かな暮らしぶりが半端なものでないことを、彼女は空気で感じ取った。肖像画から察するに、奥方は、マグダが想像していたような威張りくさった顔つきで足がぶよぶよの、がみがみとうるさいご婦人とは似ても似つかなかった。それどころか、あきらかにつつましくておっとりした女で、そんなやつをはじき出すのはわけもないことだろう。クレッチマー本人もマグダにとっては嫌なオヤジでないどころか――彼女のタイプですらあった。彼は物腰も柔らかで上品な身なりだし、濃いタルカムパウダーや上質の煙草が香った。もちろん、あの初恋のときの濃密な幸せはもう取り戻すべくもない。彼女はチョークみたいに蒼白いミューラーの頰や熱を帯びた肉厚の唇、なにもかも心得ているかのような長い腕をもう思い出さないと心に決めた。それでも捨てられたときのことを思い出したときには、彼女はすぐさままた窓から飛び降りたくなるか、ガス栓をひねりたくなるのだった。クレッチマーならある程度彼女をなぐさめ、興奮を鎮める役には立てた――腫れたところに貼るととても気持ちいいあの大葉子《おおばこ》のひんやりとした葉のように。しかもなにより――クレッチマーはただ押しも押されもせぬ富豪だというだけでなく、舞台や映画の世界に自由に出入りできるあの人間たちの一員なのだ。マグダはよく、ドアを閉め切っては鏡の前で瞳を恐怖に歪めたりくつろいだような笑顔を作ったりするか、さもなければリヴォルヴァーに見立てた指先をこめかみにつきつけたりしては、自分では、ハリウッド女優にだって負けないぐらい上出来だわ、などと思うのだった。

十分考えて下見を重ねたすえ、彼女はある瀟洒《しょうしゃ》な地区になかなかのフラットを見つけた。クレッチマーが彼女の訪問のあと、あまりに狼狽《ろうばい》してぐったりしてしまったので、かわいそうになって、彼がいつもの散歩の途中で差し出す金をためらわずに受け取ると――アパートの車寄せのところで彼にキスしてやった。この接吻の炎は彼やその周囲にまるで色のついた後光みたいにぼんやりした火種を残し、彼はそんな状態のまま家に帰って、それを帽子みたいに玄関に脱ぎ捨てることができなかったので、寝室に入るさい、妻が自分の目つきを見ても、なにが起こったのか察しがつかないなどとはとても思えなかった。

けれども、三十五歳のおとなしいアンネリーザは、夫が自分を裏切るなどとは考えたことすらなかった。彼女は、結婚前にクレッチマーにちょっとしたロマンスがあったことは知っていたし、自分だって小娘のころに、父をたずねて来てはサクソン人の訛りを面白おかしく真似してみせた年かさの俳優に夢中になったのをおぼえていた。夫と妻のあいだに裏切りが絶えることはない、ということもよく耳にしたり読んだりしていた——このことは噂話にも叙事詩にも、小話やオペラにもあるのだ。

しかし彼女は、自分たちの結婚は特別な結婚であり、貴重でなんの不純物もない、小話のネタにもオペラのネタにもならないものだと、まったく単純に、そしてゆるぎなく信じていた。夫がよくいらいらしたり神経質になるのを彼女は天気のせいにしていた——五月は例年になくおかしな気候で、暑いと思えば雹《ひょう》まじりの凍るように冷たい雨が降って、それがガラスにあたってがちゃがちゃ音をたて、窓敷居で融けるのだった。「どこかに旅行にいかない?」なにかのついでのようにして彼女はきりだした。「たとえばチロルとか、さもなきゃローマはどう」——「そうしたいなら行きなさい」クレッチマーは答えた。「ぼくには仕事が山積みなんだ、よく知ってるだろう」——「そんなつもりじゃなくて、ただ言ってみただけよ」アンネリーザはなだめるように言って、娘をつれて動物園に子象を見に出かけた。

マックスとなると話はちがう。ドアの鍵が閉められていた一件では、彼はなんともすっきりしない後味の悪さを感じていた。クレッチマーは警察に届けなかったばかりか、マックスがまたそのことを蒸し返すと、まるでかんかんに腹を立てたようにすら見えたからだ。押し込み強盗とつかみ合いをした人間が、そんなにかんたんにそいつを許せるはずがない。マックスはいつのまにか考え込んでしまうのだった――建物に入ってエレベーターのほうに歩いていったとき、やはりだれか不審なやつがいたのに気がつかなかっただろうか。だって観察力はいいほうだ――たとえば彼は、柵のほうから猫が飛び出してきたのに気づいたし、赤いドレスの少女のためにドアを押さえてやったのもおぼえているし、管理人の部屋から騒々しい音が聞こえてきたのも覚えている、ラジオが鳴っていたんだな。どうやら押し込み強盗は、壁の薄いエレベーターが這い上っていくあいだ隠れていたにちがいない。だけどそれじゃあ、この不安ですっきりしない感じはいったいどこからくるんだろう。

彼は若いころどういうわけか結婚の機会を逸《いっ》してしまい、やもめ暮らしで、もうだいぶ前から盛りを過ぎた中年の女優と関係を持ち、その女がいまだに彼を裏切っては、そのあとで毎回彼の足元にねそべって、なにも言わずに彼を困らせるのだ。彼は劇場の事務所をてきぱきと切り回し、名だたる美食家として知られ、ちょっぴりそれを自慢にしていた。体はでっぷりしているくせに詩など書いていて、それをだれにも見せたことはなかったが、動物愛護協会にも入っていた。クレッチマー夫妻の幸せは、彼にとってなにかうっとりするほどに神聖なものだった。押し込み強盗の一件から何日か経って、電話に宿る運命の女神パルカ［ローマ神話の女神］が、まだだれかとしゃべっているクレッチマーの通話をつないでしまい、マックスは聞くとはなしに耳にとびこんできた言葉に心底唖然としてしまって、歯をほじくっていたマッチ棒をごくりと飲み込んでしまったぐらいだった。その言葉とはこういうものだった。「……何度も聞かないで、好きなものを買いなさい。でも家には電話しないでほしい……」――「でもあなたわかってないのね、ブルーノ……」わがままだけれど甘えるような女の声が言った……そこでマックスは受話器をもどしたが、それはまるで、知らずに蛇をつかんでしまったときのような、痙攣《けいれん》的な動きだった。

夜、照明を抑えた客間で姉やその夫とすごしながら、マックスはどう振る舞ったらいいのか、なにをしゃべったらいいのかわからなかった。彼は、他人がぶざまなことをすると涙が出るほど赤面するような感じやすいタイプの人間なのだ。ところが今起こっているのは百倍もまずい何事かなのだ。

『いやいや、これはなにかの間違いだ。ばかげた行き違いだよ』雑誌を読んでいるクレッチマーの落ちついた顔を眺め、彼のふかふかの部屋履きや、象牙のペーパーナイフで彼がページを切るときの丁寧な手つきを目の当《ま》たりにしながら、マックスは自分に言い聞かせようとした……。『ありえない……。ぼくがこういう考えに行き着いたのは、例のあの件のせいなんだ。きれぎれに聞こえてきたあの会話だって、どうかすりゃあいともかんたんに説明がつくさ。それにアンネリーザをだますなんて、いったいどうしたらできるだろう』。彼女は長椅子の端に腰かけ、最近見た芝居の筋を事細かに、熱心に話していた。彼女は明るい色のうつろな瞳をして、鼻はつやつやと光っていた——細くてかわいらしい鼻だ。マックスはうなずきながら微笑んでいた。ところが彼には、姉の言うことは、まるでロシア語か、あるいはスペイン語でしゃべってでもいるかのようで、一言も理解できなかった。

Ⅶ

そうこうするうちにマグダは一目惚れしたフラットを借り受け、料理女を雇い、食器からトイレットペーパーにいたるまで日用品をしこたま買い込み、名刺を注文して、部屋の模様がえにとりかかった。おもしろいことに、もともと気前よく——それどころか感動のようなものさえおぼえて――散財していたとはいえ、クレッチマーは文字通り闇雲《やみくも》に金を払っていた。というのも、借りたフラットを見に来ないだけでなく、住所すら知らなかったからだ。マグダが彼に言い聞かせたのだ、このほうがよほど楽しいわ、サプライズになるじゃない、数日会えなくたってたいしたことじゃないわ、すっかり落ちついたら電話で住所をおしえるから、すぐに飛んで来ればいいじゃない。一週間が過ぎた。彼女は木曜に電話してくることになっていたから、彼は一日中電話の番をした。けれど、電話はつやつやと光るだけで黙りこくっていた。金曜には彼は、マグダが自分をペテンにかけて跡形もなく姿を消したんだときめつけた。晩にはマックスが顔を出した（この訪問はもはやマックスにとって地獄になっていた）が、アンネリーザは不在だった。マックスは書斎でクレッチマーに向かい合って座ったが、なにを言ったらいいのかわからなかった。クレッチマーはもう前々から、マックスの様子がおかしいのに気づいていた。『きっと仕事がうまくいかないんだろう』彼は漠然とそう思った。マックスは煙草をふかし、その煙草の先っぽを見つめていた。彼はここ最近げっそりしたようでさえあった。『かぎつけられたのか』クレッチマーは考えると一瞬ぞっとした。『まあ好きにするさ。やつも男だ、わかってくれるはずさ』（それはきわめて欺瞞《ぎまん》的な考えだった)。イルマがやってくると、マックスは元気になって彼女を自分のひざに乗せ、彼女が座ろうとして彼のやわらかい腹についうっかり拳固をお見舞いすると、おかしな声で呻《うめ》いた。アンネリーザがもどった。クレッチマーはいきなり、これから夕食だの長い夜だのが待っているのだと思うと耐えられなくなった。彼は夕食は家では食べないと言い放って肩をすくめ、どうして前もって言ってくれなかったのと妻がやさしくたずねると、娘のおでこにキスして、そそくさと出て行ってしまった。

彼はただひとつの願いにとりつかれていた。なにがあろうと今すぐマグダを探し出そう——運命だって、これほどの至福を約束しながら、そんな約束など端《はな》からなかったふりをする権利などない。彼はひどい絶望のどん底に突き落とされたので、相当に危険な手に出る覚悟をきめた。彼女の前の部屋が中庭に面しているのを知っていたし、そこに叔母といっしょに暮らしていたのも知っていた。まさにその場所に彼は向かった。中庭を横切る途中、下の階の一室で、どこかの小間使いが窓を開けてベッドを直しているのが見えた。「フロイライン・ペータースですか」彼女は聞き返した。「引っ越しされたようですが。でもご自分でお確かめになってくださいな。五階の左のドアですから」

クレッチマーにドアを開けたのは目を充血させたラフな身なりの女だったが、チェーンをはずそうとはしないで、ドアの隙間から彼と話した。「フロイライン・ペータースの新しい住所が知りたいんです」クレッチマーは言った。「ここに叔母さんといっしょに住んでいたんですよ」――「叔母さんとですって」女はちょっと興味がわいてきたと見えて、ようやくチェーンをはずした。女は彼を狭苦しい部屋に招き入れたが、そこはちょっとでも体を動かすとあらゆるものがみしみし、がちゃがちゃ音を立て、防水布のテーブルクロスの上にはポテト・ピューレの皿や口のあいた塩の袋、空のビール瓶三本が置いてあった――そして、なんだか謎めいた笑みをうかべ、彼に椅子を勧めた。

「あたしがあの娘《こ》の叔母だったとしても」女はウインクすると言った。「きっと住所は知らなかったでしょうね。叔母なんて」女はつけくわえた。「本当のところあの娘にはいないのよ」。『酔っ払いだな』クレッチマーはそう思って落胆した。「聞いてください」彼は声を出した。「彼女がどこに引っ越したのか教えていただきたいんです」――「あの子はうちに間借りしてたのよ」女は物思わしげな調子で言ったが、リッチな遊び相手のことも新しい住所も隠していたマグダの薄情さが考えるだに悲しかったのだ。もっとも住所を嗅ぎつけるなどわけもないことだったのだが。「いったいどうすりゃいいんだ」クレッチマーは声をあげた。「どこに行けばわかるっていうんだ」。女は彼がかわいそうになってきた。ぱりっとした身なりだが興奮している青い目のこの紳士に住所を教えるのが、マグダにとっていいことなのかトラブルのもとなのか判断がつかなかった――だが、この男の様子があんまり痛々しいので、女はため息をつくと、彼に必要な手がかりを与えた。「あたしだって昔は追いかけられていたものよ、あたしだってね」女は彼を送り出しながらぶつぶつ言った。「そうよ、そう、あたしだって……」

八時ごろで、ようやく染まりはじめたばかりの宵闇はオレンジ色の灯火に照らされて活気づき、空はまだまだ真っ青で、見あげると頭がくらくらした。『もうすぐ天国だ』アスファルトの雲の上をタクシーに乗って飛びながらクレッチマーは思った。

ドアには彼女の名刺が貼ってあった。生肉みたいに赤い腕をした図体のでかい仏頂面の女が、彼が来たことを伝えに行った。『もう料理女を雇ったんだな』クレッチマーはそう思ってうれしくなった。『そうこなくっちゃ』。「どうぞ」女がもどってきて言った。彼は髪を撫でつけると奥に入った。マグダは着物姿で花模様のソファベッドに寝そべって、あらわにした腕を折り曲げていた。おなかのうえには背表紙を上向きにして開いた本が乗っていた。部屋にあった家具調度類はこれ以上ないくらい悪趣味で、そのことに彼はいたく心を動かされた。

「まあ、ごきげんよう」彼女に似あわないけだるく物憂げな風情で手を差し出しながら、マグダが言った。

「今日ぼくが来るってわかってたみたいじゃないか」彼は笑いをこらえてつぶやいた。「どうやってきみの住所を探り出したのか聞かないのかい」

「あなたに住所を書いてあげたじゃない」彼の指を握ったまま彼女は話した。

「いいや、これはとんだお笑い種《ぐさ》だったよ」クレッチマーは彼女の言うことも聞かずに話し続け、このよく動く唇を見つめていると、いまにもそこにキスできるのだという思いにますますとろけそうになるのだった。「これはとんだお笑い種だったよ……。それに、ありもしない叔母さんをひねりだすなんて、きみもなかなか人が悪いな」

「あなたどうしてあんなとこに行ったのよ」マグダが不満そうな声を出した。「だってあなたにあたしの住所を書いて送ったじゃないの。右の上のほうに濃くはっきりとね」

「上のほうだって。はっきりとだって」クレッチマーはびっくりしてくりかえした。

「なんのことだい」

彼女は本をぱたんと閉じて心もち上体を起こした。

「だって手紙を受け取ったでしょうに」

「なんの手紙だい」クレッチマーはたずねたが、いきなり手のひらを口にあて、まなこを見開いた。

「今朝あなたに手紙を出したのよ」興味しんしん彼をながめながらマグダは言った。

「夕方の便であなたが受け取ってすぐに来るだろうと思ってたのよ」

「まさかそんな」クレッチマーが口を開いた。

「あら、中身を教えるわよ。愛するブルーノへ、ささやかな巣が完成したので、あなたを待っています。でもあまり激しいキスはしないでね。さもないとあなたの少女は目をまわしちゃうわ……これだけよ」

「マグダ」彼は小さな声で言った。「マグダ、きみはなんてことをしてくれたんだ……。ぼくはね、早めに出てきてしまったんだよ。郵便配達が来るのは八時十五分前なんだからね。もう今ごろは……」

「またあたしがいけないのね」彼女は言った。「そんなに怒らないでよ。あたしはあんなにかわいい手紙を書いたのに、この人ときたら……。まったく腹立たしいわ」

彼女は肩をびくっと震わせ、本を手に取るとそっぽを向いた。左のページには挿絵《さしえ》があった。グレタ・ガルボが鏡に向かって化粧しているのだ。

クレッチマーにこんな考えがよぎった。『なんて奇妙なんだ――とんでもない災難がふりかかってるっていうのに、あんな挿絵のことが気になるなんて』。時計は八時二十分前を指していた。マグダは体をくねらせたまま、まるでトカゲのようにじっとしていた。

「きみはぼくを破滅させたんだ……。きみはぼくを」彼は口を開いたが、最後まで言い終わるより先に部屋を飛び出し、どたどたと階段を駆け下りて、通りがかったタクシーに手を振りそれに飛び乗った――そしてシートの端に前かがみに腰かけ、運転手の背中を見つめてつぶやいた。「なんていうことだ、ああ……。間にあわない……。間にあわないよ……」

車が停まった。彼は一目散に転がり出た。柵のそばで顔見知りの郵便配達が足を十字に組んで、でぶの管理人とおしゃべりしていた。「私に手紙はあるかい」息をはずませてクレッチマーがたずねた。「つい今しがた上のお宅にお届けしましたよ」親しげににこにこしながら郵便配達は答えた。

クレッチマーは上を見あげた。彼のアパートの窓にはおだやかな明かりが漏れていた。彼は自分をコントロールできなくなっているのを感じ、ただこの場にとどまっているのが嫌さに建物内に入り、階段をのぼりだした。最初の踊り場、そのつぎ。若い女性画家、個展を開いてやらなくちゃならない。なあ、泥棒が入ったんだよ、捕まえようとしたんだが……。地震、奈落……。あいつはもう読んでしまったんだ、もうなにもかも知ってるんだ。クレッチマーは自宅のドアにたどり着かないうちに、いきなりくるっと向きを変え、階下へと駆け出した。猫がさっと通り過ぎて柵のすきまをするりと通り抜けていった。

五分後には彼は、ついさっきあれほどの幸せにときめきながら入っていったあの部屋にふたたび入ってきた。マグダは、やはり例の凍りついたトカゲのポーズのままソファベッドに寝そべっていた。本もやっぱりあのおなじページ――化粧するグレタ・ガルボのところが開かれていた。彼はちょっとはなれた椅子に腰かけ、指の関節をぽきぽき鳴らしはじめた。

「やめてちょうだい」マグダは顔もあげずに言った。

彼はいったん静かにしたが、すぐにまたやりはじめた。

「それで、手紙は着いたの」

「ああ、マグダ……」小さな声で彼は言い、咳払いした。そのあと彼はもう一度大きな声で咳払いすると、雄鶏《おんどり》のような声を出した。「もう遅い、手遅れだよ、郵便配達はもう出てきたところだった」

彼は立ちあがって、二度ほど部屋のなかを行ったり来たりして、洟《はな》をかむと、また同じ場所に腰をおろした。

「家内はぼくの手紙を全部読むんだよ、きみだって知ってるじゃないか……」彼は言ったが、霧がかかったように滲《にじ》んで震える視界をとおして自分の紐靴のつま先を見つめ、ぼやけた絨毯の模様にそってそっとつま先を這わせた。

「やめさせればよかったのに」

「ああ、マグダ、きみになにがわかるっていうんだね……。そういうしきたりなんだ、ずっとそうしてきたんだよ……とくに夜はね。おかしな手紙がわんさか来るからね……。どうしてきみはあんなことを……。家内がこれからどうするか、ぼくには見当もつかないよ。だって奇跡なんてものはあるはずがないからな……。でも今度だけでいいから、今度だけでも――ほかのことで忙しいとか、後まわしにしたとか、忘れてたとか……。わかるかい、なあマグダ、こんなこと意味がないって――奇跡なんかないんだよ」

「奥さんが乗り込んできても、あなたは玄関口に出てこないでね。あたしひとりで迎え撃つから」

「だれだって？　いつ？」彼は聞いたが、ついこのあいだほろ酔い機嫌だったときの妻の姿をなぜかぼんやりと思い浮かべた。

「いつですって？　きっといまにもやって来るわよ。奥さんはもうここの住所を知ってるんですからね」

クレッチマーはなにひとつぴんとこなかった。

「ああ、きみが言ってるのはそのことか」彼はようやく言った。「そのことか……。まったく、きみはなんて愚かなんだ、マグダ。ほんとうだ、それにかぎっては絶対にあるはずないよ。なにがあっても――まさかそれだけは……」

『それは願ってもないこと』と考え、不意にマグダはおおいに愉快になってきた。夫が手紙を送るときには、はるかにみみっちい効果しか期待していなかったのだ——夫が手紙を見せようとしないので、妻が怒って地団駄を踏み、破こうとする……。疑惑の最初の亀裂が走り、それはクレッチマーがさらに先に進んでゆくのをもっと楽にしてくれるはずだった。ところがなんと偶然の手助けで、なにもかもがいっぺんにうまく解決してしまったのだ。彼女は本をわきに置くと、彼の唇がぶるぶる震えているのを見てにっこりした。彼は窮地に追い込まれようとしていた——とても大事な時がおとずれていたのだ——もしここでしかるべき手を打たないなら……。マグダは伸びをして肩をぼきぼきと鳴らし、すらりとしたその体のなかで心地よい期待がふくらむのを感じて、天井を見つめながら言った。

「ブルーノ、こっちに来て」

彼はやってきた。絶望的に首を振り、ソファベッドの端に腰をおろした。

「あたしを抱いて」彼女は目をとじてそう言った。「そうよ——あたしが慰めてあげる」

Ⅷ

ベルリンの五月の朝、まだとても早い時刻だ。木蔦《きづた》の葉のなかを雀たちがせわしなく飛びまわっている。牛乳を配る太っちょの自動車が、まるで絹のうえを走っているみたいにタイヤをさらさら言わせる。瓦屋根の斜面に造りつけられた天窓に、陽の光が反射している。空気はまだベルや警笛に馴染んでおらず、そうした音をなんだかういういしい、壊れやすくかけがえのないものであるかのように受けとり、そして運んでいく。柵に囲まれた花壇にはライラックが花を咲かせている。白い蝶が、朝の肌寒さにもかまわず、そこここに舞っていて、まるで田舎の庭園のようだ。クレッチマーが一夜をあかしたその家を出たとき、彼を取り囲んでいたのはまさにこういったものたちだった。

彼は生気のうせた疼《うず》きを全身に感じていた——腹が減っていたし、それと同時にかすかな吐き気をおぼえ、そしてなにもかもがなんだかよそよそしい感じがした——肌に触れる下着の心地悪さも、無精ひげが伸びたときの苛立たしい感じも。彼がそんなに憔悴しきっていたのも不思議ではない。この一夜こそ、結局これまでずっと彼が偏執的な力でつねに願いつづけてきたまさにその夜であったのだ。この十六の小娘のじゃじゃ馬加減はただただ、彼の幸福感をさらに強めるだけだった――彼がまだ彼女の服を脱がせたり、唇を体に這わせたりしているときに、彼女が肩甲骨をぎゅっとすぼめたり、喉を鳴らしたり、頭をのけぞらしたりするだけで、クレッチマーは悟ったのだった――自分に必要なのは隔靴掻痒《かっかそうよう》の取り澄ましたあどけなさなんかではなく、まさにこの、すぐさま反応を返してくれる、持って生まれた活きのよさなのだと。そのときには彼も、とびっきりみだらな夢のなかにいるのと同じように、不器用でぎこちない自制心というありふれた鎧《よろい》をすぐさまかなぐり捨てたのだ。もうずっと前からよく見るようになっていたこうした夢のなかでは、彼はいつも岩場のかげからひと気のない砂浜に踏み出していくのだが、見ると、いつのまにか向こうから水浴びをしていた少女がやってくる。マグダは、彼が夢に見たうっとりするような体の線と瓜二つだった――しどけないほどにおおらかなその裸体は、まるで彼の夢のなかの海辺を裸のまま駆けていくことに、もうだいぶまえから馴染んでいるかのようだった。彼女は落ち着きがなくせわしなかった――焼けるような息づかい、アクロバティックな愛撫、しばらく軽く失神したあとに彼女はふたたびもとのように――マットレスのうえで飛び跳ねては、笑いながらベッドの横木を乗り越え、まだ未熟な太ももをこれ見よがしにぷるぷる震わせて部屋じゅうを歩きまわり、鏡を覗きこみながら、朝食の残り物の干からびた丸パンをかじるのだ。

彼女はいつのまにか、ふっと眠りに落ちた――まるで話の途中で黙り込んでしまったかのように――もう部屋の電気がオレンジ色になり、窓の外がどんよりした青になったころだった。クレッチマーはバスルームに向かったが、蛇口から赤く錆びた水が二、三滴出たところでため息をつくと、浴槽からたわしをつまみあげ、もとはバラ色だったはずの石鹼を見つめ、手はじめにまずマグダを躾《しつ》ける必要があるのは掃除だなと思った。さも大儀そうに服を着て、メモをテーブルに置くと、彼はマグダが眠っているのに見とれ、羽根布団をかけてやり、くしゃくしゃになった暖かいこげ茶の髪にキスして、そっと出て行った。

そして今、がらんとした通りをてくてくと歩き、純真無垢《むく》な朝のこの透明感がすぐに消えてしまうと思うと残念な気持ちでいっぱいになりながら、彼は報いがはじまろうとしていることを理解した——そしてしだいに、妻や娘についての思いがずっしりとした波のように何度も打ち寄せてくるのだった。あれほど長いあいだアンネリーザとともに暮らしてきたアパートを目にし、九年ほど前、赤いほっぺをした乳母が彼の赤ん坊を抱いて、蒼白い顔のとてもやさしそうなアンネリーザといっしょに上に昇って行ったあのエレベーターが動き出し——黄金色の自分の姓が無邪気に冷たく輝くドアの前に立ち止まったとき、クレッチマーはあの夜をくりかえすのはもうやめようとほとんど決心しかけていた——奇跡が起こってくれさえすればよいのに。もしアンネリーザが結局手紙を読んでいないなら、朝帰りしたことはなんとか言い訳できるだろうと彼は自分に言い聞かせていた——酒におぼれるような人間じゃないという評判だってなくしてもかまわない——へべれけに酔っ払って暴れまわったとか、とにかくどんなことだって起こりうる……。しかしながらそのためには、まさにこのドアを開けてなかに入り、目にしなければならないのだが……、なにを目にするというのか。それはまるで想像もつかなかった。『入るべきじゃないのかもしれない、なにもかもこのままにして姿をくらましちまったほうが……』。不意に彼は、戦争中、遮蔽物《しゃへいぶつ》の陰から飛び出さざるをえなくなったときのことを思い出した。

玄関口で彼は身じろぎもせずじっと耳をすました。しずまりかえっている。ふだん、朝のこの時間には家のなかにはもう物音があふれているはずだった――どこかで水の音が聞こえ、乳母がよく通る声でイルマとおしゃべりし、ダイニングルームでは小間使いが食器をがちゃがちゃさせる……。ひっそりしずまりかえっている。隅っこに目をやると、妻の傘が傘立てにおさまっている。いきなりフリーダが姿をあらわし――なぜかエプロンをしていない――失望を声にあらわして言った。「奥さんとお嬢ちゃんは出て行かれましたよ。もう昨日の晩に出て行かれました」――「どこへ」クレッチマーは片隅に目をやったまま聞いた。フリーダは甲高い早口で一部始終を説明すると声をあげて泣きじゃくり、しゃくりあげながら彼の手から帽子とステッキを受け取った。「コーヒーを入れましょうか」彼女は涙声でたずねた。「ああ、なんでもいい、コーヒーで……」

寝室はさも思わせぶりな散らかりようだった。妻の黄色いワンピースがベッドに放り出されていた。簞笥《たんす》の引き出しが一つ出っぱなしになっていた。テーブルからは、妻が自分の亡き父といっしょに写った肖像写真がなくなっていた。絨毯の隅がめくれていた。

彼は絨毯を直し、そっと書斎に向かった。紙ばさみの上には開封された手紙が何通か置いてあった。マグダの字はなんとも子供っぽい。ドライヤー夫妻からの舞踏会の招待状。ホーンからは、海のむこうから形だけの挨拶状。歯科医の請求書。

二時間ほどするとマックスがやってきた。彼はどうやら髭剃りに失敗したようだ。ふっくらした頰には絆創膏の黒いバッテンが見えた。「姉の荷物を取りに来た」彼は歩きながら言った。クレッチマーは彼のあとについていき、彼とフリーダが、まるで汽車に遅れるとでもいうようにあわてて衣装箱に物を詰めるのをだまって眺めていた。「傘を忘れないでくれ」クレッチマーが弱々しい声を出した。子供部屋でも同じことがくりかえされた。乳母の部屋にはきちんと錠をかけられたスーツケースがすでに用意されていた――それも持ち出された。

「マックス、ちょっと話したい」クレッチマーは口ごもり、咳払いすると書斎に向かった。マックスはそのあとにつづき、窓ぎわに立った。「これは破滅だ」クレッチマーは言った。沈黙。

「これだけはあんたに言えるが」窓の外を見ながらマックスがようやく口を開いた。「アンネリーザはきっともう生きていけない。あんたは……。姉は……」マックスは言葉に詰まり、頰の黒いバッテンが何度かぴくついた。

「姉はもう死人も同じなんだ。あんたは姉を……あんたは姉に……。はっきり言って、あんたは希《まれ》にみる下種《げす》野郎だよ」

「またずいぶん乱暴だな」クレッチマーは言って笑みを浮かべようとした。

「だってこりゃあ、まさに恥っさらしもいいとこだろうが」突然マックスが声を荒《あら》らげ、家に来て以来はじめて彼をまっすぐ見つめた。「どこでこんな女引っかけたんだ。どうしたらここに手紙をよこすなんて芸当があばずれ女にやってのけられるってんだ」

「おい、もっと静かにしないか」クレッチマーはわけもわからず脅すような口調になった。

「あんたを殴ってやりたいよ、殴らなきゃ気がすまないからな」もっと大声を出してマックスが言った。

「フリーダがいるんだぞ」クレッチマーはもぐもぐと言った。「なにもかも聞かれちまうじゃないか。こりゃあひどい災難だよ」

「聞いたことに答えられるっていうのかよ」そしてマックスはクレッチマーの襟首

を摑《つか》もうとした。クレッチマーはその手をはたいたが、力がうまく入らなかった。

「そんな尋問口調は気に入らんな」彼は言った。「侮辱にも限度ってものがある。つまらん誤解かもしれないじゃないか。そんなことなんか、なに一つなかったとしたら……」

「あんたは嘘つきだ」マックスはまくし立て、テーブルで床をドンと鳴らした。「あんたは大嘘つきだよ。おれはその女にさっき会ってきたばかりなんだから。金でよろこんで身を売るような小さな子供だよ、感化院に直行するしかないやつさ。あんたが嘘を言うのはわかってたよ。こんなことをしでかしてくれるなんて、いったいどこまでお下劣なんだ。だってこりゃあもうスケベどころじゃないぜ、これは……」

「もうたくさんだ、聞き飽きたよ」クレッチマーがあえぐように口を挟んだ。

トラックが通り過ぎ、窓ガラスがびりびりと鳴った。

「まったく、あんたときたらなあ」不意にマックスが物静かに、悲しげな声で言った。「まさかそんな人間だなんて……」

彼は出て行った。フリーダが玄関口ですすり泣いていた。衣装箱はだれかが運び出した。そしていっさいが静まりかえった。

IX

　正午、クレッチマーはスーツケースひとつでマグダの家に転がり込んだ。人っ子一人いなくなった住宅にとどまるようにフリーダに言い聞かせるのは並大抵のことではなかった。フリーダがようやく納得したのは、フリーダの婚約者である勇ましい巡査《ヴァハトマイスター》を、乳母がいた部屋に住まわせたらどうだと勧めたからだった。ともかく電話がかかってきたら、クレッチマー一家は突如イタリアに発《た》ったのだと答えることになっていた。

　マグダは彼をひややかに出迎えた。午前中には凶暴な太っちょに叩き起こされ、クレッチマーを探し回られたうえ、二回もあばずれ呼ばわりされた。尋常ならざる腕っ節の料理女がその男をつまみ出した。「この家はね、はっきり言って一人用なのよ」クレッチマーのスーツケースを見るとマグダは言った。「後生だからたのむよ」彼は拝み倒した。「それに、ほかにもいろいろと話し合う必要があるわね。あたしはね、あなたのところのノータリンな親類連中にがみがみ言われるなんてまっぴらなのよ」赤い絹の部屋着をはおり、煙草をくゆらせて部屋のなかを歩きまわりながらしゃべりつづけた。黒っぽい髪が額にかかり、それがなんだかジプシーを思わせた。

昼食後彼女は蓄音機を買いに出かけた——なんで蓄音機なのか、どうして今日この日でなくちゃならないんだろう。ひどい頭痛に打ちのめされて、クレッチマーはこのぶざまな客間のソファベッドに横になったまま考えた。『あんな前代未聞のことがあったのに、ぼくときたら結局この落ちつきっぷりだ。アンネリーザは二十分も失神して、そのあと叫び声をあげていたらしい——きっと聞くに耐えないものだったろう——ところがぼくは平然としてる……。妻と離婚するなんてぼくにはできない、だってあいつはやっぱりぼくの妻なんだから——それにこちらから離婚を言い出す理由も権利もない——ぼくはアンネリーザを愛してるし、ぼくのせいで妻が死ぬようなことがあったらもちろん、自分も脳天にぶっ放すだろう。マックスの家に移る理由をイルマにいったいどう説明したんだろうな、あんなに大あわてで、右往左往の騒ぎだったんだから。フリーダの話はなんとも気が滅入ることだ。「奥さんはそりゃもうずっとぎゃあぎゃあと、そりゃもう叫び通しでいらっしゃいました」って、「そりゃもう」をぞっとするほど強調してた。おかしなことだ、アンネリーザは今まで一度だって声を張りあげたことなんかなかったのに』
　あくる日、マグダがレコードを買い集めに出かけて留守なのを幸い、クレッチマーは妻に長い手紙をしたため、まったく誠実ではあるけれどレトリック過剰な文章で、以前と同様におまえを愛していると説いた——ただ、いっときの火遊びが「われらが家庭の幸福をば、瞬時にして灰燼《かいじん》に帰《き》してしまった」のではあるが。彼は泣き、マグダが帰ってこないか聞き耳を立て、涙を流し、ぶつぶつつぶやきながら書きつづけた。彼は妻に許しを請い、娘の健康に気をつけて、このぶざまだがしかし不幸せな父を憎んだりすることがないようにしてくれと頼んだ——ところがこの手紙からは、妻が頼んだら彼は火遊びをやめる気があるのかどうかはっきりしなかった。返事が来ることはなかった。
　そこで彼にわかったのは、苦しみたくないのなら、躊躇《ちゅうちょ》なくとことんまで愚劣なやつになりさがり、家庭のイメージなど記憶から拭い去って、マグダの陽気な美しさが彼のなかに呼び起こした、怪物のように醜い、ほとんど病的とさえいえる情欲にすっかり身をまかせる必要がある、ということだ。彼女はつねに、昼だろうが夜だろうが、どんなときでもしたいだけ愛の発作をわかちあってくれるのだったが、それは彼女にとっては気分転換にほかならず、なんの屈託もなく、のんきそのものだった――妊娠できない体だと医者に告げられたのがもう一年も前だから、なおさらだ。クレッチマーは、以前は首と手しか洗っていなかった彼女に、かわりに毎朝石鹼風呂に入ることを教え込んだ。爪も今ではいつも清潔で、手だけでなく足の爪にも苺色のペディキュアが光っていた。彼女は腋《わき》の下の茶色い毛を剃り、ジレット剃刀《かみそり》で痛々しい切り傷をつくった。血を見て彼女は胸が悪くなり頭がくらくらした。クレッチマーは薬局に駆け込み、黄色い綿やヨードチンキその他を買ってきた。

彼はこの女の新しい魅力をつぎつぎと発見するのだった――ほかの女だったらいかにも安っぽい姑息さ、がさつで恥知らずとしか思えないような態度が、マグダとなると感心したり笑えるものだったりした。体つきはまだ半分子供みたいなのに、あからさまに求めてくる淫乱ぶり――この切れ長の瞳が、まるで劇場の客席で照明がだんだんと層をなして暗くなっていくようにゆっくりと黒味を増すと、そのせいで彼の理性はすっかり箍《たが》が外れてしまい、最後には、どんな格好だろうが恥ずかしさなど木っ端《こぱ》微塵《みじん》に消えうせてしまう――恥じらい深い妻と抱き合うときの控えめな古典的姿勢などどっかに吹っ飛んでしまうのだ。

　彼はほとんど家から出ようともしなかったが、それは知り合いに会うのを恐れていたからで、マグダが自分のそばを離れるのをいやがり、しぶしぶ手放すのはようやく朝になってから――ストッキングと絹の下着を探させるときだけだった。驚いたのは、この女には知的好奇心というものがおよそ皆無だということだった――彼女は以前の暮らしぶりについて彼になにひとつ聞こうとしなかったし、身近にいる人間をよくあるパターンにあてはめて納得し、しかもそんなパターンを信じきって疑わないような人種だった。ときどき彼は自分の過去をしゃべって聞かせ、子供の頃のことや、かすかにしか覚えていない母のことや、飼っていた馬や犬や領地の樫の木や小麦畑をこよなく愛していた父に関心を持つように仕向けようとしたのだが、その父が突如この世を去ったのはなぜかというと、口達者な客の一人がビリヤード・ルームで手のひらに拳を打ちつけながら猥褻《わいせつ》な小話を、猟師が鴨の鳴き声を真似るみたいに声色たっぷりに語ったせいで、腹をよじって豪快に笑いすぎたからなのだ。

「どんな小話なの。話してよ」唇をぺろりとなめてマグダが頼んだが、彼はどんな話か知らなかった。

さらに彼が話したのは、早くから目覚めた絵画にたいする情熱や、自分の仕事、掘り出し物の発見、どうやって絵をきれいにするか——すり潰した松脂《まつやに》とにんにくを使うと、古いワニスがぽろぽろと塵のように剝離し、テレビン油を浸したフランネルのぼろ布で拭うとざらついた黒い翳《かげ》が消え去って、遠い時代の美がみるみる豊かな色彩を花開かせる——青々した丘陵、蠟のように艶々した小径、米粒のような巡礼者たち……。

マグダが聞きたがったのは、おもにそういう絵がいくらするかということだった。戦争のことや、塹壕《ざんごう》で苦労した話を聞かされると、どうしてこの人はお金持ちなのに、うまく兵役を逃れなかったのかしらと彼女は不思議がった。「きみはおかしなことを言うね」彼女の首にキスしながらクレッチマーは声をあげるのだった。「まったく、なんておかしなことを言うんだか……」

マグダは夜になるといつもひまをもてあまし気味だった——映画や豪華なキャバレーや黒人音楽を聴きに行ってみたかったのだ。「そのうち行こう、そのうちにね」彼は言うのだった。「もうすこし我慢してくれ、一息ついて考えをまとめて、暮らしが落ちつくまでね。アイディアはいろいろあるんだ……。それにどっかへ旅行もしよう、もうすぐさ……」

彼は客間を眺めわたし、趣味の悪い品々など我慢ならなかったはずの自分が、このおそるべきがらくたの山、手当たりしだいにマグダを魅了するちゃちな流行りものの調度品に愛着がわいたことに気づいては驚くのだった。どの品にも彼の情欲の照り返しが差し込んでいて、そうした品々を生き生きと見せた。

「ぼくらの生活もうまく軌道に乗ってきたと思わないか、ねえマグダ」

彼女はそのとおりだとは言っていたが、気のない態度だった。こんなのはみんな一時《いっとき》のことにすぎないと彼女にはわかっていた。クレッチマーの豪勢な家のことがどうしても頭を離れないのだが、でももちろん、あわてることはない。

六月のはじめごろ、マグダは仕立屋から歩いて帰る途中、もう家は目と鼻の先というところで、だれかに後ろから肘上をつかまれた。彼女は振り向いた。それは彼女の兄のオットーだった。彼はニタリと不快な笑みをうかべた。すこし離れて、もうちょっと控えめだがやはりうす笑いをうかべた彼の仲間が立っていた。

「こりゃあ、ひさしぶりだな」兄は言った。「家族の顔も忘れちまうとはごあいさつなこった」

「手を離してちょうだい」マグダは睫毛を伏せて、小さな声を出した。

オットーは腰に手をあてて体を反りかえらせた。「上等なおべべを着込んでるじゃないか」頭のてっぺんからつま先まで彼女を眺めまわしながら、彼はそんな言い方をした。「いかにも貴婦人でございますってとこだな」

マグダはくるりと前を向いて歩き出した。けれど彼はもう一度彼女の手を痛くなるほどぎゅっとつかんだ。「いやっ」彼女は子供のころのように小声で叫んだ。

「なあマグダ」オットーは言った。「おれはもう三日もおまえを監視してたんだよ。どうやって暮らしてるかわかってるぜ。でもここじゃなんだから場所を変えようや……」

「離して、離してったら」マグダは彼の指をはがそうとしながらつぶやいた。通行人が何人か立ち止まって、スキャンダルが起こるのを期待しながら眺めていた。家はすぐそこなのだ。クレッチマーがなにかの拍子に窓から顔を出すかもしれない。そんなことになったらまずい。

彼女は兄に押されるままに歩き出した。オットーは彼女を曲がり角に連れていった。歯をむき出してニタニタしながら、腕をぶらぶらさせて残りの二人も近づいてきた――カスパールとクルトだ。「あたしをどうしようっていうの」よれよれになった兄のハンチングや耳にはさんだ煙草、むき出しになった雄牛のような首を憎々しげに見つめながらマグダは聞いた。彼はあごで示した。「あっちに行こうぜ――そこの酒場だ」

「まとわりつかないでよ」彼女は声をあげた。例の二人組がすぐそばに近づいてきて、うなり声を出しながら彼女に体を押しつけてきた。彼女は震えあがった。

四人はひとかたまりになって薄暗い酒場に入った。カウンターでは数人がしゃがれ声をはりあげて何事か議論していた。「そこの隅に座ろうぜ」オットーは言った。

みなが腰をおろした。マグダは、兄やここにいる日焼けした肌の若い連中と湖畔に水浴びに行ったことがあるのをありありと思い出した。連中は彼女に泳ぎを教えようとして、むき出しの太ももをひっつかんだ。そのうちの一人カスパールには、手の甲と胸板に淡い青の刺青《いれずみ》があった。水辺に寝そべって、しっとりしたビロードのような砂をおたがいにかけ合い、二人は彼女がうつぶせになったとたん、彼女を濡れた水着のうえからぴしゃぴしゃひっぱたくのだった。こうしたこととの一切合切が、とっても素敵でとっても楽しかった。とくに、筋骨隆々で金髪のカスパールが岸辺に走り出て、寒さに震えるように手をぶるぶるさせながら、「水ってやつはいつだってずぶ濡れなんだからな」なんて言ったこと。口を水面に出さないで泳ぎながら、彼はアザラシの鳴き声を大きな音で響かせることができた。水から上がると、彼はまず髪をなでつけ、ハンチングを慎重にかぶった。思い出すのはボールで遊んだこと、そしてそのあと彼女はあおむけに寝て、二人は彼女に砂を塗りつけ顔だけが出るようにして、葦で作った十字架を置いたのだった。

「なあ」テーブルに白ビールのジョッキが四つならぶとオットーが言った。「金持ちのお友達がいるからってだけで、親兄弟を恥ずかしがっちゃいけねえな。反対に、家族の面倒を見るぐらいでなくっちゃ」。彼はビールをひと口飲み、お仲間たちもひと口飲んだ。二人はあざ笑うような目つきで敵《かたき》でも見るようにマグダを眺めていた。

「そんなの一つ残らず当てずっぽうで言ってるだけでしょう」マグダが堂々とした態度で言った。「あんたが思ってるようなことじゃないわ。あたしたち婚約者どうしなのよ、それだけ」

三人が三人とも腹をかかえて大爆笑した。マグダはこの三人があまりに不愉快だったので目をそらし、ハンドバッグの留金をかちゃかちゃいわせはじめた。オットーはハンドバッグを彼女の手からとりあげて口を開けたが、なかから出てきたのはコンパクトと鍵、それに三マルク半だけだった。彼は金を抜き取り、これはビール代だと説明した。そのあと兄は会釈しながらバッグを彼女の目の前に置いた。

もう一杯ずつビールを注文した。マグダも飲み干したが――無理をしたのだ――彼女はビールなんて嫌だったのだが――でもそうしないとやつらがこれも平らげてしまっただろう。「もう行っていいかしら」巻き毛《アクロシュ・キョール》をなでつけながら彼女はたずねた。

「なんだって。兄弟や友達と飲むのが嬉しくないっていうのかね」オットーは驚いた。「マグダ、おまえはひどく変わっちまったな。でもな、おれたちはまだ肝心なことを話し合ってねえんだよ……」

「もう盗るものは盗ったでしょうが、だからあたしはもう帰るわ」

ふたたび三人はさっきおもてでしたようにうなり声をあげはじめ、彼女はまたしても怖くなった。

「盗ったなんてことにはなりようがねえ」悪意をむき出しにしてオットーが言った。「この金はおまえのじゃない、あれこれ理由を付けちゃおれたちの同胞から吸いとった金なんだ。そんなまやかしを言うのはよせや――盗んだなんてことは。おまえはな……」彼は自分を抑えてしずかに話し出した。「そういうことさ、マグダ。今日これからおまえのお友達の金をちょっとばかり拝借してきなよ、おれや家族のためにさ。五十マルクばかり。わかったな」

「もしそうしなかったら」マグダがたずねた。

「そんときゃあ報いをうけることになるさ」オットーが落ち着きはらって言った。「なあ、おれたちはみんなおまえのことなどお見通しなんだよ……。婚約者とはな——あきれてものも言えないね」

マグダは不意ににこりとすると、睫毛を伏せてつぶやいた。「わかったわ、とって来る。それだけね。行っていいかしら」

「おい待てったら、待てよ、なにをそんなに急いでるんだ。それにさ、そもそもまた会わなくちゃなるまいが。またみんなで湖畔に繰り出すってのはどうかな」彼は二人の仲間のほうを向いた。「だって最高に楽しかったじゃないか。人を見下すもんじゃないぜ、マグダ」

けれど彼女はもう立ちあがっていた——立って自分のビールを飲み干そうとしていたのだ。

「明日の正午にさっきの曲がり角でな」オットーは言った。「そしたらその日はずっとヴァンゼーでのんびりやろうや、わかったな」

「いいわ」マグダは微笑みながら言って頷《うなず》くと出て行った。

彼女は家に帰り、クレッチマーが新聞を置いて彼女に近づいてきたとき、よろけて屈み込み、気を失ったふりをした。効果はてきめんだった。彼はおどろいて、彼女をソファベッドに寝かせ、ブランデーを持ってきた。「どうしたんだい、どうしたんだい」マグダの髪をなでながら、彼は何度も聞いた。「あなたはもうあたしを捨てるわ」マグダはうめき声をあげた。彼はごくりとつばを飲み込み、いちばん恐ろしいことが頭をよぎった。浮気だ。『どうする。弾をぶち込むか』彼は心のなかで言い、平静になってくりかえした。「マグダ、どうしたっていうんだね」——「あなたを騙してたのよ」彼女は言い、口をつぐんだ。『死』クレッチマーは思った。「とっても恐ろしい嘘なのよ、ブルーノ」彼女はしゃべりつづけた。「あたしの父は画家なんかじゃ毛頭ないのよ、昔は修理工で、今は玄関番をしているの。母は階段を磨いてるし、兄はしがない工員。あたしの子供時代はそれはそれは辛かったわ——叩かれたりいじめられたり……」

クレッチマーは信じがたいほどの――優しく甘い――安堵感を味わい、それから彼女を哀れに思った。

「いえ、あたしにキスするのはやめて、ブルーノ。なにもかもあなたに知っていてほしいの。あたしは家出してきたのよ。最初は絵のモデルをしてたわ。怖いおばあさんがあたしをこき使ったの。そのあと不運な恋をした――相手はちょうどあなたみたいに奥さんがいてね、離婚してくれなかった、それであたしはその人と別れたのよ、気が狂うほど夢中だったけれど。そのあとあたしは銀行家のじじいにつきまとわれて、全財産をやるって言われたの。そしたら汚《けが》らわしい噂がいろいろ流れたけれど、でももちろんそれは嘘で、じいさんからはなにひとつ得られなかった。そのじじいは心臓発作で死んだわ。あたしはアルグス座で働きはじめた。ねえ、わかる――あの人はあたしを映画スターにしてくれるって言ったのに、あたしはまっとうな道を選んだのよ……」

「おまえがいて幸せだよ、とっても」クレッチマーはもぐもぐ言った。

「あたしのこと軽蔑しない？」泣き顔に無理に笑みをうかべようとしながら彼女はたずねたが、それはとてもむずかしいことで、それというのも涙なんか出ていなかったからだ。「あたしのことを軽蔑しないでくれてよかった。でもね、まだこれからがいちばん嫌な話なのよ。兄貴があたしにつきまとっていて、お金を出せって言うの。あたしたちを脅迫するつもりなのよ……。わかるかしら、兄貴が現れたとき思ったの。疑うことを知らないあたしの哀れなウサギさんは、うちの一家がどんな連中か知らない――そしたらね、そしたらあたしは恥ずかしくなったんだけど、それはもう兄貴のせいじゃなくて――あたしがあなたに本当のことを全部話してなかったからなのよ――ほんとうに恥ずかしいわ、ブルーノ……」

彼はマグダを抱きしめ、やさしくくすぐりだし、彼女は小さな声で笑った（兄貴をならずものに見せるなんてわけなくできるんだから）。

「なあ」クレッチマーが言った。「もうきみをひとりで外出させるのは心配だよ。どうしたらいい。警察に行かなくていいのかい」

「いいえ、それだけはだめ」つねにない強い調子でマグダが声をあげた。彼女はなぜか警察や警察官を怖がっていた。

X

朝、彼女はクレッチマーと連れ立って外出した――軽快な夏服や、日焼け止めのクリームを買い込むためだった。クレッチマーが選んだアドリア海のリゾート、ソルフィはさんさんと陽の降りそそぐ砂浜で知られていたのだ。タクシーに乗り込むとき、彼女は兄が通りの向かい側に立っているのに気づいたが、クレッチマーにはおしえなかった。

マグダといっしょに外に出て、店から店へ渡り歩くのは、クレッチマーにとって不安の連続だった。知り合いに会う恐れがあったし、まだ自分がおかれた状況に馴染むことができなかった。家に帰ってくると、見張りはもういなかった。マグダは悟った。兄は死ぬほど憤慨してこれからなにか仕掛けてくるにちがいないのだ。実際そうなった。

出発の二日ほどまえ、クレッチマーは腰かけて仕事の手紙を書いており、マグダは隣の部屋で衣装ケースに荷物を詰めていた。紙がさらさらいう音や、マグダが口を閉じたままいつも小さな声で歌っていた鼻歌が聞こえた。『なんとも妙な気分だな』クレッチマーは思った。『新年の占いで、何ヶ月か先にぼくの人生が急激に変わるって占い師が言ってくれてたとしたら……』。隣の部屋でマグダがなにかを取り落とし、鼻歌がとだえ、そのあとまた聞こえてきた。『なにしろ五ヶ月前にはぼくは模範的な夫だったんだからな。それにマグダなんか、そもそもこの世に存在してなかった。なにもかもあっという間だったな。ほかの連中は家庭の幸福と軽いお遊びを両立させてるってのに、なぜだかぼくの場合、あらゆることがいっぺんにこんがらがっちまって、今になってさえ、どこで最初のへまをしたのかさっぱり思いつかない。それに今ではこうしておちついて、分別を保って明晰にものを考えてるように見えるけど、実際はまだどことも知れずまっさかさまに墜落してる最中なんだからな……』

彼はため息をつくと、ふたたび手紙にとりかかった。突然——呼び鈴が鳴った。クレッチマー、マグダ、そして料理女が、それぞれの部屋から玄関に飛び出してきた。「ブルーノ」マグダがささやき声で言った。「気をつけて。きっとオットーよ」——「部屋にもどっていなさい」クレッチマーが答えた。「ぼくがなんとかする」

彼はドアを開けた。玄関口に立っていたのは、いかにもがさつで間の抜けた顔つきの若い男だった――がそれでもとてもマグダに似ていた。彼はかなり上等な青いカジュアル・スーツを着込み、藤色のネクタイの端は先細りしながらシャツのボタンのあいだにたくし込まれていた。

「どんな御用でしょう」クレッチマーがたずねた。

オットーは咳払いすると無遠慮に言った。「おれの妹のことであんたに話があるんだがね。おれはマグダの兄さ」

「そりゃまたどうして私なんだね」

「あんたは……」オットーはたずねるように口を開いた。「その……」

「シッファーミューラーだが」クレッチマーは教えてやり、ちょっと楽な気分になった。

「そうですか、シッファーミューラーさん、おれは妹と会ってね、思ったんですよ、あんたにも興味がおありだろうってね、もしおれが……もしおれたちが……」

「とても興味がありますな――でもどうして玄関口に立ちっぱなしなんです。お入りなさい」

オットーは入るとまた咳払いした。

「おれが来たのはこういうわけなんですよ、シッファーミユーラーさん。うちの妹はまだほんの娘っ子で世間知らずなんだ。うちのお袋はね、シッファーミユーラーさん、マグダが家出してからってもの、夜もおちおち眠れないんですよ。そう、シッファーミユーラーさん、あいつはまだ十五なんでね——あいつはもっと年上だと言ってるかもしれないが、信じちゃいけない。こりゃあ、なんともはや、じつによろしくないことですな、シッファーミユーラーさん。じつのところ旦那、こりゃいったいどういうことです。おれたちはまっとうに暮らしてきて、親父《おやじ》は戦争にも行った。これを元どおりにするにはどうしたらいいのか、わからんですよ……」

オットーはひとりで勝手に興奮してきて、自分が言ったことを信じはじめていた。

「どうしたらいいかわからないんだ」彼は上気したようにしゃべりつづけた。「こんなことがあっていいんですか、シッファーミユーラーさん。考えてもみてくださいよ、罪もないかわいいうちの妹がお宅で、金で買われて淫《みだ》らなことをされているなんて……」

「なあきみ」クレッチマーがさえぎった。「それはなにかの誤解でしょう。私のフィアンセはね、家族はあたしと縁が切れてそれはせいせいしてるって話してましたよ」

「おやおや、旦那」オットーは眉をひそめて頭を振りながら言った。「あんたは妹と結婚するんだって思わせたいんでしょうがね。いったいどこにそんな保証がありますね。だってまっとうな娘っ子と結婚するおつもりなら、なにをおいてもまずは親のところか、さもなきゃ兄弟にでもあいさつに来るのが筋ってもんでしょうが――実るほど頭《こうべ》を垂れるなんとかって言うじゃないですか、旦那」

いくばくか不安そうにオットーを見つめながらクレッチマーが心のなかで思ったのは、この男の言うことは結局理屈に合っているのであって、マックスがアンネリーザのことを心配するのとおなじくらい、マグダのことに口を出して当然だということだった。それと同時に彼は、オットーは嘘つきで無礼だし、この熱心さがうさんくさいことも感じていた。

「ちょっと待った」クレッチマーは毅然《きぜん》として話をさえぎった。「そういうことはとてもよくわかりますがね、しかし本当のところ、私たちには話すことはなにもありませんな、あなたにはなんの関係もないことです。お引き取りください」

「おや、そうですか」眉をひそめてオットーが言った。「なるほどね。よくわかりました」

彼は口をつぐみ、帽子をいじりまわしながら床を見つめていた。さっと考えをめぐらすと、彼は別の方向から切り出した。

「たぶん、これはあんたには高くつくことになりますよ、旦那。おれは妹のことはよくわかってるつもりだ――裏の裏までね。兄妹のよしみで罪がないとは言ったが。だがね、シッファーミューラーさんよ、あんたはあまりにお人好しだね――やつをフィアンセって呼ぶなんて、どうにも奇々怪々でちゃんちゃらおかしいことさ。おれならまあ、あんたにいろいろとやつのことを話してやれるんだがな」

「それにはおよびませんよ」顔を真っ赤にしてクレッチマーが答えた。「あれが私に全部話してくれました。不幸せな女の子だ。家族に守ってもらえなかったのだから。どうかお引き取りを」。そしてクレッチマーはドアを開けた。

「後悔することになりますよ」オットーの口調はぎこちなかった。

「お引き取りを」クレッチマーはくりかえした。

男はひどくのろのろと席を立った。ある種の裕福な人たちによくある安っぽい同情の気持ちから、クレッチマーは不意に、この若者のこれまでの人生がどれほど惨めで愚劣なものだったにちがいないかを思い描いた。ドアを閉める前に彼は財布を取り出し、親指をなめてオットーの手に十マルクをつかませた。

ドアがばたんと閉まった。オットーは紙幣に目をやり、ずっと立ち尽くしていたが、やがて呼び鈴を鳴らした。

「どうした、またきみかね」クレッチマーが声をあげた。

オットーは紙幣を持った手を差し出した。「施しは願い下げだ」彼は敵意をこめてつぶやいた。「あんたがいらないなら、この金は失業者にでもやってくれ」

「きみ、そんなこと言わずにもらってくれ」クレッチマーは困った顔で言った。

オットーは肩をそびやかした。「旦那連中から施しなんか受け取らない。おれにも自分のプライドがあるからな。おれは……」

「でも私が思ったのはただ……」クレッチマーがしゃべりはじめた。

オットーはまだいくらか話をしたが、足踏みすると、陰気な顔で金をポケットに突っ込み立ち去った。社会的欲求のほうはもう満たしたからな、おつぎは人間的欲求を満足させる番だ。

『ちょっと少ないが』彼は思った。『それでもいいさ』

XI

マグダの手紙を読んでしまったそのときから、アンネリーザにはいつも、なんだかおかしな夢がずっとつづいているように、あるいは自分の気が変になったか、そうでなければ夫はもう死んだのをごまかして、裏切られたのだとみんなが口裏を合わせているように思えた。彼女は、出かけるまえに夫のおでこにキスをしたことをよく思い出した──もうはるかに遠いあの夜のことだ──キスすると、彼はこう言った。「でもやっぱり明日医者にあのことを聞いてみなくちゃ。さもないとあの子はいつも掻きむしってるんだからね」。それが彼の最後の言葉だった──娘の腕や首にできた軽い発疹のことだ──そしてそのあと彼は姿を消し、数日後には発疹も亜鉛華軟膏でおさまった──けれどこの世には、思い出を消し去ってしまえるような軟膏などなかった。彼の広くてあたたかいおでこ、ドアに向かう鷹揚《おうよう》な身のこなし、こちらを振り向く顔、「でもやっぱり明日……」

彼女ははじめのうちはずっと泣いてすごし、涙腺がちっとも涸《か》れないということがもう驚異なのだった――生理学者たちは、人が自分の目から塩辛い水をこれほど絞り出せるってことを知っているんだろうか。するとすぐこの瞬間、夫といっしょに三歳のイルマをアバツィア［北イタリアのリゾート地。現クロアチア領］のテラスにあった海水を入れた小さな風呂桶で水浴びさせた記憶がよみがえってくるのだ――そして涙がまだいくらでも残っていることがふとわかる――こんな風呂桶まるごとでも涙でいっぱいにして、赤ん坊を水浴びさせ、カメラでパチリとスナップ写真を撮ることができて、その写真は、イルマの幼年時代を写したアルバムに収められることになる。テラス、風呂桶、輝くばかりのむちむちした赤ん坊、そして夫の影――というのも、夫が太陽を背にしていたので、写真を撮ったときの、肘を八の字形に開いた長い影が、砂利のうえに落ちていたからだ。

それでも比較的落ちついているときには、自分に話しかけることもあった。まあいいわ、わたしは捨てられたのよ、でもイルマは――あの子のことを考えてなかったなんて。そしてアンネリーザは、イルマを乳母といっしょにミスドロイ［バルト海のリゾート地。現ポーランド領］にやったのは正しかったのかしらと弟に何度もしつこく問いただすようになって、マックスはそれでいいのだと返事しては、姉さんも行ったらいいのにと勧めるのだが、彼女は聞く耳を持たないのだ。辱《はずかし》められ、瀕死の体で立ち直れないほどの苦痛を味わいながら、くる日もくる日もアンネリーザは無意識のうちに、今にもドアが開いて、蒼白い顔にしわがれた声で、だらりと手を垂らした夫が入ってくるんじゃないかと期待していたのだ。

一日の大半を彼女はたまたま腰かけた安楽椅子のうえですごした――玄関口にいることすらあった――物思いという名の霧にいったん心を奪われてしまうと、どこだってかまわないのだ――そして夫婦生活のこまごました出来事をぼんやりと思い出すのだが、すると彼女にはもう、夫がこのまる九年間のそもそものはじめから自分を裏切っていたように思えてくるのだ。

マックスはできる限りアンネリーザの面倒を見ようと努めて、雑誌や出たばかりの本を持ってきたり、子供のころのことや死んだ両親、戦争で死んだ兄のことを二人で思い出そうとした。暑い夏のある日、彼は姉をティーアガルテン［ベルリン中心部にある公園］に連れて行き、そこで二人はながいことぶらぶらしたのだけれど、散歩に連れてきた飼い主からするりと逃げ出し、背の高い楡《にれ》の木の茂みにもぐりこんでしまった猿がいたので、それを半時間ものあいだ眺めてすごした。飼い主が下におびき寄せようと静かに口笛を吹いたり鏡をきらきら反射させたり大ぶりの黄色いバナナで釣ろうとしたりしたけれど、いっこうに効き目がなかった。「猿はあの人のところに帰ってこないわね、あんなことしても無駄よ。つかまりっこないわ」とうとうアンネリーザがいきなり泣き出した。二人は歩いて家に帰ったが、あんまり暑かったのでマックスは、ズボン吊りをしていたのに上着を脱いだ。「それはだめよ」アンネリーザがため息をついて言った。「ベルトをしなくちゃ」——「ベルトじゃ留まらないんだよ」マックスが言葉を返した。「ぼくも腹がなんだか不自然に出っ張ってきちゃってね」。そのとき姉は彼の手をぎゅっと握った。彼女は向こう側を走るタクシーを見ていた。タクシーはクラクションを鳴らし、右に赤い舌を出すと角を曲がって消えた。

XII

その黒いニットの水着は、ちょうど今しているみたいに伸ばした足を動かしてあおむけに寝そべると、サイズが小さすぎて太もものところがきゅっと斜めに引きつれ、かすかに盛りあがった半島をつくりながら股の奥深くに喰い込んでしまうのだが——黒いニット地に白いゴムのベルトがついていて、横腹にはウエストのあたりまで届く楔形《くさびがた》の切り込みが入ったこの水着姿のマグダは、思わず目を疑うほどほっそりしたスタイルや均整のとれた長い手足できわ立っていて、すこし離れた場所に寝そべっていた二人の少女、麻の帽子をかぶった赤ら顔のイギリス人が連れてきた娘たちなんかとはもう月とスッポンなのだった。クレッチマーは砂の上に肘をついて、わき目もふらずに彼女を飽かず眺めていたが、彼女の手足の肌はすっかり日に焼けてなめらかな光沢におおわれ、赤味のさした黄金色の顔は鼻の頭の皮が剝け、唇にはルージュを引いたばかりだった。額からはねのけられた髪は陽光を受けて栗色にきらめき、ちいさな耳が砂粒のようにちらちら見え隠れし、黒いニット地は乳首のところが透けてさらに黒ずんでいた――それに、水着はあんまりぴったり体を締めつけすぎて、出るところも引っ込むところも実物以上にぱんぱんに張り詰めて見えたし、つやつやした肩にかかる肩紐もかぼそくて、いわば、皮一枚でかろうじて持ちこたえている状態で――どこか一個所でもぷつっと鋏を入れたら、全部いっぺんにはじけてしまうだろう。

クレッチマーはさらさらした砂を手のひらですくって彼女のへこんだ腹の上に撒《ま》いた。マグダは目を開けると、太陽のまぶしさに思わずまばたきし、にっこり笑うと愛人を横目で見て、ふたたび目を閉じた。

しばらくすると彼女は体を起こし、ひざを抱えて座ったままじっとしていた。今度は裸の背中や流れるような背骨の線、はりついた砂がきらきらしているのが彼の目に入った。「じっとして。今はらってやるよ」彼は言った。彼女の肌は焼けるようだったが、絹でできているみたいだった。「まあ」マグダが声をあげた。「ほんとうに青い海ね」

海はほんとうに色あざやかな青だった。波がおこると、そのきらきらした波頭に遊泳者たちのシルエットがコバルト色の影になって映るのだ。オレンジのバスローブを着た男が水際に立って眼鏡を拭いていた。どこから来たのか、ピエロみたいにカラフルで大きなボールが軽やかな音をたてて飛んできて、マグダはさっと体を伸ばしてそれをキャッチし、立ち上がると、だれかに向かって投げた。今、クレッチマーの視界にいる彼女は、太陽にぎらぎらと輝く砂浜の極彩色の光にとりかこまれていたが、しかしながら彼にはその姿はもうはっきりした像を結ばなくなっていた。あんまりマグダを一生懸命にじっと見つめすぎたせいだ。栗色の髪の房を耳にはさみ、ボールを投げてブレスレットをはめた腕をすっと伸ばした軽やかではつらつとしたマグダは、彼には自分のこれからの人生の最初の一ページを飾る、じつに魅力的なイラスト挿画のように見えた。

マグダがこちらに歩いてくると、彼はうつぶせになって彼女の小さな足の甲が動いてくるのを観察していた。マグダは彼のほうに屈み込み、楽しそうな声をあげながら、ベルリン風のおどけた身振りで、むっちりした彼の海水パンツを引っつかんだ。

「泳ぎに行きましょうよ」彼女は叫んで、つま先走りでほんのすこし片足を引きずるようにして前に駆け出した――そして手を広げ、とみるまに水をばしゃばしゃさせて足どりをゆるめながらもどんどんと前に進み、泡立つ海水が見るまに膝の高さにまで流れ込んでいるのだった。彼女は四つん這いになって水のなかに身を沈めて泳ごうとしたが、笑いながらクレッチマーから逃げようとして水にむせてしまい、すぐに立ち上がった。彼女の黒い水着は光って体にはりつき、腹のまんなかにくぼみができた。「はあ、はあ」彼女は息をつき、にこにこしながらつばを吐き、濡れた髪の毛を目からはがそうとする。不意に手のひらを水面にすべらせて、彼女はクレッチマーに水を浴びせかけ、彼も同じやりかたでそれに仕返しし、こうしてふたりは飽きもせず、まばゆい水しぶきをたがいにかけあって大声をあげ、パラソルの下に入っていた年配のイギリス人女性は夫の方を向いて、気だるそうに言った。「Look at that German romping about with his daughter. Now don't be lazy, take the kids out for a good swim...［あのドイツ人が自分の娘と遊んでるのを見てごらんなさいな。ぐずぐずしてないで子供たちと泳いできてちょうだい］」

XIII

そのあとカラフルなローブを羽織って、ふたりはハリエニシダやヒトツバエニシダの黄色い花が咲く茂みにかこまれた、砂利の敷かれた小径を登って行った。こぢんまりした、しかしたいそうな賃料を払った別荘は、黒い糸杉の木立のあいだで砂糖の家のように白く見えた。青い翅《はね》のバッタが何匹も砂利道を横切って跳んだ。マグダはバッタを手で捕まえようとしていた。しゃがみこむと彼女はそっと指をバッタに近づけたが、三角形に持ちあがった後脚が出し抜けにぶるっと震え、扇のような翅をひろげると、虫は六メートルほど向こうに飛び移るか、荒れるにまかせた庭に生い茂るアザミのあいだに姿を消す。

鎧戸の格子縞がテラコッタの床に影を落とす涼しげな部屋のなかで、マグダはまるで蛇みたいに、水着という黒い蛇皮から脱皮して、かかとの高いスリッパを履いただけの姿で部屋を歩き回り、鎧戸をすかして洩れる陽射しの縞模様が彼女の体を流れた。

夜はきまってカジノでダンスをした。海は鏡のようになめらかな紫の色合いを帯び、ラグーザの方角から、早々と照明を灯した蒸気船が姿をあらわすのだった。クレッチマーはつとめて彼女と踊ったが、なめらかにまとめられた彼女の髪の毛は、彼の肩にやっと届くのだった。

こちらに来てほどなく、あらたに知り合いができた――イタリア人にイギリス人、オーストリア人で――クレッチマーは彼女がこういう連中と体をぴったり寄せ合って踊っているのを眺めると、すぐに屈辱的でやりきれないほどの嫉妬を感じるようになったが、それは彼女があの薄いドレスの下におよそなにひとつ身に着けていないことを知っていたからで、ガーターベルトさえ彼女はつけていなかった。みごとに日焼けした肌がストッキング代わりだったのだ。彼女は相手を見上げておずおずと微笑む。ときおりクレッチマーは彼女を見失うが、そんなときは立ち上がってシガレットケースの蓋に煙草をトントンと叩きつけながら、あてずっぽうな方角に歩いてカードをやっているどっかの部屋に行き当たり、さらにテラス、ビリヤード・ルームとさまよって、もう気が気ではなくなり、あいつはどこかで浮気してるんだともうすっかり信じ込んでしまうのだけれど、人ごみの迷路をかきわけて自分のテーブルにもどってくると、いきなり彼女が姿をあらわして、豪華な玉虫色のドレス姿で彼の横に腰をおろし、そんなドレスを着ていても大人びて見えず、彼は、自分のいだいた危惧についてはロをつぐんだまま、テーブルの下で彼女の素肌もあらわな両膝をあわてて撫でさするのだが、その両膝は、オーストリア人の男が口にしたおかしなコメントに大笑いして彼女が上体を軽くそらすたびにこつこつと鳴るのだった。

マグダの名誉のために言っておかなければならないが、彼女はクレッチマーに完璧かつ無条件に忠実であろうとしてどんな努力も惜しみはしなかった。それと同時に、彼がどんなに頻繁にすみからすみまでマグダを愛撫しようと、彼女はもうずいぶん前から、なにかがちがうような、なにか物足りないような感じを覚えていて、それが彼女をじりじりさせ、やがて彼女が思い出すようになったのが、あの最初の男、彼がちょっと触れただけで自分のなかのなにもかもが燃えあがり打ち震えたあの男のことだった。間の悪いことに、若いオーストリア人はソルフィでは相当な踊りの名手で、どこか彼女の最初の愛人に似たところがあった——見た目にはわかりにくいその類似点は、大きな手のひらの乾いた感触や、じっと見つめているのに、かすかにあざ笑っているようなところのある眼差し、鼻の穴をふくらませる癖のなかにある何かなのだ。

ある日、ひと踊り終えてつぎの曲までのあいだ、彼女は薄暗い庭園の片隅に彼といたが、そこには遠くから響く音楽と月の光といういかにも月並みで、どんな人でもメロメロになってしまうような、なんとも情緒的な取り合わせがあった。海はうろこのようにさざ波をきらめかせ、夾竹桃《きょうちくとう》の影が妙に白っぽいかたわらの壁の表面にそっと揺れていた。「ああ、だめ」彼女を抱きしめて黙りこくった男の唇が首筋や頰を這い、熱をおびた巧みな手が素肌にそのまま着けたダンス用ドレスの下にもぐり込むのを感じながらマグダは言った。「ああ、だめ」彼女はまた言ったが、そのときにはもうみずから顔をさしだして彼のキスに激しく応え、そして彼もまた、どんなところも逃《のが》さずなんとも至れり尽くせりの愛撫をしたので、彼女はもっと大きな喜びが近づいてくるのを感じた――が、その前にうまくするりと身をかわすと、先のほうにある明かりのついたドアに向かって渡り廊下を駆け出した。

それはもう二度と起こらなかった。マグダはクレッチマーがあたえてくれる、一級品の映画から出てきたような生活、ダイヤのように輝く太陽や、棕櫚《しゅろ》の木を揺らすそよ風でいっぱいの贅沢三昧の暮らしに味をしめてしまったので、なにもかもいっぺんに失くしてしまうことがとても恐ろしくて、危ない橋を渡る勇気もなく、彼女のいちばんの特質といってもいい自信過剰すら、しばらくはなりをひそめてしまったかのようだった。もっとも、その自信過剰は、秋に二人がまたベルリンにあらわれるとすぐに舞い戻ってきた。「そうね、もちろんこりゃあ素敵だわ」上等なホテルの上等な客室をじろじろ見回しながら、彼女はそっけなく言った。「でもね、わかってるのかしら、ブルーノ、こんなことは長つづきしやしないわ」

クレッチマーは、もう部屋を借りる算段はついたんだとあわてて答えた。

『あの人ったらあたしをせいぜいが愛人の女ぐらいにしか思ってないのかしら』彼女は思って、彼のことがとても憎らしくなった。「ブルーノ」彼女は小さな声で言った。「あなたにはわかりゃしないわね……」。彼女は深いため息をもらし、腰をおろすと顔を手で覆った。

「あなたはあたしがいるのが恥ずかしいのね」指の隙間からクレッチマーを見ながら彼女は言った。

彼はマグダを抱きしめようとした。「さわらないで」彼女は飛びのいて声をあげた。「あたしは嫌なの——日の当たらないところでふたりこそこそと暮らして、あなたが怖がってあたしと表に出ようとしないのを一日中眺めてるなんてね。いやよ、あたしにさわらないでちょうだい……あたしには手に取るようによくわかるんだから。あたしのことが恥ずかしいっていうなら、どうぞあたしを捨てて、リースヒェン〔アンネリーザの愛称〕のところにいつでもお帰りなさいな……」

「マグダ、やめておくれ」クレッチマーが途方にくれてつぶやいた。

彼女はソファに突っ伏した。いかにもタイミングよく大声で泣きじゃくりだした。クレッチマーはひざまずいて彼女の肩にそっと手をふれたが、彼の指がそばに寄ってくるたびに彼女は肩をぶるぶる震わせた。「いったいどうしてほしいんだい？」彼は聞いた。「ねえ、マグダ」

「あたしはあなたの家でこそこそせずに暮らしたいの、あなたの家でよ」彼女はむせびながら言った。「あなたの元の家でよ――人も呼んだりして――まっとうな暮らしをするの……」

「わかった」彼は言って立ちあがった。

『で、一年後にはあたしと結婚するのよ』機械的にしゃくりあげたまま、マグダは心のなかで思った。『もちろんそのときまでにあたしがハリウッドに進出してなかったらの話だけど――そんときはあんたなんか悪魔んとこへ送ってやるから』

「お願いだからもう泣かないでおくれ」クレッチマーが嘆声をあげた。「さもなきゃ、ぼくがおいおい泣き出しそうだよ」

マグダは座って悲しげな笑みを浮かべた。涙はまたとないくらい彼女を美しくした。顔は赤く染まり、濡れた瞳はきらきらひかり、頬にはなんともすてきな洋梨のかたちをした涙の粒が細かく震えていた。

XIV

マグダには美術のイロハすらちんぷんかんぷんだったので、彼はもう美術の話を彼女にまったくしなくなったのだが、同じように、妻と十年をともに過ごした部屋に一緒に暮らすようになって最初のころにあじわうことになった苦しい胸の内もまた、彼女に打ち明けることがなかった。アンネリーザを思い出させる物がいたるところにあって、彼女からの贈り物や彼が妻に贈った物もある。フリーダの目には陰気な非難の気持ちが読み取れたが、一週間もすると、なにかで新しい女主人の不興を買った彼女は、マグダが金切り声でがなりたてるのを軽蔑したように聞きとどけるが早いか、さっさと出て行ってしまった。寝室と子供部屋はクレッチマーの目にはしみじみとして清潔に見え、自分を咎《とが》めているようだった――とりわけ寝室がそうで、それというのも子供部屋は、マグダが殺風景な卓球場にせっせと作り替えてしまったからだ。けれど寝室は……。最初の夜、クレッチマーには、妻のオーデコロンの香りがほのかに感じられるような気がして、そのことにひそかな気後れをおぼえて萎縮してしまい、マグダはその夜、彼が突然役立たずになってしまったのをあざ笑った。

最初にかかってきた電話のなんと耐えがたかったことか、電話してきたのは古い知人で、イタリアは楽しかったか、アンネリーザは元気か、彼女は水曜に家内とプレミア・コンサートに行かないだろうかと質問攻めにした。「ぼくらは一時的に別居しているんだよ」クレッチマーはそう言うのが精一杯だった（『一時的って……』日焼けで皮が剝けはじめた背中を鏡で見ようとしながら、マグダは心のなかで馬鹿にした）。知り合いの質問から妻のことが少しずつ消えてゆく様子を観察するのが、彼には楽しからざる気晴らしと化していった。何人かには婚約者がいることもほのめかした。しかしながら、面と向かってマグダを婚約者と呼んだことは一度もなかった。彼の生活に変化があったという噂が広まるのはとても早かった——そして、彼のところに顔を見せなくなる人たち、逆に彼やマグダにやたらに愛想よすぎる連中、また努めてまるで何事も起こらなかったかのようなふりをしている者などを見ているのもまた面白かった。なかには、以前のように彼と会えるのを喜んではいるが、なぜだか、おかしなぐらいいつも妻が病気がちになって、彼のところにはいっこうに連れて来なくなった、というような輩《やから》もいた。

すぐに彼は、思い出がいっぱいのこの家でマグダとすごすことにも慣れてしまったが、それというのも、ほんの目立たないささいな物品がそれまでずっと置いてあった場所をマグダがちょっと変えてしまったとたんに、その部屋の懐かしさや慣れ親しんだ感じがぱっとかき消えてしまって、思い出は跡形もなく雲散霧消してしまうからだ。冬を迎えるころまでに、この十二部屋に宿っていた過去はすっかり死滅し——住宅はとても居心地がよかったかもしれないが、アンネリーザと暮らしていたときとは、なにひとつ共通点のないものになってしまった。

ある日、ダンスホールから帰ってきて、夜中にマグダの背中を流していたとき（それが習慣になっていたのだ）、湯があふれそうな浴槽のなかに座って、水を吸って膨れたスポンジをつま先で持ちあげようとしながら、彼女は、自分は映画女優になれるかしら、とクレッチマーに聞いてみた。彼は笑いだしたが、このあとに待っている快楽のことで頭がいっぱいだったので、ろくすっぽ考えもせずにこう言った。「もちろんそうに決まってるじゃないか」——そしてマグダはようやく風呂からあがり、彼はあわててふかふかのバスタオルで彼女をくるむと、体じゅうを拭いて寝室に連れて行った。

何日かすると彼女はまたしてもこの話題を蒸し返したのだが、それもクレッチマーの頭がとくにはっきりしているような時間を狙ったのだった。彼はマグダが映画好きなのに気をよくし、彼女の気を惹こうとして、無声映画とトーキー映画について自分の十八番《おはこ》の理論を彼女に開陳してみせた。「どういうふうに撮っているのかしら」彼の話を途中でさえぎって彼女は聞いた。そのうち撮影所に連れて行くよ、どういう仕組みか見せてあげるし説明してあげようと彼は請け合った。それが事のはじまりだった。

『ぼくはなにをやってるんだ、だめだ、やめろ』あるとき彼は自分に言ったが、それは前の日に、二番手の女優の役、捨てられた花嫁の役をマグダにやらせるという条件で、中堅どころの監督が企画した映画への出資を約束したことを思い出したからだった。『まずい』彼は心のなかで考えていた。『ああいうところにはやさ男の役者どもがうじゃうじゃしてて、どいつもこいつも女たらしのスケベ野郎ばかりだし、といってぼくが始終マグダの尻をつけまわしているのも間抜けにしか見えない。でも彼女にもなにか気晴らしが必要なことは確かだし、朝いちばんに起きなきゃならないってことになれば、ふらふら酒場がよいをする回数も減るだろう』

いまさら考えてもあとの祭りだった——もう契約を交わしてしまったのだ——そしてほどなくリハーサルがはじまった。初めのころは、マグダは帰ってくるとそれはもう不機嫌このうえなくぷりぷりしていて、おなじ動作を百回ずつもやらされるとか、監督が彼女を怒鳴りつけるとか、ばかでかいライトの光のせいで目が見えなくなってしまうとか愚痴をこぼすのだった。マグダの慰めだったのは、主演女優のドリアンナ・カレーニナ（一年前にチーピーを腕に抱いた姿で描かれたあの女優）がチャーミングな心配りを見せてくれて、彼女を褒めそやし、奇跡が起こるわよと予言してくれたことだった（『悪いしるしだ』クレッチマーは思った）。

彼女は撮影現場に来るなと彼に申し渡した。あなたがいたら気が散るし、それに最初から全部見ちゃったらあとのお楽しみがないでしょ、などと言うのだった。そのかわり、彼は家のなかで彼女が窓にはさまれた鏡にむかって悲劇的で苦しげなポーズをとっているのを一度ならず覗き見て、おおいに心動かされた。彼に気づくとマグダは地団駄を踏み、彼はなにも見てないと誓うのだった。彼はマグダを撮影所に送り、あとで迎えに来ていたが、あるとき二時間で終わると言われて彼はそのへんをぶらぶらしに出かけ、たまたまマックスが住んでいる地区に迷い込み、にわかに彼は、遠目でもいいからどうしても娘を見たくてたまらなくなった——この時間には学校から帰ってくるはずだ。不意に、すぐ向こう側を娘が友達といっしょに歩いているように思えて、彼は急に怖くなってそそくさと立ち去った。

この日、撮影所から出てきたマグダは頰をバラ色に染めて笑っていた。撮影も終わりに近づき、今では駄目出しされることも絶えてなくなって、彼女の演技は見違えるようになっていた。「なあ聞いてくれ」クレッチマーは言った。「ドリアンナを夕食に招待したいんだ。そう、大夕食会を開いて、面白いゲストたちを呼ぶんだよ。有名な画家が今朝電話してきてね、正確にはカリカチュリストだけど、つまり諷刺漫画を書く人さ。アメリカから着いたばかりでね、ものすごく多忙な人らしいんだが、彼も招待したんだよ」

「でもあたしはあなたのそばに座ってるわね」マグダは言った。「そうでもしないと前のときみたいに……」

「わかったよ、でも覚えておいてくれ、マグダ、きみが家に住んでいることをみんなに知られたくないんだ」

「あら、そんなことみんな知ってるわよ」マグダはそう言って急に顔をしかめた。

「忘れないでおくれ」クレッチマーはしゃべりつづけた。「だってそうすると、ぼくじゃなくてきみが気まずい立場におかれるんだよ。ぼくはもちろんどっちでもいい。世間体なんかに拘泥《こうでい》するのは好きじゃないからね。だからマグダ、きみはまた前のときと同じようにしなさい――自分のためだよ」

「でもそんなのばかげてるわ……。それにそもそも、そんな気まずさなんか防げるじゃない」

「防げるって――どうやって」

「わからないなら……」彼女は言い出そうとした（『いったいいつになったらこの人は離婚のことを言い出すのかしら』）。

「よく考えておくれよ」クレッチマーはなだめるように言った。「なあ、きみの望むことはなんでもしてやってるじゃないか――今だってこの映画のことで、さあ、マグダ、なあ、かわいいマグダ……」

XV

なにごともぬかりなく運んだ。玄関の日本製の盆には数枚のカードが置かれていた。ランペルト博士―マルゴ・デニス、ロバート・ホーン―マグダ・ペータース、フォン＝コローヴィン―オルガ・ヴァルトハイム等々と書き込まれている。最近雇われた給仕は背の高い年かさの男で、顔つきは英国の卿《ロード》さながら（少なくともマグダにはそう見えた。彼女は時おり、うっとりしたように見えなくもない眼差しで彼をちらちら見ていたのだ）、威風堂々と客たちを出迎えた。数分おきに呼び鈴が鳴った。客間の角部屋には、マグダをのぞいてもう五人の客がいた。コローヴィンが姿をあらわした――「フォン」＝コローヴィンである［「フォン」はドイツの貴族の名に付くことが多い」。彼は痩せぎすで鼻眼鏡《モノンクル》をかけ、すばらしく流暢《りゅうちょう》なドイツ語を話した。またしばしの沈黙がおとずれた――そのあとやってきたのは作家のブリュックで、よれよれのスモーキングを着てでっぷりした赤ら顔の男だが、いっしょに連れて来た妻は老けてはいるががっしりした体つきで、以前はガラスの水槽のなかを調教したアザラシといっしょに泳ぎまわっていたらしい。客間での会話はもうかなりはずんでいた。オルガ・ヴァルトハイムはアプリコット色の髪をした胸の大きな歌手で、半ダースほども飼っているアンゴラ猫のことを、甘く響く声で面白おかしく語るのだった。

クレッチマーは腰に手をあてて立ち、ランペルト（医者で音楽好き）の白髪頭ごしにマグダをちらちら見ていた。六角形の網地《チュール》をあしらった黒のドレスはとても彼女に似合っていた。胸にオレンジ色のビロードで作られた大きな花をつけた彼女は控えめに曖昧《あいまい》な微笑みを浮かべていて、その瞳には子鹿のような独特の表情が浮かんでいた――ヒンデミットの音楽についてランペルトが話していることが彼女には一言もわかっていないというしるしだ。クレッチマーは、彼女が火照ったように顔を真っ赤にして急に立ちあがったのに気づいた。『おやおや、なんてお馬鹿さんなんだ……。どうしてあんなに飛び上がったりするんだ』。いっぺんに何人かが部屋に入ってきた。

ドリアンナ・カレーニナ、ホーン、俳優のシュタウディンガー、ふたりの若手作家たち……。ドリアンナはマグダを抱擁したが、マグダの瞳は泣いたときのようにすてきにきらめいていた。『なんてお馬鹿さんなんだろう』彼はまた思った。『あんな大根女優にぺこぺこするなんて』。しかしそれでもドリアンナは美しく、その両肩や、モナリザのような微笑やハスキーな声は有名だった。

クレッチマーはホーンのほうに近づいて行き、ホーンはどうやらここのホストがだれだか知らないようだったが、まるで石鹸でもつけているかのように揉《も》み手していた。「わが家にあなたをお迎えできてたいへん光栄です」クレッチマーは言った。「いやどうも私が想像していたのとは全然違っていたようです。なぜだか私が想像していたのは恰幅《かっぷく》がいい角《つの》ぶち眼鏡姿なんですよ。みなさん、この方がチーピーの生みの親です。アメリカからはるばるわが国においでくださったのです」。ホーンはあいかわらず石鹸を揉みながら、立ったまま軽くお辞儀をした。「お座りください」クレッチマーが言った。「ベルリン滞在は少しのあいだとお聞きしていますが」——「大好きなあのぬいぐるみを持って人前に出ちゃいけないなんて」ハスキーなバスでドリアンナ・カレーニナが言った。「なんてつれないことをおっしゃるんでしょう」——「ああ、これはこれは。どうりで見覚えのあるお顔だと思いましたよ」ホーンは答えながら、マグダの隣の椅子に陣取った。

クレッチマーはまたしても視線をマグダに戻した。彼女はなんだか子供のように隣の女――女流画家マルゴ・デニス――のほうに身をかがめて、奇妙な笑いを浮かべて目に涙を溜めながら、いつになく早口でなにかしゃべっていた。紫色に染まった彼女のちいさな耳や首筋の静脈、二つに割れた胸の谷間のやわらかい翳を彼は上から見下ろしていた。『ああまったく、なにをしゃべっているんだろう』。まるでだれかに呪いをかけようとでもしているかのように、マグダはまったくのでたらめを熱に浮かされたようにまくし立て、手のひらは火照ったほっぺたにずっと押しつけたままだった。「男の使用人のほうが盗みは少ないわね」彼女はぺちゃくちゃしゃべっていた。「もちろん絵は持っていけないわよね。でもやっぱり……。あたしは前には馬に乗った人の絵がとても好きだったんだけど、でもあんまりたくさん絵を見すぎちゃうと……」

「フロイライン・ペータース」クレッチマーがソフトな笑みを浮かべて彼女に話しかけた。「あの有名な動物の生みの親を紹介したいんだ」

マグダはびくっとしたように振り向いてこう言った。「あら、こんにちは」(なんで

「あら」なんて言うんだ、だってもうさんざん話題にしたじゃないか……)。ホーンはお辞儀をし、腰をおろすと、落ち着きはらってクレッチマーに告げた。「セバスティアーノ・デル・ピオンボについてのあなたのすばらしい論文を読ませていただきましたよ。ただし彼のソネットを引用なさらなかったのはいただけない――あれはそりゃあおぞましいしろものですがね――でもまさにそこが味噌なんですよ」

マグダはさっと立ち上がり、ほとんどスキップせんばかりの勢いで、最後のお客を迎えに出たが、それは背の高い痩せこけたご婦人で、羽根を毟《むし》られた鷲みたいだった。マグダとは乗馬仲間だったのだ。

彼女が座っていた椅子が空いたので、アルメニア人のような黒い眉のマルゴ・デニスが席を移り、ホーンに話しかけた。「チーピーのことはなにも言いませんわ――あなたにとっては、チーピーのことなんかきっと聞くのもうんざりでしょう、よくわかりますわ。それでなんですが――カミングの仕事はどう評価されてますか――つまり、最近の連作のことですけど――絞首台と工場の――ご存知ですか」

食堂のドアが開いた。男たちはエスコートする女性を目で探した。ホーンはすこし遠巻きにあたりを見まわしていた。クレッチマーはもうドリアンナの手をとっていたが、やはりマグダを探してきょろきょろした。はるか向こうの、食堂に入ってゆこうとしているペアたちのあいだに彼女が見えた。『今日は調子が悪いみたいだな』クレッチマーは考えて、ホーンには自分の相手を預けた。

オマール海老が出るころにはもう、ドリアンナ、ホーン、マグダ、クレッチマー、マルゴ・デニスが座っていた一角では、会話はわいわいと盛り上がってはきたが、どうもなにかうまく嚙み合わない。マグダはいっぺんに白ワインをしたたかに飲んだせいか、今ではらんらんとした目で正面をまっすぐに見つめて身じろぎもせずに座っていた。ホーンはマグダにはとりあわず、名前を聞いただけでイライラするのでドリアンナも無視して、テーブルの斜め向かいの作家ブリュックに、芸術的描写の技法について尋ねていた。彼はこんなことをしゃべっていた。「たとえば小説家が、インドについてあれこれ書いていたとしますね。私はインドにはまったく行ったことがなくて、踊り子《バヤデール》だの、虎狩りだの、托鉢僧《ファキル》だの、蒟醬《キンマ》［コショウ科の植物で薬や嗜好品として使われる］だのについちゃ、彼の書いたものからしか耳にしたことがない――これはみんな、たいそうドキドキさせられる、とても心惹かれる、ひとことで言えば東洋の神秘そのものじゃないですか――でも、その結果はどうなると思いますか。結局インドなんて、なにひとつ目の前にゃさらさら浮かびっこない。ただただ、こういうありとあらゆる東洋の甘ったるいイメージが引き起こす歯髄炎が骨身に沁みるだけですよ。別の小説家はインドのことを簡潔しごくにこう言ってます。『夜中に濡れた長靴を置いておくと、つぎの朝には青々した森が生い茂っている』ってね——(黴《かび》のことですよ、お嬢さん——片方の眉をつりあげているドリアンナに彼は説明した)——するとインドが私にはがぜん身近なものになってくるんです——」

「ヨガの修行者は」ドリアンナが言った。「驚くべきことをやってのけますわね。彼らの呼吸の仕方は独特で、たとえば……」

「でもお言葉ですが、ホーンさん」ブリュックが興奮して声をあげたが、彼はセイロンが舞台になっている小説を書き上げたばかりだったのだ。「どんな読者でもわかるようにするには、あらゆる方向からしっかり照明をあてる必要があるんですよ。たとえば、プランテーションを描くとしますね。するともちろん、いちばん重要な面、白人植民者の搾取だとか残酷さという側面からのアプローチは必須でしょう。東洋の神秘的で巨大な力は……」

「まさにそれがいやらしいんだよ」ホーンが言った。

マグダはまっすぐ前を見たまま短く笑い声をあげた。これはもう二、三回目なのだった。クレッチマーはマルゴ・デニスと最近の展覧会のことを話していたが、マグダを横目で追い、彼女が飲み過ぎないように気をつけていた。しばらくして見ると、彼のグラスをとってがぶがぶ飲んでいるのだ。『なんだか今日はとくに子供っぽいな』彼は思い、テーブルの下で彼女の膝にふれた。マグダはわけもないのに笑い出し、テーブルの向こうの老ランペルトにカーネーションを投げつけた。

「どうなんでしょうね、おふた方、ゼーゲルクランツはいかがですか」ホーンとブリュックの会話に割り込んでクレッチマーが言った。「彼の小説のなかにはすばらしいものもあると思いますが、もっとも、じつのところ時々複雑な心理の迷宮に呑みこまれてしまう。かつて若いころはよく彼と会っていたんですが、そのころ彼は蠟燭《ろうそく》の灯《あか》りでものを書くのが好きでしてね、それにほら、私の感じでは彼の流儀は……」

夕食が終わると客たちはふかふかのソファに腰かけて吐き気がするほど煙草を吸い、マグダはあちこちに顔を出し、若手作家たちの一人が彼女のあとにおとなしくつき従っていたのだが、しばらくして彼女が火のついた煙草を彼の手に押し付けだすと、彼は汗をびっしょりかきながらも豪気な笑いを浮かべて、まだ大丈夫と強がっていた。

ホーンは部屋の隅でブリュックと小さな声で議論をたたかわせたあと、クレッチマーの横に腰をおろしてベルリンの街の情景をそれはじつにたくみに語ってみせ、おかげでクレッチマーは思わず聞き入ってしまった。「あなたは子供のころからこちらにいらっしゃっていたのじゃないかと思いましたよ」彼はホーンに言った。「もっと前にお目にかかれる機会がなかったのがとても残念です」

ようやく客たちにあの波が押し寄せた——最初はおだやかでさらさら音をたてているが、徐々に広い範囲をざぶんと呑みこむようになる波だ——それは別れの挨拶のよく響く声を伴奏にして、数分のうちに家のなかをきれいに片付けてしまう。クレッチマー以外だれも残っていなかった。煙草の煙で部屋の空気は紫色によどんでいた。窓を開け放つと、黒く冷えきった夜が流れ込んできた。はるか向こうの歩道で客たちがたがいにさよならを言う様子や、ブリュックの車が遠ざかるのが見えた——マグダのよく響くRの喉音が聞こえてきた……。『あまりうまくいったパーティーとは言えないな』なぜかクレッチマーはそう思い、あくびをすると窓を離れた。

XVI

「それにしても」マグダとふたりで角を曲がったときホーンは言った。「それにしてもだ」彼はくりかえした。「正直言って」ほんの少し間をおいて彼はつけくわえた。「こんなに簡単におまえを探し出せるなんてちっとも思ってなかったよ」

マグダはアザラシの毛皮のコートの前をぴったり閉じて、彼の横を小刻みに歩いていた。ホーンは肘をつかんで彼女を止めた。

「ほんとうに自分の目を疑ったよ。どうしておまえはこんなところにいるんだい。おれを見ろよ。なあ、おまえはすばらしくきれいになった……」

マグダは急にすすり泣くとそっぽを向いた。彼は彼女の袖を引いた——彼女はもっと強く顔をそむけ、ふたりはその場で回転しはじめた。

「やめろよ」彼は言った。「なにか言ったらどうなんだ。おれのところに来るか、おまえの家に行くか——どっちがいい。なあいったいどうしてそんなになにも言わないんだ」

彼女は身を引き離すと、さっき通ってきた角のほうに早足で歩き出した。ホーンはあとを追った。

「おまえはなんで、そうどうしようもないんだ」彼はあいまいな言い方をした。

マグダは足を速めた。彼はふたたび彼女をつかまえた。

「おれのところに行こう、このあばずれが」ホーンが言った。「ほら見ろよ……」。

彼は財布を取り出した。

マグダはたくみに彼の顔の真ん中を力まかせにひっぱたいた。

「おまえの指輪はごつごつしてるな」彼は落ち着きはらってそう言うと、あいかわらず彼女について歩きながら財布のなかをかき回していた。

マグダは建物の入り口に駆け寄り、ドアの鍵を開けようとした。ホーンは彼女になにか差し出したが、急に眉をつりあげた。

「ああ、そういうことか」自分たちが今出てきた入り口だと気づいて彼はびっくりした。

マグダは振り返りもせずにドアを押した。「持っていけよ」彼は乱暴に言った。彼女が受け取らなかったので、持っていたものを彼女の毛皮の襟首にはさんだ。ドアが彼の目のまえでどしんと音をたてた。彼はしばし佇んで、下唇をぎゅっと閉じ、なにか考えながらそれを何回か突き出したが、しばらくして去って行った。

マグダは暗闇のなかを二階までたどり着き、さらに上ろうとしたが急に力が抜け、階段に座り込んで、おそらく今まで一度もなかったような大声をあげて泣きじゃくった——あの男に捨てられたときでさえ、これほど大泣きはしなかったろう。なにか首筋にあたるものがあって、彼女はうなじからなにかを払いのけるように手を振り上げ、紙切れを探りあてた。彼女は階段から起きあがり、かすかに鼻をひくひくさせながら手探りでスイッチを探りあててボタンを押し、ぱっと強い光が射した——そのときマグダが気づいたのは、自分が手にしているのがアメリカの紙幣なんかでは全然なく、ワットマン紙の紙切れで、そこにはこすれてほんの少しぼやけてしまった鉛筆書きのデッサンが描かれていたことだ——それは横向きにベッドに寝そべった少女のうしろ姿で、羽織っているシャツは太腿のところでまくれあがり、肩からずり落ちている。彼女が紙をひっくりかえすと、インクで日付が入れてあった。彼がマグダを捨てたあの年、あの月、あの日だった。彼が動かないように命じて、かすかにさらさら音がしていたのはこういうことだったのだ。あのときからまだ十四ヶ月しか経っていないなんて。

そのときぱちんと音がして明かりが消え、マグダはエレベーターの柵に寄りかかってまた声をあげて泣きじゃくった。彼女が泣いたのは、あのとき捨てられたから、もしあのとき彼を引き止められていたなら、もう一年以上も彼と幸せに暮らしていられたはずなんだと思ったからだった――彼がいっしょだったら、日本人どもやあのじじい、クレッチマーなんかとかかわりあいにならずに済んだはずなのに、と思って泣いたのだ――そしてさらに彼女が泣いたのは、ついさっきホーンが夕食のときに彼女の右膝にふれ、クレッチマーが左膝にふれたとき、右は天にも昇る気持ちだったのに、左が地獄に思えたからなのだ。

彼女は洟をかむと暗闇のなかを手探りし、またスイッチを押した。光はほんのちょっと彼女の気を静めた。彼女はもういちど絵を眺め、しばらく考えてから、自分にとってそれがどんなに大事だとしても、手元に置いておくのは危ないと思いつめ、それを細かく破いて柵ごしにエレベーターの穴に捨ててしまったのだが、すると、なぜだか小さな子供だったころのことを思い出した。それから彼女は手鏡を取り出すと、上唇をぎゅっと張り出し、円を描くようにパフを使って化粧を直し、コンパクトをバッグにもどすと、すばやく上に駆けあがった。

「ずいぶんおそかったけど、どうした」クレッチマーが聞いた。彼はもうパジャマ姿だった。

マグダは、ランペルトのじいさんが車で送ってやろうってしつこくて、なかなか放してくれなかったのだと言い訳をした。

「うちの美人さんは瞳がうるうる光ってるなあ」彼女に酒臭い息を吹きかけながら彼はつぶやいた。「なんてけだるそうなんだい、体がすごく火照ってるじゃないか……」

「だめ、今日はなんにもなしよ」マグダはやんわりとはねつけた。「ほっといてちょうだい、今日はできないの」

「マグダ、たのむよ」クレッチマーは言葉を引き伸ばした。「どうかお願いだから、きみがもどって来るのを今か今かと待ち焦がれてたんだから。とても好きなんだ、きみがちょっと酔っ払って……」

「また今度ね。それよりブルーノ、あなたに聞きたいことがあるんだけど。離婚の手続きはもうはじめてくれたのかしら」

「離婚の手続きだって」彼は間の抜けた声でくりかえした。

「あたしは時々あなたがわからなくなるのよ、ブルーノ。だってこれって、どんどんといろんな手続きを踏んでいかなきゃならないことでしょう。それともあなた、もしかして、しばらくしたらあたしを捨ててリースヒェンとよりをもどそうとでも思ってるの」

「きみを捨てるだって」

「なんだってあたしの言うことを鸚鵡返《おうむがえ》しにするのよ、ばっかじゃないの。だめよ、あたしにつきまとってるひまがあったら、きちんと説明してちょうだい」

「わかった、わかったよ」彼は言った。「月曜に代理人と相談する」

「きっとね。約束してくれるのかしら」

彼はうなずいて、むさぼるように彼女を抱きしめた。マグダは口をぎゅっと閉じて、本当に素直に身を任せようとしたのだけれど、思わずいきなりくすぐられでもしたようにげらげらと噴き出してしまって、そのままヒステリーの発作におそわれた——。

「わかったでしょう、今日はできないわ、疲れたの」彼女はわめき声をあげながら、クレッチマーがおっかなびっくり差し出したグラスのふちで歯をかちかち言わせていた。

XVII

ロバート・ホーンの置かれていた立場は相当におかしなものだった。ありあまるほどの才能に恵まれた諷刺漫画家で、大人気のあの動物の生みの親でもある彼は、二、三年ほど前には途方もない富を手にしていたのに、それが今や、ジリ貧とまでは言わないが、いずれにせよ、なんともしみったれた稼ぎにむかって、ひたひたと着実に後戻りしていたのだ。才能を枯らしてしまったというわけでは全然ない――それどころか、彼は前よりも繊細で力強い絵を描くようになったのだ――けれども、読者大衆のほうの彼を見る目になんだかかすかな変化が起こっていた――アメリカでもイギリスでも、どこもかしこもチーピーだらけなのにほとほとうんざりしはじめ、腕っこきの同業者が作り出した別の生き物にその座を明け渡した。こういう動物や人形たちは、なにしろ蜻蛉《かげろう》みたいに寿命が短い。煤《すす》みたいに真っ黒で、黒い髪の毛は後光のように逆立ち、厚手の麻布でできたボタンが目玉のかわりで、大きな唇は真っ赤な綿ネルでできたあのゴリウォーグ人形［十九世紀末英国で生まれ世界的に流行した黒人キャラクター］をだれが覚えていよう。

ホーンの才能自体はますます輝きを増していたとしても、チーピーにかんして言えばそれが枯渇してしまったのは疑いない。近年彼が描くモルモットの肖像には力がなかった。彼はそのことを感じてチーピーを葬り去ることにした。最後のスケッチに描かれていたのは月夜に浮かぶこぢんまりした墓で、墓石には短い墓碑銘が彫られている。チーピーの年貢の納め時が近づいていることにまだ勘づいていなかった外国の出版業者たちのなかには、にわかに心配になってきて、ぜったいにやめたりしないでくれと彼に頼んだりする連中もいた。だがもはや、彼はみずから世に出した子供がなんとも忌々《いまいま》しく思えてどうしようもないのだった。チーピーが、頼りにならないあのチーピーが、すっかり彼のほかの仕事の邪魔になっていて、だから彼はチーピーを許せなかったのだ。

自分のほうからよろこんで流れ込んできていた銭金《ぜにかね》も、彼から離れてゆくようになった。熱中しやすいたちで、はったりを利かすのが大の得意な彼が、カードゲームでいちばん崇《あが》め奉っていたのがポーカーで、ポーカーなら二十四時間ぶっ通しで、ことによるとそれ以上でもやっていられた。彼のような洗練された夢の使い手（というのも、夢を見ることもまた――ひとつのアートだからだ）は、こんな夢をなによりもよく見るのだった。配られた五枚の札をかき集めて（なんとつやつやした、あざやかな斑点のあるシャツを着ていることか）最初の札を見ると――鈴の帽子をかぶった道化の扮装は、魔法使いのジョーカーだ。つぎに、慎重だがしなやかに親指に押し出されて、二枚目のカードの端っこが、ただ端っこだけが姿をあらわす――隅にあるのは「A《エース》」の文字と赤いハートだ。そして――つぎのカードの端もまた「A《エース》」とクローバーの黒い葉だ（スリーカード《ブレラン》は確実だ）。つぎは――また同じ記号と赤い菱形（それにしても、それにしても）。ようやく五枚目が、指に押し出されてせり上がってくる――なんてことだ、スペードの「A《エース》」じゃないか……。それは魔法にかかったような瞬間だ。彼は顔をあげ、大金の賭けあいがはじまる。ホーンはテーブルの真ん中に、冷たく光る色とりどりのチップの山を押し出してゆくのだが、落ち着きはらったポーカーフェイスのまま目が覚めるのだった。

クレッチマー家の夕食に呼ばれたつぎの日の寒い朝も、彼はそんなふうに目覚めた。彼が最初に考えたのはマグダのことで、二番目は、金が要るということだった。彼の心のうちはちょうど、アメリカへ出発するときと正反対だった。あのときは、滞って返せるあてすらない借金から逃れて、少しでも遠くへ行きたいというのがまず第一だった。二番目に頭にあったのが——故郷に一時帰国したときに出会ったあのベルリンの少女を探し出せるかもしれないという思いだった。

自分がこれまでたどってきた恋愛遍歴を思い出してみても、ホーンにはなんの感慨もなかった。この十五年というもの、つまり戦争前夜、まだ若かった彼がハンブルクを出てアメリカにたどり着いたとき以来（それで戦争からうまく逃げおおせたわけだ）の十五年のあいだ、ホーンは自分が愛妻家の素質十分なのを疑ったことはこれっぽっちもなかったけれど、どうしたわけか、唯一すてきで清らかな思い出となっているのは、マグダだけという始末なのだ——彼女にはどこかとても可愛くて気のおけないところがあって、この一年というものは彼女のことをとてもよく思い出し、手元に残しておいた鉛筆の走り描きの素描《エスキス》をながめては、これまでの彼には縁もゆかりもなかったような感傷的な寂しさにひたっていた。それは奇妙なことでさえあった。というのも、この才能あふれる諷刺漫画家より冷淡でシニカルで不道徳な人間など他に思いもよらないのだから。貧乏でしかもボケがきている母親をあと先も考えずハンブルクに置き去りにし、彼がアメリカに逃げたあくる日にはもう、母は階段の吹き抜けから転落死したぐらいである。子供のころには生きたネズミに灯油をかけて火をつけ、ネズミたちは火がついたまま流星みたいに駆けまわっていたものだが、いい大人になってからも、ホーンはつねに自分の好奇心を満足させるための材料を手に入れようと狙っていた——そう、それはたんに好奇心でしかなく、ジョークの効いた気晴らし、余白に落書きした漫画、彼の芸術にたいする註釈にすぎなかった。彼のお気に入りは、人生がそのまんまカリカチュアに見えるように手を貸してやることだった——たとえば彼は、見るからにキザなご婦人がベッドに寝そべって、寝ぼけまなこにけだるい笑みをうかべながら、彼が差しだした臭いのきついパテ——胸くそ悪くなることこのうえない家庭のごみや汚物からつい今しがた彼が捏《こ》ねあげたばかりのパテを、さもありがたそうに無邪気にぱくついているのを落ち着きはらって観察したこともあった。東洋の織物を売る店に入ると、彼は、畳んで隅におかれた絹の反物のうえに腐りかけた吸殻をこっそりと投げ捨てて、おだやかな顔を期待でほころばせながら目の前でつぎつぎとショールを広げるユダヤ人の老店主を片目でとらえ、もう片方の目では、店の片隅で、吸殻から滲みでた染みがもう高価なシルクの生地に染み込んでしまっているのを見とどけるのだった。このコントラストこそが彼にとってカリカチュアの本質だったのである。絵筆を手に目を細めたまま後ずさりしはじめた大画伯が今にも踏み板の縁を踏み外し、足場からまっさかさまに寺院の奥底へと転落するのを助けようとたった今完成したばかりのフレスコ画にバケツごと絵の具をぶちまけて彼を止めようとした弟子の小話はもちろんおおいに滑稽だが——しかし、そしらぬ顔をして大画伯をインスピレーションのおもむくままに最後まで後ずさりさせてやったほうが、はるかにおかしいにちがいない……。雑誌に掲載されるとびっきり滑稽な諷刺漫画はまさに、一方でこうした念の入った残酷さと、他方で馬鹿がつくほどの信じやすさを土台にしているのだ。たとえばペンキを塗ったばかりのベンチに盲人が腰かけようとしているのを、ホーンがなにもせずただ眺めているとしたら、彼はただただ一心に自分の芸術を追求しているだけなのだ。

こういったことは、マグダが彼の胸中に掻きたてた感情にはさっぱり通用しなかった。ここでは芸術的な意味でも、ホーンのうちなる画家魂が冷笑家を打ち負かしたのである。彼は自分がマグダに優しくするのに恥ずかしさすら覚えていて、じつを言えばマグダを捨てたのも、彼女に愛着がわいてどうにも離れがたくなるのを恐れたからなのだった。

まず真っ先に確かめなければならないのは、彼女がクレッチマーの家に住んでいるのか、それとも彼の家に夜な夜な通っているだけなのか、ということだった。ホーンは時計を見た。正午だ。ホーンは財布を覗いた。空っぽだ。ホーンは着替えて、ホテルの高額な客室を出ると、徒歩でクレッチマーの家に向かった。やわらかい雪がまっすぐに降りそそいでいた。

クレッチマー本人が彼にドアを開けてくれたが、雪で真っ白になったこの人物が昨日の客だとはすぐにはわからなかった。ところが、その男がマットで足を拭い、顔を上げると、クレッチマーの歓迎ぶりときたら並大抵ではなかった。彼には、昨夜の会話でホーンがウィットの効いた台詞《せりふ》を吐いたり、どんな話題でもすばやく頭を回転させて巧みに切り返すのが気に入っていただけではない――彼は、ホーンの風貌にも惹かれていたのだ。黒い眉に、まるで米の白粉をはたいたような白い顔、落ち窪んだ頬、腫れぼったい唇、豊かなやわらかい黒髪――醜男といえば醜男だが風格があるし、そのうえ、アメリカ風にカジュアルだが上等な服をぱりっと着こなしている。『ユニークな顔立ちだな』彼はまたそう思い、前の晩のディナーのことをさっきマグダとあれこれ話していたときに、彼女がこう言ったのを思い出した。「あなたが呼んできたあの絵描きって、むかむかするような面つきをしてるわね——ああいう手合いにだけは、どんなにお金を積まれたってあたしは絶対にキスなんかしてやらないんだから」。ドリアンナが彼について言ったことも好奇心をそそった。

ホーンはいきなりやって来た非礼を詫び、クレッチマーは笑いながら彼にソファを勧めた。「白状しますとね」ホーンは言葉をついだ。「あなたはこのベルリンで私が親しくつきあいたいと思える数少ない人なんですよ。アメリカなら、男でもここよりはもっと気楽に和気あいあいと友達づきあいできるんですが——私はあっちで、遠慮のいらない生活にもう慣れてしまったので、もしあなたにショックだったとしたらごめんなさい……。けれど、どうか」彼は話し続けた。「この……この……モルモットをソファからどけていただけませんか、仕舞い込むか、捨てちまってください、こいつは、お宅にあるもののなかでたった一つだけ、私には我慢がならないものなんですから。ところで、お宅にある絵をもっと間近で見せていただけないものでしょうか——

ほら、あそこに掛かっているのは、どうやらとてもすばらしいもののようですね」

クレッチマーは彼を案内して部屋を一つひとつまわった。どの部屋にもなにかしらタブローが飾ってあった。ホーンは絵を眺めながら、わずかに上体をそらして両手を腹に沿って伸ばし、手のひらで両脇腹を抱え込んでいた。家のなかを進んでゆくうちに廊下を通り抜けることになった。まさにそのとき浴室から飛び出してきたのが、派手なローブを身にまとったマグダだった。彼女は廊下の奥に駆け込み、すんでのところでスリッパが片方脱げるところだった。「こちらへ」クレッチマーはばつが悪そうに笑いながら言い、ホーンは彼のあとについて書庫に入った。「もしまちがいでなければ」彼は笑みをうかべて言った。「今の方はフロイライン・ペータースでしたが——あの方はご親戚なのですか」

『今さらごまかしたって無駄だろう』クレッチマーはとっさに考えた。『こんな勘のいい人には嘘なんてどだい通用しっこないさ』。「私の愛人ですよ」彼は声に出して言ったが、よその人間との会話でマグダを愛人と呼んだのははじめてのことだった。

彼はホーンにランチを食べていくように勧め、相手も大乗り気でオーケーした。食卓に現れたマグダは物憂げだが落ちついた様子だった——なにか衝撃的な、ありえないような感情、前の日には持ちこたえるのさえやっとだった感情も、今ではもうやわらいでいて、そこはかとない幸福感すら漂わせていた。この二人の男に挟まれて腰をおろすと、まるで自分が謎や情欲にみちみちた劇映画で主役をやる女優みたいに思えてきて、それらしく振る舞おうとしだし、かすかな笑みをもらして睫毛を伏せ、クレッチマーの袖にやさしく手をかけて、果物を取ってちょうだいと頼んだり、泳ぐような、いわば「気のない」眼差しを元愛人に投げかけたりしていた。『もうあの人を絶対に逃しはしないわ』ふとそんなふうに思って、彼女は肩甲骨のあたりをぶるっと震わせた。

ホーンはアメリカのこと、ひっそりとした昔ながらのアメリカの片田舎や、広々とした湖や、先住民たちの葬送のおもしろい儀式のことをしゃべっていた。ごくたまに彼がマグダのほうに目を向けると、どんな女性もそうするように彼女も、彼の視線がちらっと触れたドレスの場所を確かめようとして、ひとりでに目線を漂わせたり、指をかすかに動かしさえするのだった。「今にどこかの人が映画デビューするんですよ」クレッチマーはウインクして言った――するとマグダはふっくらしたバラ色の唇をとんがらせて、彼の手をそっとはたいた。「あなたは女優なんですか」ホーンが言った。「そうだったんですか。撮影のほうはどちらで」

彼女は相手に目もくれずに説明したが、彼が名の売れた絵描きになったこと、それに自分も映画女優になって、今では二人肩を並べられるようになった気がして、とても誇らしく感じていた。

ホーンはランチが終わるとそそくさと家を出て、どうしたものか思案すると、そのままカジノへと足を向けた。あくる日、彼はクレッチマーに電話し、二人は連れ立って美術展に出かけた。そのまたあくる日ホーンはクレッチマー家で夕食をごちそうになり、そのあとまたなんとはなしにふらっと立ち寄ってみたが、マグダは留守にしていたので、彼はクレッチマーとのうちとけた会話だけで満足しなければならなかった。ホーンは苛々してきた。ついに運命が彼を不憫《ふびん》に思ったのだった。それは、スポーツ・パレスでのホッケー観戦で起きた。

三人連れでボックス席に向かって歩いていたクレッチマーは、自分の十歩先にマックスの首筋と娘のお下げ髪が見えているのに気づいた。あまりに不意のことで、ばかばかしいだけでなく、なんともおぞましい。彼は取り乱して、とっさに後戻りしようと無理やり方向を変えたので、いきなり横から力まかせにマグダにぶつかった。「いったいなんなのよ」彼女はさも不満げに声を荒らげた。

「あのね」とクレッチマーは言った。「きみたちはここに腰かけて、なにか頼んでおいてくれ。ぼくは電話しなくちゃならないんだった――もうすっかり忘れてたよ」――「お願いよ、ここにいてちょうだい」マグダは言って立ち上がった。「いや、しないとまずいんだ」彼は身をかがめてなるべく背を低くし、『イルマに気づかれやしないだろうか』とびくびくしながら続けた――「しないとまずいんだ……。もし帰って来なかったら、待ってることはないからね。申し訳ありませんね、ホーンさん」

「たのむからここにいてよ」マグダがかぼそい声を出した。

けれど、彼女の妙な目つきや、紅潮した顔や、ぶるぶる震えている唇などには気づきもせず、彼はさらに背中を丸めて、あたふたと出口めがけて消えていった。

「やっとこのときが来たな」ホーンがおごそかに言った。

二人は清潔なクロスを掛けた小さなテーブルの前にならんで座っていて、下のスタンドの向こうには広大な氷のリンクがいちめんにひろがっていた。音楽が鳴り響いていた。まだがらんとしたリンクの氷は油を塗ったようにつやつやした青灰色に照り映えていた。

「あなたはもうわかったのかしら」マグダは唐突にたずねたが、自分でもなにを聞いているのかよくわかっていなかった。

ホーンは答えようとしたが、まさにそのとき、巨大なアリーナ全体が拍手に沸きかえった。彼はテーブルの下で彼女の熱い手をしっかりと握り締めた。マグダはあの夜のように涙がとめどなくあふれてくるのを感じたが、手を引っ込めたりはしなかった。

赤い衣装をまとった女性が氷上に躍り出て、みごとな円を描いたあとスピンして見せた。きらきら輝くそのスケートの刃は稲妻のように滑走し、氷を削るその音はいかにも苦しげだった。

「あなたはあたしを捨てたのよ」マグダはきり出した。

「そうだ、でもおれは帰ってきたじゃないか。泣くんじゃない。スケートを見ろよ。奴とは長いのかい」

マグダはしゃべりだそうとしたが、またしても歓声があがった。彼女はテーブルに肘をついて、しばらくのあいだ顔を手で覆ったまま唇を噛んでじっとしていた。

「ほら連中が出て来たよ」ホーンは沈んだ声で言った。

歓声が潮のように満ち引きをくりかえしていた。リンク上に選手たちがすいすいと飛び出してきた。まずスウェーデン・チーム、そのあとがドイツ・チームだ。分厚いセーターを着て脛《すね》にばかでかい革製のプロテクターをつけたゴールキーパーはなかなかの雄姿だった。

「……あの人は奥さんと離婚するつもりなのよ。ねえ、あなたはいかにもまずいときにひょっこり戻ってきたのよ……」

「くだらんね。あの男がおまえと結婚するなんて本気で思ってるのかい」

「そりゃあ、あなたが邪魔でもしようもんなら結婚できないでしょうよ」

「いいや、マグダ、やつはぜったいにそんなつもりはないさ」

「だから言ってるじゃない、ちゃんとしてくれるわよ」

二人はそのまま言い争っていたが、唇が動くだけで、声は聞こえなくなった。というのもまわりがあまりに騒々しくなったからだ――歓喜に沸き立つ人たちの雄叫《おたけ》びだった。リンク上では、湾曲したスティックが、すばしこく滑走するパックをつかまえては、スティックからスティックへとパスし、おもいきり振りかぶって打ち飛ばしたり、ドリブルしたりしていた――選手たちは全速力で飛ぶように滑り、同心円状に拡がったかと思えばまた集まったりした——そしてゴールキーパーは、全身をぎゅっと縮めて、二つのプロテクターが一体化するように足を閉じ、たえず同じ場所を行ったり来たりしながら、シュートがやって来そうな方向に注意を集中していた。

「……とんでもないことだわ、もどってくるなんて。あなたなんかあの人にくらべたら乞食みたいなもんよ。なんてことなの、これでもうなにもかも水の泡なんだわ」

「心配ない心配ない、万事気をつけてやればいいいさ」

「ねえ」マグダが言った。「あたしをここから連れ出してちょうだい。うるさくて頭が割れそうよ、耐えられないわ。あの人はたぶんもう帰ってこないだろうし、帰ってきたって知ったこっちゃないわ」

「おれのところに行こう——みすみすチャンスを逃す手はないぜ。一時間ですむからさ」

「気でも違ったっていうの。あたしは危ない橋を渡る気なんかないわ。一年もかけてあの人を手なずけて、やっとのことで離婚にまでこぎつけたのよ。それを自分でぶち壊しにするとでも思ってるの」

「やつは結婚なんかしないさ」ホーンは自信ありげに言った。

「あたしを家に送ってくれるの、くれないの」彼女は聞くと、とっさに考えをめぐらせた。『車のなかでキスしよう』

「なあ、おれが文無しだって、どこから嗅ぎつけたんだい」

「あら、そんなのあなたの目を見ればわかるわ」彼女は言うと、両耳を手のひらでぎゅっとふさいだが、それというのも騒音が耐えがたいほどすさまじくなったからだ――シュートが決まり、スウェーデンのキーパーは氷上に倒れ、弾き飛ばされたスティックが、まるで海に落ちた櫂《オール》のように、しずかに回転しながら横に滑っていった。

「わからないな、どうして先延ばしにしようとするんだ、マグダ。いずれそうなるに決まってるんだから――貴重な時間を無駄にすることはないじゃないか」

二人はボックス席をあとにした。マグダは不意に顔を真っ赤に染めて眉をびくりとさせた。太った黒い目の男が彼女を見つめていた――その目には嫌悪の表情があった。彼の隣には女の子が座っていて、黒々としたばかでかい双眼鏡で、再開された試合のゆくえを熱心に眺めていた。

「振り返ってみて」マグダは自分の連れに言った。「あのデブと女の子が見えるかしら、ほらあそこ――どう。あれはあの人の義理の弟と娘なのよ。あの臆病者がなんでこっそり逃げちゃったのかわかったわ。もっとはやく気づけばよかった。あのデブったらあたしのことを売女《ばいた》だなんてぬかしたのよ。あんなやつ、だれかがぼこぼこにしてくれればいいのに……」

「なのにおまえはまだ結婚なんて言ってるのか——」彼女につづいて階段を下りながらホーンは言った。「やつは結婚なんてしないさ。これからおれのところに行こう、まあ半時間だけでもさ。だめかい。なら仕方がないな。べつにかまわないさ。おまえを送っていこう、ただ覚えといてくれよ、おれは小銭を持ってないからな」

XVII＊

マックスはマグダを目で追っていた。この善良このうえない人物が、殴りかかりたくてうずうずしていたのだ。彼は、この女が連れているのはだれなのか、クレッチマーはどこなのかといぶかり、マグダだけでなく、クレッチマーともひょっこり出くわすのではないかとびくびくして、まだしばらくはおっかなびっくりあたりを見まわしていた。試合が終わったときには、これでイルマを連れて帰れると思って心底ほっとした。『アンネリーザにはなにも言うまい』家に帰ると、彼は心に決めた。イルマは口数少なかった——母が聞いたことにうなずいたりにっこりしたりするだけだった。「なんといってもびっくりするのはね、よくも氷のうえをあんなに駆け回って疲れないもんだよ」マックスは言った。

アンネリーザは考えごとでもするように彼を見つめ、それから娘に言った。「おねんねよ」——「あらいやよ」イルマはうとうとしながら言った。「なに言ってるの、もう真夜中よ。だめでしょう」

「ねえ、マックス」娘を寝かしつけると、アンネリーザはたずねた。「わたしにはなぜか予感がするのよ、あっちでなにか起こっているんじゃないかって、家にいてもひどく胸騒ぎがしたのよ。マックス、話してちょうだい」

彼は困惑した。夫との一件があってから、アンネリーザはまるでテレパシーかと思

＊ロシア語版ではXVII章が二度繰り返されるミスがそのまま残されている。オリジナルを尊重し、ここでは原文のままとする。

うほどむやみに勘がするどくなっていたのだ。

「ほんとうに会ったりしてないのね」彼女は食い下がった。「絶対ね」

「おい、やめてくれよ。なんだってそう思うんだい」

「わたしはいつもそれを恐れてるのよ」彼女は小さな声で言った。

翌朝、アンネリーザが目を覚ましたのは、乳母が体温計を手にして部屋に入ってきたからだ。「イルマが病気です、奥様」乳母は微笑みをうかべて報告した。「ほら、三八度五分です」。「三八度五分ですって」アンネリーザはくりかえしたが、頭のなかで思った。『やっぱりだ――昨日の胸騒ぎは本当だった』

彼女はベッドから飛び出して子供部屋に急いだ。イルマは仰向けに寝て、潤んだ目で天井を見つめていた。「あそこに漁師さんとボートがある」眉をうごかして天井を示したが、そこには電灯の光（まだ早朝でしかも雪が降っていたので）で模様みたいなものができていた。「お喉は痛くないの?」アンネリーザは毛布を直してやり、苦しそうな娘の顔を心配そうに見つめながら聞いた。「あらまあ、おでこが焼けるようだわ」彼女はふわりとした色の薄い髪の毛をイルマの額から払いのけながら声をあげた。「それに葦も生えてる」イルマは上を見つめたまま小さな声で言った。

「お医者さんに電話しなくちゃ」アンネリーザは乳母のほうを向いて言った。「あら奥様、必要ないですよ」乳母はにこにこしたまま異を唱えた。「熱いレモンティーとアスピリンをあげて、暖かくしておきますわ。今はだれだってインフルエンザに罹ってますよ」

アンネリーザはマックスの部屋をノックしたが、彼は髭剃りの最中だった。それで、顔中を石鹸だらけにしたまま、彼はイルマの部屋にやってきた。マックスときたらいつだって切り傷なしに髭を剃れたためしがない——安全剃刀を使っているのにである——今も彼のあごには泡を透かして真っ赤な斑点が浮かびあがっていた。「生クリームのなかに苺がある」彼がイルマのうえにかがみこむと、彼女は小さな声でけだるそうに言った。「うわごとを言ってるじゃないか」マックスは乳母のほうを振り向いて怯《おび》えたように言った。「何をおっしゃいますやら」乳母はすっかり落ち着き払って言った。「そりゃあ、あなたのあごのことですよ」

イルマが生まれてこのかた、いつも頼んでいた先生は出張中だったので、アンネリーザはその助手には頼もうとせず、別のドクターを呼んだのだが、その医者はかつてはよくクレッチマー家に遊びに来ていた人物で、内科医《インタニスト》としては最高と評判だった。

医者は日暮れ近くになって姿を見せ、イルマのベッドの縁に腰をおろし、部屋の隅を見つめながら脈をとった。イルマは刈り込まれた彼の白髪頭や、猿みたいな耳や、こめかみを縫うように走る血管を眺めていた。「なるほど」眼鏡越しにイルマを見つめながら彼は言葉を発した。彼はイルマに座るように言った。アンネリーザはパジャマを脱がせてやった。イルマはとても痩せていて蒼白かった。医者は女の子の背中を踏み固めるように聴診器を叩いて、重々しくため息をつくと、イルマにも大きく息をするように言った。「なるほど」彼はふたたび言った。さらにしばらく診察するとようやく医者は体を起こし、アンネリーザは彼を書斎に連れて行き、そこに医者は腰を下ろして処方箋をしたためた。「そう、インフルエンザですな」彼は言った。「流行ってますからね。昨日はコンサートが中止になったぐらいですよ。歌手と伴奏者がことごとくやられてしまったんですな」

翌朝になると、熱はほんのすこし下がった。ところが今度はマックスが顔を真っ赤にしてしじゅう洟をかむようになったのだが、横になるのを拒否したばかりか、事務所に出勤してしまった。乳母もくしゃみをするようになった。

夜、アンネリーザが娘の腋の下からぬくもりのあるガラス管を抜き出して見ると、うれしいことに、水銀は熱があることを示す赤い境界線を出るか出ないかというあたりにまで下がっていた。イルマは電灯がまぶしくて目を細めると、壁のほうに体を向けた。部屋は暗くなった。暖かく、心地よくて、ちょっぴりぼんやりしていた。イルマはすぐに寝てしまったが、夜中にとてもいやな夢を見て目が覚めた。喉がからからだった。イルマはそばのベッドサイドテーブルにあるレモネードのコップを手で探りあてて飲み、ぴちゃぴちゃと唇を舐《な》めてつばを飲み込みながら、しずかにもとの場所に置いた。寝室はいつもより暗いように思えた。壁の向こうでは、乳母が発作的でなんだか感極まったようないびきをたてていた。イルマはこのいびきにしばし聞き入っていたが、そのうち、ちょうど家のすぐ近くの地底から這い出してきたような電車の響きが聞こえてくるのを待っていた。けれど響きは聞こえなかった。きっと電車はもう終わったんだ。イルマは目を開いたまま横になっていたが、すると不意に通りから、聞き覚えのある四つの音が連なった口笛が響いてきた。お父さんも夜家に戻るときによくあんなふうに吹いていた――もうすぐ帰るからね、食事の支度をいいつけていいよ、とさりげなく教えていたのだ。今口笛を鳴らしているのが父ではなく、上の階のご婦人のもとにもう二週間ほども親しく通いつめている妙な男だということは、イルマにはよくよくわかっていた――イルマにそれを教えたのは管理人の娘で、そんな遅くに来るなんてばかみたい、とイルマがもっともな理屈を言うと、彼女は舌を出して見せた。けれど、なにより不思議でびっくりしたのは、その男の口笛の音が、父親と寸分たがわずそっくりなことだったのだが、でも、そのことはみだりにおしゃべりしちゃいけない。お父さんは若い女のお友達と別の場所に引っ越したのだから――それをイルマは、階段を下りてきた顔見知りの二人の奥さんたちの会話で知った。窓の下でまた口笛が鳴った。イルマは思った。『わかるもんですか、もしかしたら、あれはやっぱりお父さんかもしれない、だれもお父さんを入れようとしないで、あれは別の人だって嘘を言ってるんだわ』。彼女は毛布を払いのけて、つま先立ちで窓に近づいた。途中で椅子にぶつかったけれど、乳母は何事もなかったようにひゅうひゅうぜいぜいと寝息を立てていた。窓を開けると、冷えた空気が心地よく薫った。舗道に男が立って、上を眺めていた。彼女は長いことその人を見ていた――とてもがっかりなことに、それは父ではなかった。その男はじっと立ち尽くしていたが、やがてくるりと向きをかえて立ち去った。イルマはその人がかわいそうになった――あたしがドアを開けてあげなくちゃいけなかったんだ――でも、すごく凍えてしまって、窓を閉めるのがやっとだった。ベッドに戻っても、ちっとも暖かくならなかったし、ようやく眠りに落ちて見た夢のなかではお父さんとホッケーをしていて、お父さんが笑いながらイルマを突き飛ばし、彼女は背中から氷の上に倒れて、氷がチクチクするのだが、どうしても立ち上がれないのだった。

朝、熱は四〇度三分あり、すぐに呼びだされた医者は、ただちに彼女をしっかりと布団でくるむように命じた。アンネリーザはいきなり気が狂いそうになり、いくら運命だって、こんなに自分を苦しめる権利などないはずだと感じて、断固逆らおうと心に決め、医者を送り出すときには笑顔をつくりさえした。帰るまえに医者は、高熱で茹《ゆだ》らんばかりになっている乳母のもとに寄ってみたが、この頑丈な女には、心配なところはなにもなかった。マックスは医者を玄関まで見送り、風邪にやられた声をひそめるようにしながら、イルマの命に危険はないというのは本当かとたずねた。ランペルト医師はドアのほうに振り返ると唇をぎゅっと結んだ。「明日まで様子を見ましょう」彼は言った。「でも、今日中にまた来てみますよ」。『どこでも同じだな』階段を下りながら彼は思った。『質問も同じなら、あのすがるような目つきも同じだ』。彼は手帳を見ると車に乗り込み、五分後にはもうつぎの家に入ろうとしていた。クレッチマーはブランデンブルク風の飾りのついた絹の上着を着て医師を迎えた。「うちのが昨日からなんだか元気がなくてね」彼は言った。「体中が痛いってこぼしてるよ」。「熱はあるのかね？」ランペルトは聞いたが、くだらない心配事に気もそぞろなこの男に、娘さんがご病気で危ないですよと告げたものかどうか考えると、なんだかやりきれない気持ちになった。「熱はどうもないみたいなんだが」クレッチマーは心配そうな声で言った。「でも、聞いたところじゃ、熱が出ないインフルエンザはずいぶんやっかいなんだろう」。『話してやったところでどうにもならんか』ランペルトは考えた。『家族を捨てたっていうのによくもまあのんきなもんだ。身内が知らせに来るだろう。私が首を突っ込むことじゃない』

「さあさあ」ランペルトは言った。「われらが愛くるしい患者さんを見せてくださいな」

マグダは絹のレースに全身を包んでソファベッドに寝そべり、ご機嫌斜めで頬はバラ色、そばには画家のホーンが足を組んで座り、煙草の空き箱の裏側に、魅力的な彼女の顔を鉛筆でスケッチしていた。『すてきだ、言葉も出ないな』ランペルトは思った。『でもこの女にはどうも嫌悪を催させるところがある』

ホーンは口笛を吹きながら隣の部屋に引っ込み、ランペルトは軽くため息をつくと、患者の診察にとりかかった。

ちょっとした風邪——ただそれだけだ。

「二、三日家でじっとしていなさい」ランペルトは言った。「映画のほうはいかがですか。撮影は終わったんですか」

「あら、おかげさまで終わりましたわ」マグダはけだるい様子で着衣の前を合わせながら答えた。「でも、もうすぐに映画の試写がありますの——それまでにはどうしても治さなきゃならないんです」

『それにしても』脈絡もなくランペルトは思った。『こんなつまらん小娘相手じゃあ、彼も苦労が絶えんだろうにな』

医者が帰るとホーンはリビングに舞いもどってきて、歯のあいだから押し出すようになにか口ずさみながら、ぞんざいにスケッチを続けた。クレッチマーは横に立って、彼の白い手がリズミカルに動くのを見守った。そのあと、評判をさらった展覧会についての記事を完成させようと、彼は書斎に向かった。

「お友達はご在宅ときた」ホーンは鼻で笑った。

マグダは彼をにらんで怒ったように言った。

「ええ、あたしはあなたが好きよ、図体ばっかりでかい醜男だけど——でもどうしようもないのよ……」

彼は空き箱をくるくるひねり回すと、テーブルのうえに放り出した。

「なあ聞けよマグダ、それでもいつかはおれのところに来たいんじゃないのかい。むろんこうやってここに来るのも楽しいが、今後どうするんだい」

「まず、もっと小さな声でしゃべってちょうだい。それに、あなたはとにかくありとあらゆる致命的な不注意をしでかさないと満足しないみたいだけど、そんなことしたらあの人はあたしを殺すか、この家から追い出すかして、あたしたちは一文無しになっちゃうのよ」

「殺すだって……」ホーンはせせら笑った。「そりゃあまた言ってくれるね」

「ねえ、ちょっとだけ待っててちょうだい、お願いよ。わかるでしょう——結婚さえしちゃえば、あたしももっと安心できるだろうし、羽ものばせるはずよ……。奥さんをそんな簡単に家から追い出せっこないもの。それに映画だってあるわ——あたしにはいろいろと計画があるのよ」

「映画ねえ」ホーンはあざ笑った。

「そうよ、いまにわかるわ。ぜったいにびっくりするような映画ができたはずよ。だから我慢しないと……。あたしもあなたと同じくらい待ち遠しいんだから」

彼は身を寄せるようにソファベッドに腰を下ろすと、彼女の肩を抱いた。「だめだったら」彼女は言ったが、今度はもう身を震わせて眉間にしわを寄せた。「オードブルにキスだけでも――オードブルにさ」。「ちょっとだけよ」彼女は声をひそめた。

彼はマグダのうえに身をかがめようとしたが、いきなり奥のほうでドアがちゃりと鳴り、足音が響いてきた。

ホーンは体を起こそうとしたが、その瞬間、マグダの肩の絹のレースが彼の袖の折り返しのボタンに引っかかっているのに気づいた。マグダは慌ててほどこうとしたが――もう足音はすぐ近くに迫っていて、ホーンが無理やり手をぐいと引いたけれど、レースはびくともせず、マグダは爪でレースの網目を引っかきながら、しーっと声を出した――と、そこにクレッチマーが入ってきた。

「べつにフロイライン・ペータースを抱いていたわけじゃないんですよ」ホーンは元気よく言った。「ただ、クッションを直そうとしたら、こんがらがっちゃってね」

マグダは睫毛を持ち上げもせずに、せっせとレースを引っかいていた——まさにカリカチュアとしか言いようがないシチュエーションじゃないか、ホーンは内心はっとした。

クレッチマーはなにも言わずに折りたたみナイフを取り出して開こうとしたが、爪が折れてしまった。カリカチュアにはまだまだ続きがあったのだ。

「どうかマグダを切り刻まないように頼みますよ」ホーンはうれしそうに言うと笑いだした。「手を離しなさい」クレッチマーは言ったが、マグダは金切り声をはりあげた。「レースを切るなんてまっぴらよ、ボタンのほうをちょん切ったらいいじゃない」(『そりゃそのとおりだ』ホーンは嬉々として茶々を入れた)。一瞬、まるで男が二人がかりで彼女のうえにのしかかってきたみたいになった。駄目押しにもう一度引っ張ってみると、なにかがピシッとはじけて、ホーンは自由の身になった。

「書斎に行きましょう」クレッチマーは言ったが、ホーンに目を合わそうともしなかった。

『そらきた、こりゃあ用心しなくちゃ』ホーンは考えたが、うまい具合に、相手の注意をそらすのに、人生でもう二度も使った手管を思い出した。

「お掛けください」クレッチマーは言った。「じつはですね、いくらか絵を描いていただきたいんですよ――面白い美術展がありましてね――お頼みしたいのは、私が記事のなかでこき下ろした絵がいくつかあって、そのカリカチュアをお願いしたいんです――いわばその、挿絵としてね。記事はとても込み入った、意地悪いものなんですが……」

『おやおや』ホーンは思った。『なるほどそれで大将、こんな仏頂面をしてるってわけかい、想像力を働かせすぎたってわけだ。こりゃまた豪勢なことで』

「お役に立つのであれば、それはもう」彼は声をあげた。「よろこんで。私もあなたにちょっとしたお願いがあるんです。もう入るはずの印税がなかなか入って来なくて、で今少々窮しておりましてね――もし用立てていただけたならと――なに、たいした額じゃありませんよ。まあ、千マルクほどですが」

「ああ、それはもちろん、かまいませんとも。よろしければもっとご用立てできますよ。それに言うまでもないことですが、イラストについてもそちらの言い値に従いましょう」

「これが図録ですか」ホーンはたずねた。「見てもよろしいですか」

「どれもこれも女の絵ばかりだな」図版を見ながら、ホーンはわざと蔑《さげす》むような口調で言った。「男の子を描いたのはゼロだ」

「でもなんだってまた男なんでしょう」クレッチマーが鎌をかけた。

ホーンは素直に説明してみせた。

「まあ、それは趣味の問題ですからね」自分の寛容さをひけらかすようにクレッチマーは言った。「もちろん、あなたを非難したりはしませんよ。まあ、そういう人は芸術の世界にはよくいますからね。役人や店の売り子ならどうかと思いますが――画家や音楽家なら話が別ですよ。だけど、ただ一言だけ申し上げるなら、それで失うものも大きいですがね」

「ご忠告には感謝しますが、私にとって女性ってのは、愛らしい哺乳類以上じゃありませんから――いやいや、遠慮しときますよ」

クレッチマーは笑い声をあげた。「まあ、こんな話になったから白状しちゃいますがね、あなたにお会いしたとたんに、ドリアンナは、あなたが女性には無関心だって言ってましたよ」

（『まったくろくでもない女だぜ』ホーンは思った）

XVIII

三日が過ぎた。マグダはまだ咳がとまらず、極端に用心深くなって、外出もせず、ソファベッドに着物姿でごろごろしていた。クレッチマーは書斎に閉じこもって仕事をしていた。退屈でしょうがないマグダは、かつてホーンに教わった憂さ晴らしを実行しはじめた。クッションに心地よく体をうずめて、彼女は知らない人や会社や店に電話をかけ、品物を注文しては電話帳で見つけた住所に配達を頼んだり、お上品な人たちをからかったり、同じ番号に十回もつづけて電話して、多忙な相手に癇癪《かんしゃく》を起こさせたりした——ときには、なかなかに痛快なこともおきた。うっとりするような愛の言葉で口説かれたり、それに輪をかけてうっとりするような罵声《ばせい》を浴びせられることもあった。クレッチマーが入ってきて立ち止まり、笑いながら愛しそうに彼女を眺め、だれかのために棺を注文しているやりとりを聞いていた。着物の胸がはだけて、すっかりいたずらに夢中になった彼女は足をばたばたさせ、切れ長の目はきらきら輝き、きゅっと細まるのだった。彼はそのとき、彼女への愛しさが狂おしいほどにこみ上げてくるのを味わったが（この一週間というもの、彼女が病気を理由に彼を寄せつけなかったのだからなおさらだ）、近づいて彼女のお楽しみの邪魔をするのを恐れて、離れた場所にじっと佇んでいた。

今度は彼女はグリューネヴァルトとかいう教授相手に口からでまかせの身の上話をしゃべりだし、動物園の向かいにある駅の有名な時計の下で、夜中の十二時に会ってくれるように頼み込んだ――教授は電話線の向こう側で、これはだれかにかつがれているのか、はたまた経済学者、哲学者としての自分の名声へのご褒美なのか、どうにも考えあぐねて、心中なんとも決めかねていた。

マグダがこんな気晴らしをしていたのだから、マックスがもう半時間ほどクレッチマー家に電話してもいっこうに繋がる気配がなかったのも無理はない。彼は何度も何度もかけなおしたが、そのたびに、落ち着きはらった信号音が聞こえるだけなのだ。ついに彼は立ち上がったが、立ちくらみがしてまた座り込んでしまった。この数日彼はまったく寝ていなかったのだ――でも、そんなことはどっちだっていい、今やるべきことは、クレッチマーを呼ぶことなのだから。まるで運命が落ち着きはらった信号音でもって、彼を邪魔しているみたいだったが、マックスは怯《ひる》みはしなかった。押してもだめなら引いてみろだ。彼は爪先立ちで子供部屋に入ったが、そこはほの暗く、しんと静まりかえっていて、それでも人が何人かいるのはおぼろげにわかり、アンネリーザのうなじや、彼女の綿毛のスカーフに目をやると——いきなり決心したようにくるりと向きをかえ、涙に咽《むせ》びながらそこを飛び出し、オーバーコートに体をくるむと、クレッチマーを呼びに出かけた。

「待っていてください」彼は運転手に告げ、なじみの建物のまえの歩道に降りた。彼が重い正面扉を肩で押して開けようとしていたとき、ちょうど後ろからホーンが現れ、二人はいっしょに中に入った。階段で二人はたがいに顔を見合わせ、すぐにホッケーのゲームを思い出した。「クレッチマーさんのお宅にですか」マックスがたずねた。ホーンはにっこりしてうなずいた。「じゃあ言いますけど、あの人はお客どころじゃなくなりますよ、私は義理の弟なんですが、悪い知らせを持ってきたんです」

「お伝えしましょうか」ホーンは淀みない声でそう言うと、すました顔で階段をならんで上りつづけた。

マックスは息切れで苦しそうだった。彼は最初の踊り場で立ち止まり、雄牛のように上目遣いにホーンを見つめた。ホーンは待ち構えるようにじっと立ちつくし、泣きはらして真っ赤な顔をした太っちょの道連れを物珍しげにしげしげと眺めていた。

「また後日いらっしゃることをお勧めしますよ」激しく息をつきながらマックスは言った。「義理の兄の娘が危篤なんです」

彼はまた歩き出した。ホーンは落ち着いてそのあとに従った（『こりゃあ見ものだ、みすみす見逃す手はないな……』）。マックスは自分の背後に足音がついてくるのはよくわかっていたが、いわく言いがたい憎しみで胸がいっぱいになって、たどり着くまでとても息がつづかないのではないかと危惧して、自制することにした。部屋の玄関にたどり着くと、彼はホーンに向き直って言った。「あなたがどこのだれなのか存じませんが――あなたのしつこさはどうあっても理解を超えていますな」

「私はここの人たちとは親しくさせてもらっているのでね」ホーンはなだめるようにやさしく答え、透きとおるような白くすらりとした人差し指を伸ばすと、呼び鈴を押した。

『こいつ、ステッキで打ちのめしてやろうか』マックスは思った。「いや、どうでもいいか……。とにかく早くもどらないと」

ドアを開けたのは（マグダの意見によれば英国貴族に似ている）使用人だった。

「君、取り次いでやってくれないかな」ホーンは物憂げに言った。「こちらの方がご主人にお目にかかりたいって……」

「どうか口を挟まないでいただきたい」怒りを爆発させてマックスが割り込み、玄関ホールのど真ん中に立つと、ありったけの声をはりあげて呼んだ。「ブルーノ」――そしてもう一度。「ブルーノ」

クレッチマーは義理の弟が顔をひきつらせ、目を腫らしているのを見ると一目散にすっ飛んできてぴたっと止まった。「イルマが重病なんだ」マックスはステッキで床を打ち鳴らして言った。「今すぐ来たほうがいい……」

しばしの沈黙。ホーンはむさぼるように二人を見つめていた。いきなりリビングからマグダのはきはきした、よく響く声が聞こえた。「ブルーノ、ちょっと来て」

「すぐ出かけよう」クレッチマーはたどたどしく言うと、リビングに引っ込んだ。マグダは腕組みして立っていた。「娘が重病なんだ」クレッチマーが言った。「ぼくはあっちに行ってくる」

「そんなの嘘よ」彼女は憎悪をむき出しにした。「あなたを連れ戻そうっていうのよ」

「わかってくれ……マグダ……お願いだよ」

彼女は彼の手をつかんだ。「じゃあ、あたしもあなたといっしょに行けば」

「マグダ、どうかわかってくれ、ぼくを呼んでるんだ」

「……どうせ一杯食わせるためでしょう。離さないわよ……」

「呼んでるんだ、ぼくを呼んでるんだよ」クレッチマーは目を剝いてたどたどしい口調で言った。

「できるならやってごらんなさい……」

マックスはステッキをこつこつ打ち鳴らしながら玄関ホールにじっと立っていた。ホーンはシガレットケースを取り出した。リビングからは大きな声が聞こえてきた。ホーンはマックスに煙草を勧めた。マックスは目もくれずに、シガレットケースを肘で払い落とし、煙草が散らばった。ホーンは笑いだした。また大きな声がした。「あ、なんていう恥さらしだ」マックスはつぶやくと、階段につづくドアをぐいと引き開け、ほっぺたを上下に震わせながら、さっさと下に降りてしまった。

「いかがでした？」彼が戻ると、乳母が声をひそめてたずねた。

「だめだ、来ないよ」彼は答えて、しばらく手のひらで目を覆い、喉を消毒するとまた、さっきのように爪先立ちで子供部屋にやってきた。

なにもかも先ほどと同じだった。イルマは頭を左右に揺らし、半ば閉じられた瞳は、輝きを失ったように見えた。彼女はひくっとかすかな声を出した。アンネリーザは娘の肩の上の毛布をなでさすっていた。イルマは突然クッションの上でかすかに身を引きつらせ、頭をそらした。テーブルから小さなスプーンが落ちた――その金属音が、だれの耳にもずっと鳴り響いていた。看護婦が脈をはかり、それから、まるで毀《こわ》してしまうのを恐れでもするように、そっと女の子の手を毛布の上に降ろした。「もしかして喉が渇いたのかしら」アンネリーザはささやいた。いただれかが、かすかに咳払いした。イルマは頭を揺らしつづけていたが、そのうち毛布の下でゆっくりとひざを立てたり伸ばしたりしはじめた。

ドアがきしんで乳母が部屋に入り、マックスの耳に何かささやくと、彼はうなずいて乳母は出ていった。ふたたびドアがきしんだが、アンネリーザは振り向かなかった……。

クレッチマーはベッドから二歩のところで立ち止まったが、妻の綿毛のスカーフや褪《さ》めた色の髪の毛はぼんやりとしか目に入らなかった。そのかわり、娘の顔、小さくて黒い鼻孔と、額のまわりの黄ばんだ光沢は、戦慄《せんりつ》が走るほどあざやかに目に映った。こうやって彼はかなり長いあいだ立ち尽くしていたが、やがて口をいっぱいに広げた——だれかがあわてて彼の肘をつかんで支えた。

彼は書斎のテーブルのまえにどっかりと腰をおろした。隅のソファには、ぼんやりと見覚えがあるご婦人が二人腰かけ、ちょっと離れたスツールの上では乳母が号泣していた。だれだか知らないが威風堂々とした老人が、窓辺に立って煙草を吸っていた。テーブルの上にはオレンジを盛ったクリスタルのボウルと、吸殻でいっぱいの灰皿があった。

「どうしてもっと早く呼んでくれなかったんだ」クレッチマーは眉を持ち上げて小さな声で言い、しばらくは眉を持ち上げたままの顔でいたが、それから首を振ると、指をポキポキと鳴らしはじめた。みんな黙りこくっていた。時計がカチカチ音を立てていた。どこからかランペルトが現れ、子供部屋に消えたが、ほどなくして戻ってきた。

「で、どうなんだ」かすれた声でクレッチマーは聞いた。

ランペルトは、威風堂々とした老人に、カンフル注射のことをなにかたずねると出ていった。

どのぐらいの時間が経ったのか。窓の外は暗くなっていた。クレッチマーは二度ほど子供部屋に行ったが、そのたびになにか熱いものが喉もとに込みあげてきて、彼はまた書斎にもどり、テーブルのまえに腰をおろすのだった。しばらくして彼はオレンジを手に取ると、わけもなくゴシゴシと磨きだした。以前にもましてあたりはしんと静まりかえっていて、きっと窓の外では雪が降っているにちがいない。通りからはごくまれに虚《うつ》ろな音が響いてくるだけで、ときおり、スチーム暖房がなにかをがちゃがちゃ言わせていた。下の通りでだれかが四音の口笛を吹いた――そしてまたしんとした。クレッチマーはゆっくりとオレンジを食べた。オレンジはとても酸っぱかった。

マックスがいきなり入ってきて、だれにも目を向けずに、両手を広げた。

子供部屋でクレッチマーが目にしたのは、ベッドの上に屈んだままじっとみじろぎひとつしようとしない妻の背中だった――看護婦が彼女の肩を抱きかかえて、暗がりのほうに連れて行った。彼はベッドに近づいた――しかし目のまえにあるものすべてがわなわなと震えてぼやっとかすんでいた――ほんの一瞬小さな死に顔がはっきりと浮かびあがった。小さな唇はすっかり血の気が失せ、あらわになった前歯は一本欠けていた――乳歯だ、乳歯が抜けていたのだ――そしてまたなにもかもかすんでしまい、クレッチマーは向きをかえると、集まった人たちを突き飛ばさないように気をつけながら部屋をあとにした。一階の正面扉の錠は閉まっているように見えたが、しばらくするとショールを羽織ったどこかのご婦人がやってきて、雪をかぶって凍えた男を招き入れた。きっとさっき口笛を吹いていた人物だろう。外に出ると、クレッチマーはなぜか時計を見た。夜中の十二時だった。ほんとうに彼はここで五時間もすごしたのだろうか。

彼は白い舗道を歩き出したが、なにが起こったのか、いっこうに納得することができなかった。「死んだんだ」彼は幾度かくりかえしたが、イルマがマックスのひざの上に這いあがったり、ゴム鞠《まり》を壁に投げたりする光景が驚くほど鮮明に心に浮かんできた。そうするうちにも、まるで何事もなかったかのようにタクシーがクラクションを鳴らし、空は黒々としていて、ただはるか向こうのカイザー・ヴィルヘルム記念教会のあたりだけ、その黒は暖かい茶系の色調をおび、ぼんやりした電灯の空焼けに変わっていた。

ようやく彼は家にたどりついた。マグダは半裸でソファベッドに寝そべっていたが、別段眠そうな気配もなく煙草を吸っていた。クレッチマーは口喧嘩をして家を出てきたことを思い出したが、そんなことはもはやどうでもよかった。雪に濡れた顔を拭いながら、彼がなにも言わずに部屋を歩き回るのを、彼女は黙ったまま目で追った。彼女はもう彼にたいしてなんの悔しさも感じていなかった——あったのは、心地よい疲労感だけだ。ホーンはついさっき出て行ったばかりで、やはり疲れていたが、それでもとても満ち足りた気分だった。

XIX

クレッチマーはしばらくのあいだ黙りこくっていた。彼はこれまで味わったことのない空虚感に打ちのめされていた。おそらく、マグダといっしょに暮らすようになってはじめて彼は、自分の人生の上になにか愚劣なものがうっすらと覆いかぶさっているのをはっきりと自覚するようになった。今しも、運命が耐えがたいほど激しい衝撃でもって、あたかも彼を無理やり正気に返らせたかと思われ、運命の雷鳴轟《とどろ》く叫びを耳にして、彼は、人生を以前のような高みへぐいと引きもどすめったにない機会をあたえられたのだと悟った。今妻のもとに戻れば、なにも言わないでそばにずっといてやるだけで――今ではない普段のような状況だったら起こりえないはずの仲直りが、ほとんどひとりでに成就してしまうはずだと、彼にはわかった。あの夜のことをあれこれ思い出すと、彼は平静ではいられなかった――突然マックスが濡れた瞳で哀願するように彼を見つめ、それから顔をそらすと、彼の肘の上をぎゅっと握りしめたのを彼はよく思い出したし、また、妻の顔になんとも説明しがたい表情が浮かんでいるのが鏡に映って見えたときのこともよく思い出した。悲しみに打ちひしがれているのに、なぜか微笑みのように見えたのだ。さらに、もしただちにこの機会をとらえて戻らなかったとしたら、すぐさま娘が亡くなる前と同じになってしまって、アンネリーザと会うなどできない相談になってしまうだろう、ということも彼は感じとっていた。こういったことすべてを彼は誠実に、苦悩しながら深く考え抜き、感情に特有のロジックで、もし葬式に参列したら、彼はもうずっと妻のもとにとどまることになるだろうと悟った。マックスの家に電話して、小間使いから日時と場所を聞き、葬式の朝にはマグダがまだ寝ているうちに起きて、使用人に黒いオーバーコートとシルクハットを用意するように言った。せかせかとコーヒーを飲み干すと、彼は、今では卓球台が置いてある元のイルマの子供部屋に行った。でも、そこでセルロイドのピンポン球を手のひらでもてあそんでいても、イルマが小さかったころのことにはいっこうに考えが向かず、浮かんでくるのは、はつらつとしてスタイル抜群だが放埓《ほうらつ》なもう一人の少女が、ここで飛び跳ねたり大声でわめいたり、卓球台に胸をつけるようにしてラケットを突き出したりするさまだった。

彼は時計を見た。もう出かけなくちゃいけない。もう出なくちゃ。彼はピンポン球を台の上に放り出すと、最後にもういちどマグダの寝姿を見ておこうと寝室に向かった。そして、ベッドのわきに立ち止まり、なにも塗ってないバラ色の唇と暗色のまぶた、頬いっぱいにビロードのような赤みがさしたこの子供っぽい顔にじっと目を凝らしながら、クレッチマーは、肌のつやも失せ、灰色の顔をしてオーデコロンをかすかに香らせた妻との暮らしが明日からはじまるのだと考えてぞっとした。その暮らしは彼には、ぼんやりと照らされた長くて埃っぽい廊下のように見え、そこには釘を打ち付けた棺や乳母車（空っぽの）が打ち棄てられ、その奥深くには真っ黒い闇が色濃く渦巻いているように思えた。

寝ているマグダの頰と肩からやっとのことで視線をそらし、親指の爪を神経質に嚙みながら、彼は窓辺に立った。雪解けの季節で、自動車が水溜りをはねあげ、街角にはあざやかな紫色の花売りの露台が見え、陽気なメイドが髪を振り乱して窓ガラスを洗い、そこに映り込んだ青空をびしょびしょに濡らしていた。「ずいぶん早く起きたのね。どこかに出かけるの」あくび混じりで間延びしたマグダの声が聞こえた。

彼はふりむきもせず、首を横に振って否定した。

XX

「ブルーノ、元気をだして」一週間もたつとマグダは彼にこう言うのだった。「わかるわよ、そりゃあとっても悲しいことよね——でもあの人たちはみんな、あなたにちょっとよそよそしいじゃない、ねえ、自分でもそう感じてるでしょう。それにもちろん、あなたの娘だって、あなたを憎むように吹き込まれてたでしょうし。考えすぎちゃだめよ――あなたにはとても同情するわ、でもねえ、あたしが赤ちゃんを産むとしたら、男の子がいいわね……」

「きみ自身が赤ん坊だよ」マグダの髪を撫でながら彼は言った。

「とくに今日は元気にしなくちゃ」唇をとんがらせてマグダは続けた。「とくに今日はね。なんといったって今日はあたしが出世街道に踏み出す日なんだから、あたしスターになるのよ」

「ああ、そうだったね、忘れてたよ。いつだって？　本当に今日なのかい」

ホーンが姿を見せた。このところ彼は毎日のようにたずねて来るのだが、心置きなくクレッチマーの話し相手になってくれる機会も何回かあって、マグダにはとてもじゃないが言えないようなこともクレッチマーは洗いざらい彼に語ったのだった。ホーンはなかなかの聞き上手だったうえに、じつに気の利いた考えをさらりと口にしたり、きわめて思慮深い同情の気持ちを彼に伝えてみせたので、まだ付き合いが浅いことなど、クレッチマーにはなんだかまったくどうでもいいことに思え、二人のあいだで男の友情が育まれ成熟するのに要した内面の――心の――時間とはなんら繋がりがないように見えた。「不幸という砂地の上に人生を打ち立てるべきじゃないですよ」ホーンは言うのだった。「それは人生にたいする罪ですね。私の知り合いに、ある建築家がいるんだけど、やつは哀れみから、腰の曲がった年増で不細工なのと結婚した。二人のあいだになにがあったのか正確には知らないけれど、一年経つとその女は毒をあおってしまい、おかげで彼のほうは癲狂院《てんきょういん》送りになってしまった。私が思うに、芸術家が従うべきものは、すばらしいものへの感性以外にはないですよ――それは絶対に欺くことはないですからね」

「死ってものは」さらに彼はつづけた。「私にはどうしようもなく陳腐なものにしか思えないんです。自然ももはや、それをどうにも自分のなかから根絶できないでいるんだな。私の友達に、若くて生命力に満ちあふれて、顔なんか天使のごとくで、豹《ひょう》みたいに体がきゅっと引き締まったのがいたんだが――酒瓶を開けようとして怪我をしましてね、何日かして死んじまった。これよりばかばかしい死にざまなんてちょっと想像もつかないが、でも同時に……同時にね――そう、言うも妙なことだけど、でもそうなんだ。やつが老いさらばえるまで生き延びたとしても、あまり芸術的とは言えなかったでしょうね……。人生を輝かせるツボってやつは、ときに、まさに死のなかにあるんですよ」

こういうとき、ホーンは話し出すと止まらなくなる——作り話にもほどがある架空の知り合い連中を流暢にでっちあげて、あんまり深遠になりすぎて聞き手が話を追えなくならないように心のなかで用心しながら、いかにもキザに言葉を飾り立てるのだ。教養こそつぎはぎだらけの寄せ集めだったけれど、頭の回転はすばやくて勘も鋭く、まわりの人たちをかついでやりたくて、もうどうしようもなくうずうずしている。おそらく、彼のなかでたったひとつまがい物でなかったのは、芸術や学問の領域で人が生みだすものはなにもかも、大なり小なり洒落の利いた手品か、うっとりするようなペテンなのだ、という無意識の信念だけだった。どんなに重大なことに話が及んだとしても、話し相手が聞きたいというなら、ありがたい格言だろうと、笑い話だろうと、はたまた俗悪なコメントだろうとかわりなく、それについてなにかしらでっちあげる能力を彼は持ち合わせていた。書物や絵画のことをさも真剣にしゃべっているような場合には、自分も陰謀の加担者なのだ、絵描きや作家といった天才的な太鼓持ちの面々の共謀者なのだと感じて、ホーンは上機嫌なのだった。クレッチマー（ホーンの考えでは、鈍そうで目はしも利かず、性格も単純で、絵画の分野の知識だけはずば抜けて上等な男）がもだえ苦しみ、自分は人間が味わいうる苦悩の頂点にたどり着いたのだとでも思っている様子なのを、彼はわくわくしながら見守っていたが――そうしながらもホーンは、これにはまだ先がある、これで終わりなんかじゃあ全然ない、これはとびっきり高級なミュージックホールの出し物の最初のナンバーにすぎないのだと思って悦に入っていたが、ホーン本人はそこで支配人用のボックス席をあてがわれていたのだ。かの遊興施設の支配人だったのは、神でも悪魔でもない。前者はあまりにご老体すぎて、新しい芸術のことなどなにひとつわからなかったし、後者の、人々の罪をむさぼり食ってぶよぶよに肥え太った悪魔ときたら、耐えがたいほど退屈なやつで、まるで高利貸しを切り刻んだおつむの弱い罪人が処刑のまえにするあくびみたいに退屈なのだ。ホーンにボックス席を提供したのは、自分自身を反射して、二重三重に見えるとらえがたい存在だった――それは、うつろいやすい魔術的な幻影、七色に光る玉の影、ドラマのようにライティングされた舞台上の大道芸人の影……。すくなくとも、ごくまれに哲学的思索にふけるようなひとときには、ホーンはそんなふうに考えていた。

だからこそ、彼はどうして自分がマグダにこれほど惹かれるのかどうしても理解できなかった。彼はそれをマグダの肉体のせいにしたり、彼女の肌の匂いや体温、虹彩《こうさい》を織りなすえもいわれぬ模様、唇の独特な上皮組織のなかにあるなにかのせいにしようとした。けれどそれは、かならずしもそうだったのではない。二人がたがいに強く求めあったのは、二人の魂が奥深いところで似かよっていたからだ——たとえホーンが絵描き、コスモポリタン、博打《ばくち》打ちとして才能にあふれていたとしてもである……。

マグダがはじめて銀幕にその姿をちらつかせるはずのその日、クレッチマー家に現れた彼は、どこだかに部屋を借りたから気兼ねなく会えるよと彼女に告げる機会を逃さなかった（コートを着せるときに言ったのだ）。彼女は答える代わりに怒って眉をひそめた——というのもクレッチマーが十歩と離れていない場所に立っていたからだ。ホーンは笑い声をあげると、ほとんど声をひそめようともせずに、毎日そこで何時から何時までおまえを待っているよ、とつけ加えた。

「私はフロイライン・ペータースをデートに誘ってるんですがね、気乗りしないご様子ですな」階下に降りるとき、彼はクレッチマーに言った。

「まあせいぜいがんばってくださいな」クレッチマーはにこにこしながらマグダの頬をつねった。「さて、きみの演技はどうだか、お手並みを拝見するとしようか」彼は手袋を引っ張りながら続けた。

「明日の五時ですからね、フロイライン・ペータース」ホーンは言った。

「この人は明日は一人で自動車を選びに行くことになってるんですよ」クレッチマーは告げた。「だからデートなんて無理ですよ」

「だいじょうぶ、自動車は逃げたりしませんからね、そうでしょう、フロイライン・ペータース」

マグダはいきなり怒り出した。「くだらない冗談を言わないでちょうだい」彼女は怒鳴った。

男二人は笑って顔を見合わせ、クレッチマーがウインクしてみせた。

郵便配達とおしゃべりしていた管理人は、クレッチマーをしげしげと観察した。

「まったく信じられんよ」三人が出て行くと管理人は言った。「まったく信じられん、あの人は近頃娘さんを亡くしたばかりなんだよ」

「もう一人の男はだれなんだい」郵便配達が聞いた。

「知るわけないだろう。男一人じゃ物足りなかったに決まってるさ。なあ、ほかの住人たちがあの××××（印刷不能）を眺めてると、いたたまれなくなるよ。なにせぱりっとした紳士で、しかもお金持ちときてるんだから――愛人を選ぶにしたって、どうせならもっとこう豪勢でどっしりしたのにすればよかったのに」

「恋は盲目さ」郵便配達が思わせぶりに言った。

XXI

俳優や招待客たちに映画『アズラ』が試写された小さなホールは、それほど人で埋まっていなかったけれど、マグダの背筋が不安と期待でぞくっとするには十分な数だった。彼女は、かつて仕事をもらいに行って苦い思いをさせられたあの監督がすぐそばにいるのに気づいた。彼はクレッチマーに近づいた。クレッチマーは彼をマグダに紹介した。彼の右目には大きなものもらいができていた。マグダが頭にきたのは、すぐには彼がマグダのことを思い出さなかったからだ。「あたし、あなたの事務所に行ったことがありますのよ」彼女は意地悪く言った（今になって悔しがればいいんだわ）。「ああ、お嬢さんでしたか」彼は慇懃《いんぎん》な笑顔をうかべて言った。「そりゃあ覚えていますとも」。じつは彼はなにも覚えていなかった。

照明が落ちると、彼女とクレッチマーのあいだに座っていたホーンは、手探りで彼女の手を握った。前にはドリアンナ・カレーニナが座っていたが、ホールは暑かったのに、毛皮にくるまっていた。その隣にはものもらいの監督がいて、ドリアンナは彼にべたべたしていた。映写機がまるで掃除機のように、かすかで単調な音を立てて回りはじめた。音楽はなかった。

マグダがスクリーンに現れたのは始ってすぐのことだった。本を読んでいたが、それを投げ捨てると窓に駆けよった。婚約者が馬に乗ってやってきたのだ。彼女は心臓が凍りつくようで、おもわずホーンの手から自分の手を引き抜き、もうそれ以上手を握らせなかった（そのかわり彼はマグダのスカートを撫でさすり、なんとも器用にガーターのボタンをはずしてしまった）。蛭《ひる》のように真っ黒な唇を奇妙に歪め、眉毛もちぐはぐな、ぎこちなくて野暮ったい花嫁が、ドレスに見たこともないような皺を寄せて目のまえを荒々しく見つめ、そのあと胸を窓敷居にもたせかけて、お尻を観客に向けた。

手探りしているホーンの手をマグダは振り払った――そして不意に彼女はだれかに

噛みつくか、さもなければ、ばったり床に倒れてのたうちまわり、叫びだしたい衝動に駆られた……。スクリーンに映ったぶざまな少女は、彼女とはなんの共通点も持っていなかった——それは見るも無残で、管理人の女房にすぎない自分の母の結婚式の写真にそっくりだった。もしかして、さきに行けばよくなるのかしら。クレッチマーがあいだにいるホーンを半分抱きかかえるようにしてマグダのほうに体を寄せ、やさしく囁《ささや》いた。「チャーミングだ、じつにすばらしいよ、ここまでとは思わなかった……」。彼はほんとうに心を奪われてしまったのだ。アルグス座の思い出がよみがえってきたが、彼が感銘をうけたのは、マグダの演技がこのうえなく下手糞なことと——でも同時に彼女には、お祝いの詩を朗読している小学生みたいな、どこか魅力的で子供のような一生懸命さがあるということだった。ホーンはひそかにほくそえんだ。彼はスクリーン上のマグダの出来栄えがおそまつなのをはっきりと悟り、明日にはそのとばっちりがクレッチマーに向けられるだろうとわかっていた……。それはもうなんとも愉快なことだった。またしても彼はマグダの足やドレスに手を這わせだし、彼女はいきなり彼を力いっぱいつねった。

しばらくすると、花嫁がふたたび姿を見せた。花嫁は壁にそってこっそりと進み、人目を盗んでカフェに向かうのだが、そのカフェでは、婚約者が女吸血鬼（ドリアンナ・カレーニナ）の仲間たちといるところを、家族ぐるみで親しくしているある高潔な人物によって目撃されていた。彼女は壁に身を隠しながら怒りに打ち震えていたが、なぜだかそのうしろ姿は肥え太って見えた。『今にも叫びだしちゃいそう』マグダは思った。幸いにもスクリーンは瞬きしてカフェのテーブルが現れ、主人公がドリアンナの煙草に火をつけてやっている（親密さの目印だ！）。ドリアンナは頭をそらして煙を吐き出しては、唇の片隅に笑みを浮かべていた。観客席でだれかが拍手しだすと、ほかの連中もそれにつづいた。花嫁が入ってくる。拍手はぴたりとやんだ。花嫁はマグダがけっしてしたことがないようなやりかたで口をあけた。ドリアンナ、前に座っていた本物のドリアンナがこちらを振り向き、彼女の目が薄暗がりのなかでやさしくきらめいた。「上出来よ、お嬢さん」彼女はハスキーな声で言い、マグダは爪でこの女の顔を縞模様に引っ掻いてやりたくなった。

もはや彼女は自分が出る場面の一つひとつがおそろしく、おかげで全身の力が抜けてしまい、ホーンのしつこい手を、前のようにつかんでつねったりすることができなかった。マグダは彼の耳元に熱い息を吹きかけながら囁いた。「お願いだからやめてちょうだい、席をかえるわよ」。彼はマグダのひざをぴしゃりとはたいたが以後その手はおとなしくなった。
花嫁は何度も何度も現れて、その動きの一つひとつがマグダを苛《さいな》んだ。彼女はまるで、地上で自分が犯した罪を、地獄の悪魔たちに見せつけられている死者の魂のようだった……。このむくんだような顔に彼女が見てとったのは、有力者の住人には慇懃に接しようとするときの母の表情だった。「とてもいいシーンじゃないか」ホーンを乗り越えてこちらに体をかがめながら、クレッチマーがつぶやいた。ホーンは暗がりに座ってこのおぞましい映画を見るのに心底飽き飽きしてしまった。彼は目を閉じて、映画のためにチーピーの動き――何千もの動きをスケッチしたのがどんなに面倒で、また楽しい作業だったかを思い出しはじめた。『なにか新しいものを考え出さなくちゃいけないな――どうしても考え出さないと』
ドラマは終わりに近づいていた。吸血鬼に棄てられた主人公は、雨が降りしきるなか、毒を手に入れようと薬局に歩いていく。花嫁は田舎で、彼とのあいだにできた赤ん坊と遊んでいたが、その子が甘えて彼女にまとわりついてきた。するとどうしてだか、彼女は撫でるように両手の甲をドレスに滑らせたのだ。その動きはあきらかに場違いだった——彼女はまるで手を拭ったみたいになり、赤ん坊はけげんそうに下からそれを見上げた。客席から失笑がもれた。マグダは耐えきれずに声を抑えて泣き出した。

明かりがともるやいなや、彼女は立ち上がって出口に向かった。「どうしたんだ、彼女はどうしたんだ」クレッチマーはつぶやくと、すぐに彼女のあとを追った。ホーンは伸びをして両手をぐっと突き出した。ドリアンナが彼の袖にふれた。となりには片目にものもらいのある紳士が立ってあくびしていた。

「失敗ね」ドリアンナがウインクして言った。「かわいそうなお嬢さん」

「あなたはご自分に満足なんですか」興味しんしんにホーンが聞いた。

ドリアンナは鼻で笑った。「いいえ、本物の女優はいつだって満足なんかしませんわ」

「絵描きだっておなじですよ」ホーンは言った。「でもあなたが悪いわけじゃない。役があんなひどいのじゃね。ところで、おたずねしますが、あなたの芸名はどうやってつけたんですか。前々から知りたかったんですよ」

「あら、それは話せば長いことですの」彼女はにっこりして答えた。

「いや、私の言うことがおわかりになってないな。私が知りたいのはです、つまり、あなたはトルストイを読んだことはあるんですか」

「トルストイですって」ドリアンナ・カレーニナは聞き返した。「いいえ、おぼえていませんわ。でもどうしてそんなことがお知りになりたいの」

XXII

クレッチマーの家には嵐、号泣、もだえ、うめき声が吹き荒れていた。クレッチマーはなすすべもなくマグダのあとをついて歩くだけだった。彼女はソファベッドだろうとベッドだろうと床だろうとかまわず倒れこむのだった。その瞳は怒りをたたえてすばらしくきらめき、靴下は片方がずり落ちていた。この世は涙のせいですっかりびしょぬれになっていた。クレッチマーは自分が知るかぎりのいちばん優しい言葉で彼女を慰め、自分でも知らないうちに、かつて娘の青痣《あおあざ》にキスしながら言った言葉を使っていた――まるでイルマの死によって言葉が解放されたとでもいうように。

はじめのうちマグダはその怒りをことごとく彼にぶつけていたが、つぎにとんでもない形容辞をふりかざしてドリアンナを罵倒し、さらに猛烈に監督に食ってかかった（まったく無関係な、デブでものもらいのグロスマンにもとばっちりがいった）。「わかったよ」クレッチマーがようやっと口を開いた。「非常手段に訴えることにしよう。ただわかってくれ、ぼくはあれが失敗だなんてまるで思ってないからね——それどころか、場面によってはうっとりするような芝居だったよ——たとえば、最初のシーン——ねえ、きみが……」

「うるさいわね」マグダは声をあげ、彼にクッションを投げつけた。「待ちなさい、マグダ、聞いておくれ。きみが幸せになるのなら、ぼくはどんなことでもするよ。ぼくがどうすると思う？　だってあの映画はぼくのもので、あの駄作に……つまり監督が駄作にしちまった映画に金を出したのはぼくなんだからね。だからあれはどこにも公開しないで、記念に取っておくことにするよ（「だめ、燃やしちゃってよ」涙声でマグダがわめいた）。そうだな、燃やすことにしよう。それにドリアンナにだって、これはあまり愉快じゃないさ。どうだね——これでいいかな」

彼女はまだしゃくりあげていたが、もうかなり落ち着いていた。

「いい子だから、もう泣かないでおくれ。まだそれだけじゃないぞ。明日きみは自動車を選びに行けるんだからね――そりゃあ楽しいぞ。あとでぼくに教えてくれよ、そうしたらぼくは……た・ぶ・ん――（彼は笑顔をつくり、いたずらっぽく引き伸ばした『たぶん』にあわせて眉をもちあげた）――それを買ってあげるからね。それでドライブしよう。南国の春やミモザが見られるよ……。どうだい、マグダ」

「大事なのはそんなことじゃないわ」彼女は不機嫌そうに言った。

「大事なのはきみが幸せだってことで、ぼくといっしょにいれば幸せになれるよ。秋にはここにもどってきて、映画学校に通うか、なんでも教えてくれる腕のいい監督をぼくが見つけてくるよ……ほら、たとえばあのグロスマンみたいな……」

「だめよ、グロスマンだけは絶対いや」身を震わせてマグダが怒鳴った。

「……じゃあ違う人でいいさ。だいじょうぶ、見つかるって。涙を拭きなさい――夕飯を食べてダンスに出かけよう……お願いだよ、マグダ」

「あたしが幸せになれるのはね」深いため息をついて彼女は言った。「あなたがあの女と離婚したときだけよ。でもあたしは怖いのよ、あの忌々しい映画であたしがなにひとつ満足にやれないのを見ちゃったから、あなたはあたしを棄てるんじゃないかって。いや、待って、キスするのはやめてちょうだい。どうなの？——話し合いのほうは進んでるの、それともそれっきりになっちゃってるのかしら」

「わかるかい、こういう問題ってやつはね」クレッチマーは慎重に言葉を区切りながら言った。「わかるかな……。ああ、マグダ、だって今ぼくらは、つまりその、彼女はようするに——まあ、ひとことで言うと——悲しみのどん底なんだ。だから今はまったくどうも時期がよくないんだよ……」

「なにが言いたいわけ」マグダはさっと立ち上がって言った。「あの女はあなたが離婚したがってるのをまだ知らないってことかしら」

「いや、そういうことじゃない」クレッチマーは言葉をごくりと飲み込んで小さくなった。「もちろん彼女は……それは感じてる、つまりわかってるよ」。彼はすっかりしょげかえった。

マグダは、まるで蛇がとぐろをほどくときのようにゆっくりと体を上に伸ばした。

「本当を言うと——彼女は離婚させてくれないんだ」クレッチマーは口を開いたが、生まれてはじめてアンネリーザのことで嘘をついた。

「ぜったいに同意しないっていうの？」マグダは唇を噛んで目を細め、ゆっくりと彼に近づきながら言った。

『今につかみ合いがはじまるぞ』クレッチマーは思ってうんざりした。「いや、同意するさ、もちろん同意するよ」彼は声に出していった。「だからそんなに興奮しないでくれ」

マグダは彼にぴったりと近寄り――彼の首に両手を巻きつけた。

「あたしはもうこれ以上あなたの愛人でいるなんて耐えられない」頬を彼のネクタイに寄り添わせて彼女は言った。「もうだめよ。なんとかしてちょうだい。明日にも決心してよ、おれはこの娘のためにやり遂げるんだって。だって弁護士ってものがあるんだから、どんなことだってできるはずよ」

「約束するよ」

彼女はかすかにため息をつき、鏡のほうに行くと、憔悴したように自分の顔を眺めた。

『離婚だって？』クレッチマーは思った。『いやいや、そんなことは考えられない』

XXIII

マグダとの逢いびきのために借りた部屋を、ホーンはアトリエとして使い、マグダが行くといつも彼は仕事をしていた。絵を描くとき、いつも彼はじつに多彩な音楽のモチーフを口笛で吹いていた。マグダは彼の頰の鉛白のような陰影や、口笛で丸めている分厚くて真っ赤な唇や、さわるとぱさぱさでふわふわな柔らかい黒髪を眺め――そして結局はこの男が自分を破滅させるだろうと感じるのだった。ホーンは襟ぐりのあいた絹のシャツを着て、フランネルのズボンを粋なベルトでとめていた。彼は墨を使ってえもいわれぬ作品を生み出すのだった。

こうして二人はほとんど毎日のように会っていた。もう自動車は買ったし春もめぐってきていたのに、マグダは出発を先延ばしにしていた。「差し出がましいかもしれませんが」あるときホーンはクレッチマーに言った。「どうして運転手を雇わないんですか。私は十二時間ぶっ通しでハンドルを握っても大丈夫だし、乗り心地ときたらシルクみたいですよ」——「それはどうもご親切に」クレッチマーは答えたが、ちょっとためらっていた。「でもまったく——どうでしょうね……あなたのお仕事を邪魔するわけにいきませんし、私らはかなり遠くまでドライブする予定なのでね……」——「なに、たいした仕事なんてしちゃいませんよ。私はずっと前からどこか南国でぱあっと羽をのばしたいなと思っていたところです」——「そういうことならお願いしたいですな」クレッチマーは言ったが、内心マグダがなんと言うか心配した。ところがマグダは、ちょっとためらっただけであっさり承諾した。「どうぞご自由に」彼女は言った。「ただねえ、あの人には最近うんざりしてるのよ、自分の今までの情事をあたしに話して聞かせるんだけど——それをしゃべりながら、まるで今だれかに恋してるみたいなため息を深々とつくのよ。でも本当はね……」

出発の前日だった。ショッピングの帰り道、彼女はホーンの家に駆け込むと、彼の首にぶらさがった。置いてある小さなイーゼルや、部屋に差し込む陽光の束に浮いた埃を見ると、アトリエでポーズをとっていた頃のことがよみがえってきて、今いそいでドレスを脱ぎ捨てながら、ついたての後ろから裸で出て行くのがときおり肌寒く感じられたのを思い出して微笑んだ。

ことが終わると彼女は一本足でぴょんぴょん飛び跳ね、くるくる回って鏡のなかに嵐を巻き起こしながら、とてつもないすばやさで身づくろいをした。「なにをそんなにあわててるんだい」彼はめんどくさそうに言った。「なあ、これで最後なんだぜ。旅行中にどうするかはまだわからないんだし」――「その方面にかんしては、二人とも知恵が働くじゃないの」彼女は笑いながら答えた。

彼女は表に飛び出すと小刻みな足取りで歩き出し、タクシーがいないか見回したが、陽射しにあふれた通りはがらんとしていた。広場まで歩いてくると――そこで、ホーンの家からの帰り道にいつも思うのだが、右に曲がり公園を横切って、さらにまた右に行くと……そこには子供のころに住んでいた通りがある。

（満ち足りていて、失敗なんて恐れなかった、単純で気楽な暮らしだったわね……。見に行ったっていいんじゃないかしら）

通りは変わっていなかった。角のあのパン屋、あの肉屋――看板には――見覚えのある金の雄牛が描いてあって、肉屋の向かいには、十五号室の少佐未亡人のブルドッグが柵につながれていた。あれは兄が入り浸っていた酒場だ。その斜め向かいに――彼女が生まれたアパートがあった。もっと近づいてみることは、なんとなく不安でできなかった。彼女は踵《きびす》を返してそっと来た道を歩き出した。公園のあたりでさっそく、彼女は聞いたことのある声に呼びとめられた。兄の仲間で手の甲に刺青のあるカスパールだ。彼はフレームが紫色でハンドルのまえに籠がついた自転車を漕いでいた。「よう、マグダ」彼は愛想よくうなずいて言うと、彼女とならんで舗道を歩き出した。

このまえ会ったときは、彼はたいそう冷たかった。あの時はほかの仲間たちといっしょだったからだ。あれはグループ、組織、というか徒党だった。今は一人なので、たんなる古い知り合いだった。

「なあ調子はどうだい、マグダ」

彼女は鼻で笑うと答えた。「最高よ。あんたはどうなの」

「そこそこさ、なんとかやってるよ。知ってるかい、おまえん家《ち》は引っ越したんだぜ。今は北の地区だよ。たずねていったらどうだい、マグダ。ちょっとしたお土産かなんか持ってさ。親父はもう長くないってさ」

「オットーはどこなの」彼女は聞いた。

「オットーは出かけてるよ——ビーレフェルトさ。たぶん仕事だよ」

「よく知ってるでしょう」彼女は言った。「わかってるわよね、家であたしがどんなにかわいがられてたか。あたしはいつもびんたで顔を腫らしてた。あれから、あたしがどうしたのか、どこにいるのか、くたばってないのかって、うちの家族が心配して探したりしたとでもいうの。あたしがお金になるのならもっけの幸いってだけじゃない」

カスパールは咳払いして言った。「でもなんのかんの言ったっておまえの家族だぜ、マグダ。だっておまえのお袋はここから叩き出されたんだからな——慣れない場所じゃあ楽じゃないさ」

「あたしのことはあっちでどう言ってるのかしらね」彼女は知りたくなってたずねた。

「なに、くだらねえことばかりさ……。あることないことくっちゃべってるよ。それもそうさ。おれは、女には自分の人生を自由に生きる権利があると思ってるけどな。おまえはどうだ——お友達とはうまくいってるのかい」

「まあなんとかうまくいってるわ。もうすぐあたしと結婚してくれるのよ」

「そりゃあすごいや」カスパールは言った。「おれもすごくうれしいよ。ただ残念だけど、おまえがご立派な奥方になっちまうと、もう前みたいにつるんだりできないよな。そりゃあなあ、えらく寂しいな」

「あんたガールフレンドはいるの」彼女は笑顔でたずねた。

「いや、今はだれもいない、グレタと喧嘩しちまったんだ。やっぱり、ときどき生きるのが面倒になるぜ、マグダ。おれは今菓子屋で働いてるんだ。自分の店を持ちたいんだよ――でもいつになることやら……」

「そう、生きるのは大変よね」マグダはもの思わしげな声で言い、しばらくしてタクシーを止めた。

「もしかしたら、おれたちはまたなんとか」カスパールは言いかけたものの、気おくれから口をつぐんだ。

『あの娘《こ》はろくな死に方をしないな』彼女が車に乗る姿を眺めながら彼は思った。『きっとろくな死に方をしないぞ。もっとふつうの善良なやつと結婚すればよかったのにな。もっとも、おれならあいつとは結婚しないぜ――あんな尻軽女、一瞬だって気が抜けやしない……』

彼は自転車に飛び乗ると、スピードをあげてつぎの角まで車を追いかけた。マグダは彼に手を振り、彼は鳥のようにすらりと向きをかえると、脇道に入って遠ざかっていった。

XXIV

なにもかもが魅惑的で、なにもかもが楽しくてしかたなかった——ホテルですごす夜をのぞけば。クレッチマーはうんざりするほどしつこかった。疲れたからといって体よく断ろうとすると、彼は泣き出さんばかりになって、今日は一度もキスしてないと言い、キスだけでもさせてくれと頼み込む——そうしてなし崩しに最後までしとげてしまうのだ。ホーンはそのあいだ隣の部屋にいて、ときおり彼の足音や口笛が聞こえてくるが——クレッチマーときたら歓喜の声をあげているのだ——ホーンにもその声が聞こえたかもしれない。朝が来ると、一行はさらに車を走らせた——音の静かなパワーステアリングつきのとびっきり豪勢な自動車に乗り込み、両脇にりんごの木が植えられた自動車専用道は前輪のタイヤの下へと吸い込まれてゆき、天気ときたらそれはもう非の打ちどころもないほどで、日が暮れるころには、ラジエーターのスチール製の蜂の巣のあいだに、死んだ蜜蜂やトンボがぎっしりと詰まっていることもあった。ホーンの運転の腕前はたしかにすばらしかった。背もたれがふかふかな、とても低いシートに半分寝そべるようにして座り、彼はいかにも馴れた手つきで、いたわるようにやさしくハンドルをさばいた。リアウィンドーにむちむちしたチーピーがぶらさがっていて、後ずさりして逃げてゆく北方をじっと眺めていた。

フランスでは道路の両側にポプラ並木が走り、ホテルでは自分の言うことがメイドたちにわかってもらえなくてマグダはいらいらした。春を過ごすのは、リヴィエラ、それから――スイスかイタリアの湖と決まった。イェールに着くまえの晩に、三人はルジナールという小さいが魅力的な街に行き着いた。そこに到着したのはちょうど夕焼けの頃で、近郊の山々の上空では積乱雲がバラ色に変色し、街のカフェの低い軒先から明かりがこぼれ、並木道のプラタナスはもう夜更けのように黒々としていた。マグダは、出発の日以来、つまり二週間のあいだ（三人は別段急ぎもせず、風光明媚《めいび》な街々で道草を食っていたのだ）、夜はいつもそうなのだが、疲れて不機嫌なように見えたが、一度もホーンと二人きりになったことはなかった――それは耐えがたいことで、ホーンは彼女と目を合わせると、飼い主の女のせいで肉屋の真ん前につながれた犬さながらに、悲しげに舌なめずりするのだった。

だから、一行がルジナールに到着して、クレッチマーが山並のシルエットや、夕焼けや、プラタナスを透かしてゆらめく街の明かりを賛嘆しはじめると、マグダはぶっきらぼうに彼に答えた。「そうやってせいぜい褒めちぎっていればいいんだわ」。彼女はやっとのことで涙をこらえながら、歯の間からしぼりだすような言い方をした。三人は大きなホテルに着いた。クレッチマーは部屋があるか聞きに行った。「頭が変になりそうよ、こんなのがずっと続くんだとしたらね」ロビーのなかほどに立ってホーンのほうには目もくれずにマグダが言った。「あいつに睡眠薬でも一服盛ってやれよ」ホーンは勧めた。「薬局で手に入れてやるからさ」――「やってみたんだけどね」マグダが腹に据えかねたように答えた。「効き目がないのよ」

クレッチマーはすこしばかりがっかりした様子でもどってきた。「まったくうんざりだよ」彼は肩をすくめて言った。「とても残念だ。疲れただろう、なあマグダ」。マグダはなにも言わずに出口へ向かった。

三人はホテルを三つ回ったが、空き部屋はどこにもなかった。マグダの機嫌ときたら、クレッチマーが怖くて彼女のほうを見られないぐらいだった。結局五軒目のホテルで、三人はエレベーターにお乗りくださいと勧められた――あがってご覧くださいというのだ。エレベーターを操作していた浅黒い少年は、横顔をこちらに向けて立っていた。「ごらんなさい、なんとも美しい、あの睫毛ときたらどうです」軽くクレッチマーを小突くとホーンは言った。「道化じみたことするのはやめてちょうだい」いきなりマグダが声をあげた。

ツインの部屋は全然悪くなかったが、マグダは小さな声で「こんなところに泊まりたくない、こんなところに泊まりたくない」と嫌味たっぷりにくりかえしながら、ヒールで床を小刻みに鳴らしだした。「上等な部屋じゃないか」クレッチマーがさとすように言った。だしぬけに少年が部屋の奥にあるドアを開けた――そこは浴室だった――なかに入ってつぎのドアを開けると――なんと、もうひとつ寝室が現れたのだ。ホーンとマグダはとっさに顔を見あわせた。

「あなたにはきっとご不便なんじゃないでしょうか――バスルームが共用では」クレッチマーが言った。「だって、マグダはアヒルの行水みたいに長風呂なんですからね」

「ご心配いりませんよ」ホーンは笑いだした。「私のほうはなんとかやりくりしますよ」

「もしかして、ほかには部屋はないもんだろうかね」クレッチマーは少年に言った。ところがそのとき、マグダがあわてて話に割り込んだ。

「ばかげてるわ」彼女は言った。「ばかげてるわよ。探し回るのはもううんざり」スーツケースを運び入れているあいだ、彼女は窓に近づいた。青黒い空、街の明かり、黒々と立ち並ぶ木々、虫の集《すだ》く音……。だが、彼女にはなにも見えなかったし、なにも聞こえなかった——待ちきれない思いと嬉しさでもう胸がいっぱいだったのだ。ようやく彼女はクレッチマーと二人きりになり、彼は洗面用具を並べだした。「あたしが先にお風呂に入るわよ」彼女は言い、あわてて服を脱ぎだした。「わかった」彼はやさしく言った。「ぼくはまずここでひげを剃るよ。ただ長風呂にならないようにね——夕食に出なくちゃならないから」。彼が覗いている鏡の片隅に、つぎつぎと飛びすぎてゆくものが見えた——ジャンパーやスカートや、なにか白いもの、さらになにか白いもの、ストッキング、もう片方のストッキング……。

「まったくだらしない」彼は喉仏に石鹸の泡を塗りつけながら言った。

ドアが閉まる音、かんぬきをガチャンと動かす音、湯が勢いよくほとばしり出る音が聞こえてきた。

「鍵なんか閉めることないよ、どのみちきみの背中を流してやろうなんて思ってないからね」彼は笑いながら大声で言い、薬指で頰を引っぱりはじめた。ドアの向こうではあいかわらず湯がほとばしり出ていた。それはやかましく、とぎれることがなかった。クレッチマーは剃刀を頰のうえに丁寧に滑らせていった。湯は流れつづけ――しかもその音はどんどん大きくなるのだった。ふとクレッチマーは、鏡ごしに、浴室のドアの後ろから水が筋になって流れ出ているのに気づいた――一方、水の音はいまや勝ち誇った雷鳴のように轟いていた。

「まったく、あいつはなにをやっているんだ……洪水じゃないか……」彼はつぶやいてドアのほうに飛んでいき、ノックした。「マグダ、きみはおぼれちゃったのかい。気でもちがったんじゃないのか」

返事がない。「マグダ、マグダ」彼は声を張りあげ、石鹼の泡の塊が雪片《せっぺん》のように顔のまわりに飛び散った。

マグダは満ち足りた虚脱状態から我にかえると、ホーンの耳に駄目押しのキスをお見舞いして、音も立てずに浴室にさっと滑り込んだ。浴室は湯気とお湯でもうもうとしていて、彼女はすばやく蛇口を閉めた。

「お風呂のなかで寝ちゃったわ」彼女はドア越しに哀れっぽい声で叫んだ。

「気でもちがったのか」クレッチマーがくりかえした。「まったくびっくりするじゃないか」

床に流れ出ていた水は止まった。クレッチマーは鏡の前にもどって、もういちど石鹼を塗りなおした。

輝くようにはつらつとして浴室から出てきたマグダは、タルカムパウダーを全身にはたきはじめた。クレッチマーは入れ替わりに浴室に入ったが——そこはどこもかしこもすっかりびしょびしょだった。そこから彼はホーンのドアをノックした。「お待たせしませんよ」彼はドア越しに言った。「すぐに空けますからね」——「どうぞ、どうぞごゆっくり」ホーンは上機嫌このうえない様子で答えた。

夕食のときには彼女は見ちがえるようにいきいきとしていて、三人はテラスに腰をおろしていたが、ランプのまわりに羽虫がくるくると舞い、テーブルクロスに落ちた。「ずっとずっとここにいましょうよ」マグダは言った。「ここがすごく気に入ったのよ」。実際のところ彼女の気に入ったのはたったひとつのこと——部屋の配置——だけだった。

XXV

一週間が過ぎ、二週間が過ぎた。くる日もくる日も雲ひとつない青空だった――猛暑、花々、外国人たち、なんとも贅沢な散策。マグダはしあわせだったし、ホーンはなにも言わずに微笑んでいた。彼女は朝と晩に風呂をつかったが、もう洪水がおきないように気をつけていた。となりのテーブルの老フランス人大佐などは、マグダが姿をあらわしたとたんに、ぱっと血が昇って顔が真っ赤になり、むさぼるような眼差しを片ときも彼女から離そうとしない――腕がよく日焼けした馬づらの著名なアメリカ人テニスプレイヤーも滞在中だったが、彼はホテルのコートでテニスを教えてあげましょうと彼女を誘った。でも、だれが彼女を見つめていようと、だれが彼女と踊っていようと、クレッチマーは嫉妬を感じることがなく、ソルフィでのことを思い出すと彼は自分でも不思議な気がした――なにがちがうのか、どうしてあの時はありとあらゆることにイライラしたり不安になったりしたのか、なぜ今は自信があって落ち着いているのか。ほかの男たちに気に入られたいとか、だれかに見られたりさわられたりしたいといった強い願望は彼女にはもうない、ということにクレッチマーは気づいていなかった——ただひとり、ホーンがいたからだが、ホーンはクレッチマーの影なのだった。

五月のある日、彼ら三人は、保養地から数露里［一露里は一〇六七メートル］はなれた山地に徒歩ででかけた。昼過ぎにはマグダは疲れてしまい、軽便《けいべん》鉄道でルジナールにもどることになった。そのためにはごつごつした険しい山道をくだらなければならず、マグダは足にまめをつくり、クレッチマーとホーンがかわるがわる彼女を抱きかかえて歩いた。駅についたときには日は落ちかかっていて、プラットホームには観光客が大勢いた。列車は簡素なつくりで、通路がなくいくつもの小さな車室に分割されただけの車両だった。いったんは乗り込んだものの、ビールを一杯ひっかけようと、クレッチマーは無鉄砲にもまたプラットホームに飛び出した。駅のビュッフェで彼は、あわてて代金を払っている紳士に出くわした。二人はおたがいに顔を見あわせた。

「ディートリヒじゃないか」クレッチマーが声をあげた。「こりゃあまた奇遇だな」。それは小説家のディートリヒ・フォン・ゼーゲルクランツだった。「きみは一人なのか」ゼーゲルクランツがたずねた。「奥さんはいないのかい」――「ああ、家内はいないよ」かすかな狼狽をみせてクレッチマーが答えた。「列車が出るぞ」相手が言った。「今行くよ」クレッチマーはコップをつかんであわてて言った。「きみは先に行ってくれ……。あそこの二両目だ、ぼくもすぐ行く、一号室だよ。すぐ行く。ほんのちょっと……」

ゼーゲルクランツは列車に向かって駆け出した――もう乗客たちがドアをばたばたと閉めていたからだ。車室は暑苦しく薄暗くてかなり混雑していた。列車が動き出した。『間に合わなかったな』ゼーゲルクランツはそう思ってほっとした。前回クレッチマーと会ったのはもう八年も前のことで、そもそも彼とは話すことなどなにもなかったのだ。ゼーゲルクランツはもともと人を寄せつけない性格で、孤独を好み、しかも今はちょうど新しい作品にとりかかっているところだ――以前の知り合いがひょっこり現れるなんて、いかにも間の悪いことだった。

ホーンとマグダは窓から身を乗りだし、クレッチマーが最後尾の車両に果敢ではあるがなんとも見苦しい様で突進して、まんまと乗り込んだのを見届けた。ホーンはマグダの腰に手を回した。『新婚のカップルだな』一目見てゼーゲルクランツは思った。

『女はワインの造り酒屋の娘で、男のほうはニースで既製服を売る店をやっている……』

新婚の夫婦は椅子にかけながら、顔を見合わせてしあわせそうに笑みをこぼした。ゼーゲルクランツはポケットから黒い手帳を取り出した。

「足は痛くないかい?」ホーンが聞いた。

「あなたといっしょなのに、痛いところなんてあるもんですか」マグダが悩ましげな声を出した。「今日の夜のことを考えたら……」

ホーンは彼女の手をぎゅっと握った。彼女はため息をつき、暑さでぐったりしたせいか、男の肩に頭をもたせかけ、もじもじしながら甘えるようにしゃべりつづけていた——どっちにしろ、客室のフランス人たちにはわかりはしないのだから。窓際には黒い服を着て口ひげが目立つ太った女が掛けていて、そのとなりには男の子がいて、同じことばかりずっとくりかえしていた。「Donne-moi une orange, un tout petit bout d'orange!(オレンジをちょうだい、ちょっとだけでいいからさ)」——「Fiche-moi la paix.(静かにしておくれよ)」と母親は答えるのだった。すると男の子は静かになるが、またぞろ退屈になってくるのだ。二人の若いフランス人が自動車産業の利点について小さな声で議論していた——その片方はかなり歯が痛むらしく、頰には包帯が巻かれていて、口を斜めに歪めながらちゅうちゅう吸うような音をたてていた。マグダの真向かいには眼鏡をかけた禿頭の紳士がいて、黒い手帳をひろげていた——きっと、田舎の公証人かなにかだろう。

最後尾の車両にはクレッチマーがいて、ゼーゲルクランツのことを考えていた。二人は大学の同級生だったが、その後はめったに会っていなかった。ディートリヒは、そのうち「若い夫婦のしあわせな生活に流れている音楽的な静けさ」を描きたくなったら、彼とアンネリーザのことを書いてやる、とよく言っていた。八年前のディートリヒは一見してとても魅力的でほっそりした男で、あかるい色のなかなか豊かな頭髪にふわりとした口ひげをたくわえ、食事のあとには柘榴《ざくろ》色の香水瓶をその口ひげに吹きつけるのだった。彼はとても線が細く神経質で猜疑心《さいぎしん》が強く、干草熱のような、きわめて珍しいけれど命にかかわるわけではないいろいろな病気に苦しんでいた。近年は南仏に閉じこもるようにして暮らしていた。彼の名は文学界ではよく知られていたが、本はそんなに売れていたわけではない。故マルセル・プルースト氏と個人的に面識があって、彼やその他の革新的な作家たちを真似ていたので、彼の筆になる作品は奇妙で複雑な、長ったらしいものになった。観察力には長けているが、少々変人ぎみで、とくにしあわせというわけでもない男だった。

二十分もするとルジナールの街のあかりがちらちらと見えてきた。列車が停まった。クレッチマーは急いで車両をあとにした。彼がイライラしていたのは、誤解されたんじゃないかとなんとなく不安になったからで、一刻も早くディートリヒに説明してやらなくてはならなかった。プラットホームは人でごった返していて、出口のところで彼はようやくマグダとホーンに追いついた。

「きみたちはゼーゲルクランツに会ったかね」彼は笑顔でたずねた。

「だれですって?」マグダが聞き返した。

「やつはきみたちの車室に来なかったっていうのかい。スマートで、おしゃれな格好をしたやつさ。髪型が芸術家風の、ぼくの古い友人なんだ……」

「ううん」マグダが答えた。「そんな人いなかったわよ」

「じゃあやつはちがう車室に行ったんだな」クレッチマーが言った。「それにしてもとんだ一日だったたね。足はどうだい?——よくなったかな」

XXVI

翌朝、クレッチマーはドイツ人向けの寄宿舎で聞いてみたが、ゼーゲルクランツの住所はわからなかった。『残念だ』彼は思った。『まあそれでも、どうってことないかもな、もうずいぶん長いこと会ってなかったんだし』。数日後のある日、彼はふだんより早くに目が覚めたが、窓の外にのぞいていた空は灰青色で、まだ朝靄《あさもや》がかかっていたものの、もう陽光のせいでふっくらとして見え、遠くには淡い緑色の丘があって、彼は外に出ててくてくと歩き、ごつごつした山道を登って、キャラウェイの香りを胸いっぱいに吸い込みたくなった。マグダが目を覚ました。「まだずいぶん早いじゃない」眠そうに彼女は言った。彼は誘った――さっさと着替えようよ、なあ、一日中二人きりで、二人きりですごそうよ……。「一人で行きなさいよ」彼女はもぐもぐ言うとこちらに背をむけた。「まったく寝坊助なんだから」クレッチマーは残念そうに言った。

彼が出かけたのは朝の七時で、小さな街はまだ完全には目覚めていなかった。さくらんぼの果樹園や水色の別荘が立ち並ぶ場所を通ると、そこはすでに登りの山道になっていたが、そこで彼はあざやかな緑のむこうに、じょうろを使って玄関口にたまった砂を黒っぽい八の字形に流している男がいるのに気づいた。「ディートリヒ、ここにいたのか」クレッチマーが叫んだ。ゼーゲルクランツは帽子をかぶっていなかった。思いがけないことに——禿頭は日に焼けていて、目ははれぼったく、瞬きをくりかえしていた。

「ぼくらはまったくばかみたいにはぐれちまったな」クレッチマーは笑いながら言った。

「でもまた会ったじゃないか」あいかわらず音もなく砂を流しながらゼーゲルクランツが答えた。

「きみは……きみはいつもこんなに早起きなのかね、ディートリヒ」

「眠れないんだよ。いつも書いてばかりいるから。きみはどこに行くんだね、山のほうかい」

「行こう、いっしょに行こうよ」クレッチマーが言った。「なにか朗読するものを持ってさ。いろいろ聞きたいんだよ、きみが近頃出した本がとても面白かったからね」

「いやあ、たいしたものじゃないよ」ゼーゲルクランツは言って、原稿や、まだ乾いていない黒インクの液が盛りあがっている文字や、にこにこ微笑みかけてくるような原稿用紙を頭のなかに思い描いた。「でもまあ、お望みとあれば。ここ数日は書き散らしすぎたからな」

彼は庭からじかに書斎に入り、防水クロス装の分厚いノートを抱えてきた。

「緑がいっぱいのきれいな場所に連れて行ってやるよ」彼は言った。「小川のせせらぎをバックに朗読といこう。奥さんはどうしてるかね、どうして一人で旅してるんだい」

クレッチマーは目をしばたたかせて答えた。

「いろいろと不幸があってね、ディートリヒ。妻とは別れたし、娘も亡くしたんだよ」

ゼーゲルクランツはいたたまれなくなった。かわいそうに、朗読してやっても、これじゃあ聴くどころじゃなかろう。

二人はかぐわしい茂みのなかを登っていった。そのうちに、松が周囲をとりかこむようになり、幹には扁平な体をした蟬たちがとまって、一匹また一匹とぜんまい仕掛けのバネが戻るまでのあいだジージーと鳴くのだった。

「この場所が大好きなんだよ」ゼーゲルクランツがため息をついた。「とてもさわやかできれいな場所だろう。ぼくにも不幸なことがあったんだよ。でもそれはもう昔のことさ。自分の本があって、太陽があれば——ほかにまだ要るものがあるかね？」

「ぼくは今まさに、いわば人生の分かれ道にさしかかっているんだよ」クレッチマーが言った。「きみはきっと、ぼくが妻とどんなに仲良く平和に暮らしていたか覚えてるだろう。きみは言っていたっけね……ああ、まったく思い出すよ。今ぼくが愛している女《ひと》は、なにもかも見えなくしてしまうんだ。だからね、今日みたいなこういう朝、まだ暑くなくて、頭がすっきりしていると、多かれ少なかれ自分はまだ人間なんだって感じるんだよ」

『心配は杞憂《きゆう》だったか』ゼーゲルクランツは思った。『朗読も聴いてくれそうだ』

二人は丘の頂上にある木立の奥深くにたどり着いた。そこでは鉄の管から凍るように冷たい水がこんこんと湧きだし、苔むした溝をつたって流れ、そのうえで黄色や紫の花が震えていた。クレッチマーは仰向けに寝そべると、陽に照らされてかすかに揺れる松の梢を透かして、青い空を見つめた。

「どうだい、いいところだろう」眼鏡をぶらぶらさせながらディートリヒは聞いた。「これからすこし朗読して、そのあと谷に下りてみよう。そこから廃墟のあるところに行って、そこでまた休んで朗読するとしよう。そのあとでなにか食べようか――すてきな農場を知ってるんだよ。そこからさらに歩いて、また休憩と朗読だ」

「さあ、やってくれ、拝聴するよ」クレッチマーは言ったが、空を見つめながら、自分ならディートリヒに、作家がひねり出すよりはるかにたくさんのことを語って聞かせられるような気がした。

ゼーゲルクランツは媚《こ》びるように笑いだした。「これは長篇でも短篇でもなくてね」彼は言った。「いわく言いがたいんだが……テーマはこうだ。とてつもなく繊細な男が歯医者に出かける。つまるところそれに尽きるのさ」

「長いものなのかね」

「三百ページぐらいになるだろうね――まだ書き終わっちゃいないが」

「ほほう」クレッチマーが言った。

ゼーゲルクランツはノートを開いて目的の場所を見つけると、咳払いした。「途中からいくよ。冒頭は大幅に書き直さなくちゃならないんでね。ここのところは昨日書いたばかりで、まだ出来たてのほやほやだけど、とてもうまく書けたような気がする――でも、もちろん明日になったら、きみに読んで聴かせたことを後悔するだろうな――下手糞なところや、考えがうまく形になってない部分がごまんとあるだろうからね……」

彼はもう一度咳払いすると、朗読にとりかかった。

「ヘルマンは気づいていたのだけれど、自分がどんなことを考えていたとしても、今たずねようとしている歯科医が、白髪頭で熟練したプロの技を身につけ、そしておそらく、人の口蓋《こうがい》というあざやかな紫色のキューポラに照らしだされた悲劇的な廃墟にたいして、すなわち俗人ならば腐れきった歯を探り当てるぐらいがせいぜいなこの場所に、彼がエナメル質のエレクテイオンやパルテノンの神殿を見出し、芸術に接するのとおなじ態度でそれに接するだろうと考えていたとしても、あるいはまた、ドアのかわりにビーズの暖簾《のれん》がかかった角のお菓子屋にいて、昨日彼に微笑みかけた、まるまると肥えてはいるがまるでミルフィーユのように軽やかな女店員(黒い蝿の屍骸《しがい》がまぶされた白いゼリー地獄に暮らしている)をぎゅっと抱きしめたら、たっぷりとなかに詰まった生クリームがはみ出してしまうのではないかと考えたり、あるいは、しまいには、彼が思い出した『酔いどれ船』の一節に、二本の椰子の木にはさまれた壁に貼られた広告の文句――《リヴァイアサン》という言葉――を見つけて以来、髪を短く刈りあげたパリ風のイントネーションが耳について離れなくなったと考えていたとしても――歯の痛みは避けようもなくそこにあって、ありとあらゆる思考を包む外皮となり、どんな考えも痛みというゆりかごに寝そべっていて、そこから這い出し、この痛みのなかで暮らしているのであって、思考は、まるでカタツムリがつねにその殻を背負っているように、片時も離れることなくこの痛みとともに育ってきたのだった。自分の意識をひとつ残らずこの痛みに向けようとして、理性という紫外線を照射して神経を焼き尽くそうとしていたとき、彼は数秒にわたって偽りの安堵感を味わったのだけれど、すぐさま気がついたのは、彼にはもうそういう紫外線は装備されておらず、ただその効果について思考していたにすぎないということであり、そのようにして、自分の思考を使うことによって、痛みが勝ち誇ったように聞き分けもなく続く原因ともなった思考の対象から彼はすでに切り離されたのだが、それというのも痛みには、まさになにか持続するようなもの、時間そのものの本質とでもいうようなものがあり、それは秋の蠅どもがたてる唸《うな》り声か、またはかつてヘンリエッタが学生寮の真っ暗闇のなかで見つけ出すことができず、止めることのできなかった目覚まし時計にも似ていた。だからヘルマンが思考しているいろいろな対象は、ほかのときであったならば……」

『しかしなあ』クレッチマーは考え、思いはいつしかあらぬほうへ彷徨《さまよ》っていた。ゼーゲルクランツの声はすこぶる単調で、少し聞き取りづらかった。長ったらしい文が増殖しては通り過ぎていった。クレッチマーに理解できたかぎりでは、ヘルマンは並木通りを歯医者に向かっているのだった。並木通りには終わりがなかった。小説の舞台はニースだった。ようやくヘルマンは歯医者に到着し、そこで物語はすこしばかり活気をとりもどした。ところでクレッチマーは、ヘルマンを痛い目に遭わすなら、歯医者は正しいと感じていた。

「受付でヘルマンは籐《とう》編みのテーブルの前に腰をおろしたが、そこには冷たくなった鰭《ひれ》をだらんとたらし、白い腹を剝き出しにして息絶えた雑誌たちが横たわっており、暖炉のうえにはガラスの帽子をかぶった金時計が置いてあって、そこには歪んだ直角三角形となった窓が映り込み、そのとき、その窓の向こうには、蒸し暑い太陽があり、地中海の輝きがあり、砂利道を歩く足音がしていた――受付にはもう六人が順番を待っていた。窓辺の籐編みのテーブルには、口ひげが伸びた巨大な女性が陣取っていて、その強大なバストを見ると、山のごとき体をもつ巨人の赤子たちの乳母について思いをはせざるをえないのだが、巨人の赤子たちはもう歯が生えそろっていて、おそらくはすでに、今のヘルマンが苦しめられているのとおなじ病に苦しめられているのであろう。この女性のとなりには、足をぶらぶらさせている男の子がいたが、ぎょっとするほどひ弱そうなのに、赤毛ではまったくないのだった――男の子は泣き声をあげてくりかえしていた。『オレンジをちょうだい、ちょっとでいいからさ』――オレンジの酸っぱくて凍《い》てつくような果肉を虫歯で嚙むところなど想像するだにおぞましい。ちょっと離れたところには、色あざやかな靴下をはいた浅黒い若者が二人、自分たちのビジネスについてしゃべっていたが、そのうちの一人は頬に黒いスカーフを巻いていた。だが、なによりもヘルマンが興味をそそられたのは、彼のすぐ後に現れた男女で、このカップルはあたかも彼の歯痛という暗闇につつまれた土壌を通りぬけてきたかのように、隅にある緑色の長椅子に腰かけた。男は痩せてはいたが身なりは非の打ちどころがないほどさっぱりしていて、ウールの立派な格子縞のスーツをはおり、顔は剃りあげて眉は太く、いささか猿を思わせる頬骨と大きなとがった耳に肉食獣のような口をしていた。連れ添ってやってきた、腋まであいた白いジャンパーを着た若い娘の両腕には、柔毛につつまれた日焼けの痕が翳を落としていたけれど、それは肘の関節の内側にあるやわらかいくぼみにまでは達しておらず、そこにはまっ白な皮膚をとおして、トルコ石のような色をした静脈が透けて見えていたのだが、膝をまえに投げ出してすわったその娘がなんだか子供っぽく見えたのは、白いプリーツスカートの丈が膝上までしかなかったからで、いまにも毀《こわ》れそうな真ん丸い膝小僧や、シルクのようにすばやく色合いを変化させるつやつやしたその肌は、狂おしいまでに視線を釘づけにするのだった。彼女が顔を横に向けると——その頬にはえくぼがあらわれ、こめかみに鎌の形に貼りついた栗色の髪は、鋭利な曲線をつくりながら切れ長の目尻へと狙いを定めていた。この娘の顔の美しさ、そしてさらに彼女の動作の一つひとつが、きつい香水の匂いを熱っぽい息吹のようにあたりにふりまいているのを見て、ヘルマンは、この女はスペイン人だと考えたが、それと同時に、ある種のためらいや恐れさえ感じながら自然と頭にのぼってきたのは、この女のやわらかくて色あざやかな口がめいっぱいに開かれて、歯医者の輝きの失せた口内鏡を文句ひとつ言わずにそのなかに受け容《い》れようとするのだろう、ということだった。彼女は不意にしゃべりだし、その口をついて出たドイツ語の会話ははじめこそ意外なものに思えたが、ほとんどすぐさまヘルマンが思い出したのは、北ベルリン出身のダンサーで、きれいではあったが俗っぽい少女のことで、その娘とは十年ほど前にほんの少しだけ関係を持った。そして、この男女はともにまず間違いなく善良な小市民《ビュルガー》の家庭の出であるにもかかわらず、ヘルマンはどうしてかこの二人のなかに、ミュージックホールやバーを思わせるなにか、いかがわしいアヴァンチュール、盗まれた自動車、金欠の夜明けと金もうけの夜の茫漠《ぼうばく》とした雰囲気を感じとった。けれどももちろん、いちばんおかしかったのは、この二人連れから三歩の距離に腰かけ、古い『リリュストラシオン』誌をぱらぱらめくっていたヘルマンが、人間の魂を漁《すなど》る者に特有のつつましさと貪欲さでこの二人の言葉を一つひとつ吸収していたことなど、この男女には考えつきもしなかったということであり、二人の言葉のなかには激しく燃える恋情のイントネーション、虚ろだが緊迫したうなりが聞こえたが、それは我慢したり隠したりすることは不可能なものであって、世界的に知られたコントラルト［女声の低音域］のあの歌手のように、電話で仕立屋としゃべっているときでさえ、その声のなかに忍び込んでくるものなのだ——それは貴重ではあるが黒味を帯びた声の調子であり、この男女の会話に聞き耳を立てながら、ヘルマンが懸命に理解しようとしていたのは、二人がどういう人たちなのか——新婚夫婦なのか、駆け落ちした恋人たちなのかということだったのだが、どうしても判断がつかなかった。女がしゃべっていたのは、つい今しがた、けわしい山道を彼に抱きかかえてもらったのがどんなに嬉しかったか、そして、夜になって彼女が男の部屋に行けるようになるまで待つのがどれほどつらいか、ということであり、その部屋に行くとどうやらとても面白いことがなにかあるらしいのだが、しかしながらその意味はヘルマンにはわからなかった——それはなにか、浴室やほとばしる湯、それに間近まで迫ってはいるが、やすやすと回避できる危険と関係があるのだった。ヘルマンは歯痛というオルガン曲のあいだからこのありふれた愛のささやきを聞きとりながら、雑誌のページをめくっている歯肉下膿瘍《のうよう》にかかったこのめだたない紳士が、二人の言葉をどれほど正確に記録していたかなど、この二人にはけっして知るよしもないのだと思った。いきなり扉が開き、地獄から解放された患者がさっと飛び出してきたが、敷居ぎわで立ち止まって、待合室の人たちを見回し、ゆっくりと招き入れるようなしぐさをする背が高くてものすごく痩せた歯医者は、目のまわりに黒い隈《くま》をつくっていて——生ける《骸骨《メメント・モリ》》そのものであった。ヘルマンは彼のほうに突進したが、順番に割り込んだことは自覚していて、受付に鳴り響いていた叫びやおたけび、《記憶せよ《メメント》》にもかかわらず治療室にもぐりこんだが、そこでは、窓の向かい側に椅ー子ターが置かれ、そしてそのそれが器具の輝きに、ほとんど惚れた歯れたにこつこつと打ちあたりジージー音を立てるせいで、それはそれを目のまえにして木苺色の口蓋が、大きな任意の数Nであってそのまえにそれと等しく、下のほうに、また、シのほうに、そして、お歯ゃべり痛であり、それはんともん的だった——」

彼はまだ長いこと朗読していたけれど、もうそんなことをする意味はなかった——

聞こえるのは歯軋《はぎし》りと雑音ばかりで、雑音も遠ざかっていき、沈黙がつづき、朗読は終わった。

「どうだね、気に入ったかい、ブルーノ」眼鏡をはずしながら彼が言った。

クレッチマーはあおむけに寝ころんで目を閉じていた。ゼーゲルクランツはちらっとこう思った。『もしかして眠らせちまったかな』――けれどその瞬間にクレッチマーはむっくり起きあがった。

「どうしたねブルーノ、気分でも悪いのかい」

「いいや」クレッチマーはささやくように答えた。「すぐによくなるよ」

「水でも飲むといい」ゼーゲルクランツが言った。「ここのはとてもうまいんだ」

「元があるのかい?」クレッチマーが意味不明なことをたずねた。

「なんのことだね」

「実際にあったことを書いたのかね?」

「ああ、そりゃあかなり込み入った話さ。歯医者にモデルがいるのはわかるだろう、行ったのはもうだいぶ前だけどね。でもそれは歯医者じゃなくて、足のまめを手術したのさ。だがね、たとえば受付にいた一団の連中はみんな、鉄道に乗ってたときに、特別にこのために観察しておいたんだ。そう、ごく最近同じ車室に乗ったやつらを、知らん顔してそこから小説のなかに移しかえたわけさ――それもね、いいかい――金《こん》輪際《りんざい》なんの手も加えてないんだ――余計な手を加えないことがなによりも大切なんだ」

「それはいつだったんだ――車室は？」

「なにを言ってるんだい」

「それはいつだった――きみが列車に乗ったのは？」

「覚えてないが、ここ数日だな、たぶんきみと会ったときだろう――ぼくはよくあちこちに行くんでね。このカップルのいちゃいちゃぶりったらなかったよ――おどろいたことに、外国人が……」

彼は急に口ごもり、そんなことはこれまで一度もなかったのだが、なにかとてつもない行き違いが生じているのを感じとって、顔があまりに真っ赤になってしまって、もうなにもかもが朦朧《もうろう》としてきた。

「この二人を知ってるのかね」彼はつぶやくように言った。「ブルーノ、待ってくれ、どこに行くんだ……」

彼はクレッチマーを追いかけて駆け出し、彼の顔を覗き込もうとした。「あっちへ行ってくれ、あっちへ行ってくれないか」クレッチマーはかすれた声で言った。ゼーゲルクランツはその場を離れた。クレッチマーは山道に沿って向きを変え、茂みのなかに姿を消した。

XXVII

クレッチマーは街に下りてきた。歩調を速めたりはしないで、プラタナスの並木道を横切り、ロビーからホテルのなかに入った。階段をのぼる途中で彼は、知り合いのイギリス人の老女と出くわし、老女は彼に笑顔を見せた。「こんにちは」クレッチマーはかすれた声で言い、通り過ぎた。彼は長い廊下を歩いて部屋にもどった。部屋にはだれもいなかった。ベッドのそばのカーペットにはコーヒーがこぼれ、落ちたスプーンが光っていた。彼は浴室のドアをにらみつけた。その瞬間、庭からマグダのよく通る笑い声が響いてきた。クレッチマーは窓から顔を出した。彼女はアメリカ人テニスプレイヤーと歩きながら、陽光で金色に染まったラケットを振りまわしていた。アメリカ人が三階の窓にいるクレッチマーに気づいた。マグダが振り返って上を見た。クレッチマーは声を出さずに唇を動かして、なにかをゆっくりと束ねるような手つきをしていた。マグダはうなずいて建物のなかに入った。クレッチマーはすぐに窓を離れてしゃがむと錠をはずしてスーツケースを開いたが、目的のものがそこにはないのを思い出すと、洋服簞笥に歩み寄ってドライブ用のコートのポケットに手を突っ込んだ。彼は弾倉がはずされていないか確かめた。そのあと簞笥を閉めてドアのまえに立った。彼女がドアを開けたらすぐさまやろう（お先真っ暗な絶望のときですら袖を引っぱってくれるはずの希望の天使もあまりに脆弱《ぜいじゃく》で瀕死の状態だったのだ――このうえなにに望みをかけることができるだろうか。一気に片をつけなくちゃならない、考えるのはあとでいい）。彼は頭のなかでおさらいした。今彼女は庭からホテルに入って、ちょうどエレベーターに乗っているところだろうが、十五秒もしたら――もし階段ならさらに少しあとだが――そろそろ廊下にヒールの音が響くはずだ。ところが想像力が彼女を追い越してずっと先を進んでしまっていたのか、あたりはしんとしたままで、もういちど最初からやり直しだった。彼はすでにブローニングをぎゅっと握り締めて構えており、まるで武器が自分の手から自然に生えているみたいに感じていたが、その手は緊張しきっていて、一刻も早く解放されたがっていた——引き金をぐっと引ききることによって。

廊下から彼女の軽快なゴム底の足音が急に聞こえてきた瞬間、彼はまだ閉まったままの白いドアに、すんでのところでじかに弾をぶち込むところだった——そう、もちろん彼女はテニスシューズを履いていたわけで——ヒールなどなんの関係もなかったのだ。もうすぐ、もうすぐだ……。もう一人別の足音が聞こえた。

「マドモアゼル、おそれいりますが食器を片付けてもよろしいでしょうか」ドアの向こうでフランス語の声がした。マグダがメイドと一緒に入ってきた——彼は機械的にブローニングをポケットに突っ込んだ。

「どうしたの。なにがあったの？」マグダがたずねた。「どうしてあたしに急いで上がってこいって合図したのよ」。彼は答えようとはせず、メイドが食器を盆にのせ、スプーンを床から拾い上げるのをにらみつけていた。もう食器を集め終わって出て行くところだ、ほら、ドアが閉まった。

「ブルーノ、どうしたのよ」

彼はポケットに手を入れた。マグダは不機嫌な顔をして、ベッドの横に置かれた椅子に腰をおろし、身をかがめて白いテニスシューズの紐を解きはじめた。マグダのうなじや日焼けした首が目に入った。彼女が靴を脱いでいるあいだは撃つことはできそうもない。かかとには赤い染みがついていて、白いソックスに血が滲んでいたのだ。「まあ、ひどいわ、こんなに擦りむいちゃって」彼女は言ってクレッチマーを見上げ、鈍く黒光りする拳銃に気づいた。「ばかね」彼女は堂々と落ち着き払って言った。「そんなもので遊ばないでよ」

「立て。聞いてるのか」クレッチマーはかすれたような声で言い、彼女の手をつかんだ。

「立たないわよ」マグダは自由なほうの手でソックスを脱ぎながら答えた。「それに離してちょうだい――とても痛いんだから、傷にこびりついちゃってるのよ」

彼はマグダを強くゆすぶり、おかげで椅子が軋んだ。彼女はベッドの柵にしがみついて笑いだした。

「どうぞどうぞ、殺しなさいな」彼女は言った。「でもそうしたら、あたしたちが見たあの映画とおんなじね。黒人が出てきたやつよ、クッションをつかって……」

「きみはうそつきだ」クレッチマーがつぶやいた。「きみはうそつきだ――なにもかも薄汚い猿芝居じゃないか……。きみとあのならず者ときたら……」。彼はあんぐりと口を開け、上唇をふるわせた――嗚咽《おえつ》がもれ、言葉にはならなかった。

「それをしまってちょうだいったら。しまわないうちはなにもしゃべらないわよ。なにがあったのか知らないけど、一つだけはっきりしてるわ――あたしはあなたを裏切ったりしてない、裏切ってなんかいないのよ……」

「そうかい」クレッチマーが口を開いた。「わかったよ、まず話すがいいさ、あとで撃ち殺すから」

「あたしを殺す必要なんかないわ――本当よ、ブルーノ」

「それからどうした、早くしてくれよ」

（『今すばやく飛び出せば』彼女は思った。『――きっと廊下に逃げられる。あの人が追いつくまえに、すぐに大きな声を出せば人が駆けつけるでしょう。でもそうしたらなにもかも水の泡になっちゃう、なにもかも……』）

「あなたがピストルなんか構えてたら話せないわよ。お願いだからそれをしまってちょうだい」

(『ピストルを手から奪い取るのはどうかしら』)

「いや」クレッチマーが言った。「まずきみが白状するんだ……。ぼくは情報をつかんだんだよ。全部知ってるんだ……」

「全部知ってるんだよ」彼は部屋のなかを行ったり来たりして、そこらの調度品を手のひらで叩きながら調子っぱずれな声で続けた。「全部わかってるんだ。だって啞然とするぐらいのおかしさじゃないか。あの禿頭が列車できみたちを見かけたら、きみたちはまるで恋人同士みたいにいちゃいちゃ。それに浴室だ——便利だよな、鍵をかけて向こう側に行ったわけだ。いや、ぼくはもちろんきみを殺すよ」

「そう、そんなことだと思ったわ」マグダが言った。「あなたはわかってくれないだろうと思ってた。どうかお願いよ、そんなものどっかにやってちょうだい、ブルーノ」

「わかってなんのことだ」クレッチマーが声を荒らげた。「これをどう説明するっていうんだ」

「ブルーノ、そもそもあなた、よく知ってるでしょう、あの人は女には興味ないのよ……」

「だまれ」クレッチマーは一喝した。「最初から仕組んでたんだろう——ありふれた手だよ、いかさま師のやりそうなことさ」

（『大きな声で喚いてるってことは、いい兆候だわ』マグダは思った）

「ちがうわ、実際のところ本当にそうなのよ」彼女が言った。「でもあたし、まえに冗談半分でこうしようって言ったの。『ねえ、あなたを元気づけてあげたいの。おたがいに甘い言葉を言い合ったりすれば、若い男の子たちのことを忘れられるんじゃないかしら』って。ねえ、だからふたりとも本気でいちゃいちゃしてたわけじゃないの。それだけ、それだけのことなのよ、ブルーノ」

「けがらわしいうそっぱちだな。信じないよ。きみたちが話していたのは、お湯が……お湯が流れているあいだにあいつの部屋に行く相談だった。作家がそれを聞いていたのさ、その男はな……」

「あたしたちはよくそうやってふざけてたのよね」マグダが妙に無遠慮な口調で言った。「でも、本気で言ったわけじゃない、ただとても面白かったの。お風呂のこともたしかに言ったわ。あたしが自分であの人に言ったのよ、もしあたしたちが好き同士だったなら、とても都合よくて簡単だったでしょうにって——中継地点としてね――あなたの作家とやらはばか者よ」

「それじゃあきみは、もしかして、冗談半分であいつのところに忍び込んだっていうのか。なんて胸糞悪い、ああなんてことだ」

「もちろんそんなんじゃないわ。どうしてそんなことを言うの。あの人だってなにもできやしなかったはずよ。あたしたちはキスもしなかったわ――そんなの気持ち悪いもの」

「じゃあぼくがやつに聞いてみたらどうだ――きみのいないところで、もちろんきみなしでだ」

「あら、もちろんそうしてちょうだい。あの人も同じことを言うはずよ。だけど、ちょっと恥ずかしいことになるわねえ」

こんな調子で二人は丸一時間話していた。マグダはみるみるうちに勢いをとりもどしていったが、最後には耐えきれずにヒステリーをおこした。彼女はおしゃれな白いテニスウエアを着て片足が裸足のままうつぶせにベッドに倒れ込み、徐々に落ち着いてくると、枕に顔をうずめて泣いた。クレッチマーは窓際の安楽椅子に腰をおろしたが、そこには陽光が差し込み、テニスをする楽しそうな英語の声が聞こえてきた――

彼はこれまでのことをすべて、ホーンと知り合ったまさにそのときからの、ありとあらゆるこまごましたことがらを思い返してみたが、そのなかで思い出されてきたものは、もはや彼の人生を今破滅的に照らしだしているのと同じあの生気のない光で照らされていた。なにかが音をたてて弾け、永久に死に絶えたのだ——そして、自分は裏切ったりしてないのだと、マグダがどれほど涼しい顔で本当らしく彼に説明しようとしても、疑惑という名の毒を含んだ後味は、もうけっして消えることはないだろう。ようやく彼は立ち上がり、彼女に近づき、皺のよったバラ色のかかとに貼られた黒くて四角い絆創膏を見つめ——いつのまに貼ったんだろうか——太くはないが堅く締まったふくらはぎの金色に光る肌を見つめて思ったのは、彼女を殺すことはできても、彼女と別れるなんて無理だということだった。

「わかったよ、マグダ」彼は陰気な声で言った。「きみを信じるよ。でも、いますぐに起きあがって着替えたら、荷造りしてここを出よう。ぼくはもうあいつに会うのは生理的に無理だ——自分を抑えられるかわからないからね——きみがぼくを裏切ってあいつと通じたと思ってるからじゃない、そうじゃないが——要するに——無理なんだよ——いやにありありと目に浮かんでくるからね、それにゼーゲルクランツが朗読してくれたこともやっぱりくっきりと見えるんだ、さあ、立って……」

「キスしてちょうだい」マグダがそっとつぶやいた。

「いや、そんな気分じゃない、一刻もはやくここから出たいんだ……すんでのところできみをこの部屋で殺すところだったし、もし今、今すぐに荷物をまとめないなら、きっときみを殺してしまうよ」

「好きにすればいいわ」マグダが言った。「ただ覚えておいてちょうだい、やり方はこのさいもちろんどうでもいいけど、あなたとあなたの愛しいローゼンクランツはね、あたしのことを侮辱したのよ。さあ、どうぞどうぞ、荷物をまとめなさいよ」

なにも言わずそそくさと、たがいに顔を見合わせようともせずに、二人はスーツケースに荷物を詰め、メイドが勘定書をよこし、少年が荷物を取りにきた。

ホーンはプラタナスの木陰になっているテラスでポーカーをしていた。彼はさっぱりついていなかった。さっきはせっかくいわゆるフルハウスが来たのに、相手がフラッシュにフォーカードというありさまだった。彼はもう、いい加減にあきらめて、テニスコートにマグダを迎えにでも行こうかと思いはじめていた。彼女はアメリカ人のテニスコーチにバックハンドを習おうといそいそ出かけていったのだ——彼はすでに真剣にそう思いはじめていたのだが、すると突然、庭の茂みのむこうの駐車場からクレッチマーの自動車が道に出てゆくのが見えた。自動車はえっちらおっちらカーブを曲がると姿を消した。「どうしたんだ、どうしたんだろう……」ホーンはつぶやいて、金を払うと（たいした負けではなかった）マグダを探しに行った。テニスコートには彼女の姿はなかった。彼は上にあがってみた。クレッチマーの部屋はドアが開いたままだった。がらんとして、新聞紙が散らかっており、ダブルベッドの赤いマットレスがむき出しになっていた。

彼はみっともない癖で、下唇を二本の指で引っ張ると自分の部屋に向かったが、きっとそこに書置きがあるだろうと踏んだのだ。なんの書置きもなかった。狐につままれたように彼は下のロビーに降りていった。鷲鼻をした黒髪の若いフランス人のムッシュー・マルタンとかいう、何度もマグダと踊っていた男が、新聞ごしにホーンのほうを見て、笑顔をつくるとこう言った。「あの二人が行ってしまったのは残念ですな。どうしてまたこんな急に。ドイツにお帰りになったんでしょう」。ホーンは肯定するともなんともつかない音を発した。

XXVIII

専門の知識など持ち合わせていないのに、「短絡《ショート》」といわれる神秘的な出来事がおこったあとで電気を復活させたり、止まってしまった時計のムーブメントを小さなナイフで直してしまったり、必要とあればカツレツを焼きあげたりすることができる人はたくさんいる。クレッチマーはそういう人たちの数には入っていなかった。子供のころ彼は、ほかの子供たちのようになにか組み立てたり、直したり、貼り合わせたりしたことはまったくなかった。青年時代には乗っていた自転車のことすらなに一つわからず、タイヤがパンクすると、穴のあいたオーバーシューズみたいにがたぴしいう自転車を修理屋に引いていった。戦争でも彼はおどろくべきのろまっぷりで名を轟かせ、自分の手ではなにひとつ満足にできたためしがなかった。はめ木法や裏打ちなど絵画の修復を学んだときも、自分の手で絵にさわるのはびくびくものだった。だからたとえば、自動車の運転が目も当てられないほど下手糞だったとしても不思議はない。

のろのろ運転でルジナール市街をやっとのことで抜けると、彼はほんの少しアクセルを踏み込んだが、自動車専用道はカーブもなくがらんとしていたのだから当然だろう。車の内部でなにが起こっていて、どうして車輪が回転するのかにかんしては、彼はなんの理解も持ち合わせていなかった——知っていたのはあれこれのレバーの役目だけだったのだ。

「で、いったいどこに行くの?」横に座ったマグダがたずねた。

彼は前方の白い道路を見たまま肩をすくめた。

通りが人であふれていて、クラクションを鳴らしたり、痙攣したようにエンストしたり、不器用に車体を左右に揺らしたりしながらルジナールをやっと抜け出て、邪魔者なしに自動車専用道をドライブできる今、クレッチマーは沈んだ気持ちでなんの脈絡もなしにいろいろなことを考えていた——しだいに道が山地へと向かっていること、そしておそらく、すぐにもカーブが増えてくるだろうこと、マグダのレースの服にホーンがボタンを絡ませていたこと、これほど気が重くて心が晴れないことはかつて一度もなかったこと。

「あたしはどこだってかまわないんだけど」マグダが言った。「でも教えてもらえるとありがたいわ。それに、お願いだから右側の車線をはみ出さないようにしてちょうだい、あなたの運転はほんとうにわけがわかんないわ」

彼は近くにバスが現れたというだけで急ブレーキをかけた。

「なにしてるのよ、ブルーノ。もっと右に寄らなきゃ」

観光客を乗せたバスがすぐそばで轟音《ごうおん》をあげた。クレッチマーはブレーキを離した。『どこだって同じじゃないか』彼は思った。『どこに行ったってこの苦しみから逃れられるわけじゃないんだから。あの丘や山の緑のみすぼらしさときたらどうだ。たがいに傷でも舐めあっているみたいじゃないか……』

「もうあなたになにも聞いたりしないわ」マグダは言った。「ただね、お願いよ、曲がるまえにはクラクションを鳴らしてちょうだい。あたし頭が痛いのよ。ちゃんとどこかに行ってくれるんでしょうね」

「なにもなかったたって誓えるかい」クレッチマーはかすれた声で言い、すぐさま涙が熱い濁りとなって視界をおおうのを感じた。彼はまばたきし、道路はまた白くなった。

「誓うわよ」マグダは言った。「もう誓うのは飽き飽きしたわ。あたしを殺しなさいよ、そうすればもう苦しまないわ。それにね、あたし暑いわ、コートを脱ぐわよ」

彼はブレーキを踏んだ。車が停まった。

マグダは笑いだした。「まったく、どうしてコートを脱ぐのに停まらなくちゃならないのよ。ああ、ブルーノったら……」

彼はマグダが革のコートを脱ぐのを手伝ってやったが、そのときびっくりするほどありありと思い浮かんできたのは、遠い昔、場末のカフェで、マグダが肩甲骨と肩を動かし、うっとりするような首を曲げて、コートの袖を脱ごうとしていたのをはじめて見たときの光景だった。

もはや、涙がとめどなく彼の頬を流れていた。マグダは彼の首を抱き、彼のうなだれた頭に頬をすりよせた。

自動車は欄干のすぐわき、太い石造りの欄干のわきに停まっていて、その向こう側は黒苺が茂った崖になっており、谷底には水が流れていた。左側は岩肌の斜面になっていて、てっぺんには松が生えていた。太陽がじりじりと照りつけ、虫が集《すだ》いていた。はるか遠い前方でがつんがつんと大きな音が響いていた。サングラスをかけた男が道端に腰をおろして石を砕いていた。埃まみれのロールスロイスのオープンカーが通り過ぎ、その爆音のこだまがどこからか聞こえてきた。

「ぼくはきみのことをほんとうに愛しているんだ」しゃがれ声でクレッチマーが話した。「ほんとうに、ほんとうに愛しているんだよ」。彼は震えながら彼女の手を握り締め背中を撫でさすり、彼女はしずかにやさしく笑いかけた。そのあと彼は彼女の唇に長いキスをした。

「こんどはあたしに運転させてちょうだい」マグダが頼んだ。「あなたよりはうまく運転できるんだから」

「いや、ぼくは怖いんだ」微笑んで涙を拭いながら彼は言った。「それにね、実際どこに行くのか自分でもわからないんだよ。でもまったく痛快じゃないか――あてずっぽうとはね」

彼はエンジンをかけ、再び車を動かした。車はまえよりものびのびと走り、運転しやすくなったように思えて、彼はハンドルを握る手の緊張をゆるめた。カーブがしだいに頻繁に現れるようになった――片側には切り立った岩壁がそそり立ち、反対側には欄干があり、太陽が目を射るように差し込み、速度計の針はぶるぶる震えながら上がっていった。

急カーブが迫ってきたが、クレッチマーはなるべく威勢よくカーブを曲がろうと思った。道路を見下ろす崖の上では、老婆が香りのよいハーブを集めていたが、そのとき見えたのは、崖の右手からカーブへと突進してくるあの黒い小さな自動車と、左からやってきた背を丸めた二人のサイクリストがいまにも出会いがしらに鉢合わせしようとしている光景だった。

XXIX

崖の上でハーブを集めていた老婆が見たのは、両方から急カーブに近づく自動車と二台の自転車だった。青い空をトゥーロンにむけて航行している黄色い卵のような郵便飛行船の窓から飛行士が目にしたのは、曲がりくねった自動車道と、陽のあたる斜面をすべってゆく飛行船の楕円形の影、そして二十キロは離れている二つの村だった。おそらく、十分な高さにまで上がったなら、プロヴァンス地方の起伏の多い土地と、たとえば、やはりうだるような暑さだったベルリンを一望することもできただろう――ジブラルタルからストックホルムにいたるこの地球のほっぺたはこの日、快晴という笑顔に染まっていた。ベルリンはとくに、アイスクリームの売り上げを伸ばした。通りの売り子が白い船のような屋台で、薄いワッフルに生クリームのような色の分厚い層をへらで盛り上げているのを見ると、前歯がうずいて舌は踊りだし、イルマはうれしくてばかみたいに大はしゃぎしたものだった。朝バルコニーに出たアンネリーザは、ちょうどそんなアイスクリーム売りがいるのに気づいたが、奇妙なことに売り子は全身白ずくめなのに、アンネリーザは全身黒ずくめなのだ。その朝、彼女は強い不安におそわれて目を覚まし、今バルコニーに立ってみて、ここ最近ずっとおちいっていた茫然自失で模糊《もこ》とした状態からはじめて抜けだしたのに気づいてはっとしたが、今度はどうしてそんなに妙な胸騒ぎがするのか、自分でもわからなかった。彼女は昨日のことを思い返してみたが、まったくありふれた一日だった――淡々とすぎた墓参り、花にとまった蜜蜂、その花を彼女は持って帰ったのだ。つげの木の植え込みのしっとりした輝き、そよかぜ、静けさ、淡い緑。『いったいどうしたのかしら』彼女は自問した。『おかしいわねえ』。バルコニーからは白い帽子をかぶったアイスクリーム売りが見えた。太陽が屋根をあかるく照らしていた――ベルリンでも、パリでも、さらに南でも。黄色い飛行船はトゥーロンに向かっていた。老婆は崖の上でハーブを集めていた。まる一年はその話でいけるだろう。「あたしは見たんだよ……、あたしは見たんだよ……」

XXX

あのカーブから今までに経った時間（数週間）、現在の滞在場所（マントンの病院）、自分が受けた手術（頭蓋開口術）、長い記憶喪失の理由（脳内出血）――クレッチマーには、自分がいつどうやってこうした情報のすべてを認識し分類して意味づけることができたのか定かではなかった。しかしながら、ある時期がくると、こうした情報はすべて一つにまとまった――彼は生きており、頭ははっきりとしていて、近くにはマグダとフランス人の付添婦がいることもわかったし、最近は気持ちよくうとうとすることがあって、今は目が覚めたのだとわかるのだが……ただ、何時なのかはよくわからない、きっと早朝なのだろう。額と両目はまだ幾重にも包帯を巻かれていて、触ってみるとやわらかい。頭頂部はもうむき出しになっていて、伸びはじめた頭髪が針のように密集してチクチクするのが妙な感触だった。彼の記憶、ガラス乾板《かんぱん》のような記憶には、総天然色の写真のような光景がぎらぎらと揺らめいていた――カーブする白い道、左側の暗緑色の岩肌、右側には――青みがかった欄干、前方には――真正面から猛スピードで向かってくる自転車――赤と黄色のジャケットを着た埃まみれの猿のような二人組――急ハンドルを切ると、車は陽に照らされた斜面の路肩に敷かれた砂利のうえをすっとび、するといきなり、ほんの一瞬のうちに、電柱がみるみるお化けのように膨れあがり、ぶざまにひろがったマグダの手がちらりと目に入って、そこで幻灯はぷっつりと途絶えるのだ。

この記憶をおぎなってくれたのは、昨日か三日前か、あるいはもっと前に――正確にいつだったかはわからないのだが――マグダが、より正しくはマグダの声がしゃべってくれたことだった――どうして声だけなのか、どうして自分はマグダをもう長いことちゃんと見ていないのだろう、そう、包帯のせいだ、きっともうすぐはずせるだろうが……。マグダの声が語ったのはいったいどんなことだったか。「……電柱がなかったらねえ、あたしたちは欄干を飛び越えて谷底へまっさかさまだったわよ。とっても怖かったわ。いまだに体の片側が痣だらけなのよ。車はひっくり返って粉々になっちゃった。でもあれは二万マルクもしたのよ。Auto...mille, beaucoup mille marks,［自動車はね……万、何万マルクもしたのよ］（彼女は付添婦に言ったのだ）――vous comprenez?［おわかりかしら］ブルーノ、フランス語で二万はなんて言うの」――「ああ、そんなことはどうでもいいだろう……。きみは生きてる、きみは助かったんだから」――「自転車の人たちはとても親切でね、荷物をさがしてくれたのよ。寝具袋はね、茂みまで飛ばされてたのよ。でもラケットはけっきょく見つからなかった」。この不快な気分はなんだろう。そうだ、あのルジナールでの悪夢のせいだ。自分はブローニングを構えていて、彼女が入ってきた――テニスシューズを履いてたんだ……。ばかげたことだ――もうすっかり誤解はとけて、問題ないんだから……。今何時だろう。包帯はいつ取れるのかな。ベッドから起きあがれるのはいつなんだろう。力が出ない……。これはきっとみんな新聞に出てるんだろうな、ドイツの新聞にも。

目が包帯で覆われているのを残念に思いながら、彼は頭の向きをいろいろに変えてみた。その短いあいだに耳からはありあまるほどいろいろな感覚が押し寄せてくるが――視覚はなにもないので――、病室がどうなっているのか、付添婦や医者はどんな顔なのか、結局のところさっぱりわからない……。何時だ、朝なのか。十分に寝たあとだし、窓はたぶん開いている、というのもゆったりしたひづめの音が聞こえるし、水の音やバケツの鳴る音もする――そこはきっと中庭で、泉があって、プラタナスがさわやかな朝の影を落としているだろう。彼は、かすかに聞こえてくる音をしかるべき色と形へと変換しようとして、しばらくじっと横になっていたが、やがてほかの音が聞こえた――マグダと、たぶん隣の病室の付添婦の声だ。付添婦がマグダに正確な発音を教えていた。「Soucoupe. Soucoupe.［受け皿《スクープ》］」。マグダは何回かくりかえして笑いだした。

心もとない笑顔をつくり、なにか違法なことをしているような気になりながら、クレッチマーは慎重に包帯をずらして眉の上にあげたのだが、部屋はビロードのように濃い暗闇につつまれていた――窓がどこにあるかさえわからず、わずかな光の漏れる隙間もない。つまり、やっぱりまだ夜中で、しかも月もなくて真っ暗なのだ。すっかり音にだまされたというわけだな。

皿ががちゃがちゃと陽気な音を立てた。「Café, thé non. Moi pas...thé.［コーヒーを、紅茶はだめ、あたしは……お茶はいや］」――

クレッチマーはそばのテーブルを手探りし、ライトを探り当てた。彼はぱちんとスイッチを入れた——もう一度、さらにもう一度——しかし闇はどっかりと腰をすえたままだった。たぶんコンセントが入っていないのだろう。そこで彼はマッチを手探りで探しはじめ——実際に箱を見つけた。なかにはマッチが一本しかなかったが、彼はそれを擦り、火がついたときに似たしゅっという音がしたけれど、炎は現れなかった。彼はそれを投げ捨てたが、すると不意に、なにかが焼けるかすかな匂いがした。

なんともおかしなことだ……。

「マグダ」彼は大声で呼んだ。「マグダ」

足音がしてドアが開く音が聞こえた。だが、なんの変化もない——ドアの向こうもやはり真っ暗だった。

「電気をつけてくれ」彼は言った。「たのむ、電気を」

「包帯を取るなんてだめじゃないの、ブルーノったら」マグダの声が叫び、わずかな光もない暗闇なのに、すたすたとまっしぐらに近づいてきた。「だってお医者さんに言われたでしょう……まあ、どうしましょう」

「どうして、どうしてきみにはぼくが見えるんだい」彼はたどたどしい口調でたずねた。「ぼくには見えな……すぐに明かりをつけて。聞こえてるのかい、今すぐにだ」

「お静かに、お静かに、落ち着いてください」フランス語の声が言った。

こういった音、こうした足音、声たちは、まるで別の次元を動いているようだった。彼は彼、ほかの者たちはほかの者たちだった。そして彼らと、自分が置かれている暗闇とのあいだには、びくともしない壁のようなものが立ちはだかっていた。彼は体を伸ばしたり、身を乗り出したり、まぶたをこすったり、頭をあちこちに回してみたり、どこかに飛び出すようなしぐさをしたけれど、彼自身の一部となってしまったかのようなこの完全な暗闇を突き破ることはどうしてもできなかった。

「ありえない」クレッチマーが強い口調で言った。「気が変になりそうだ。窓を開けてくれ、どうにかしてくれよ……」

「窓は開いてるわ」彼女は小さな声で答えた。

「たぶん太陽が出てないんだ……。マグダ、たぶん太陽が出れば、なにかしらは見えるようになるよ……。ぼんやりとでも……。きっと眼鏡を使えば……」

「落ち着いて横になってちょうだい、ブルーノ。太陽のせいじゃないのよ。外は明るくてすてきな朝よ。ブルーノ、そんなこと言うとあたしがつらくなるじゃない」

「ぼくは……ぼくは……」クレッチマーは発作的に息を吸い込みながら言いかけたが、呼吸が落ち着くと、今度は抑揚のない叫び声をあげはじめた。

XXXI

完全に失明したことを悟ったクレッチマーは、すんでのところで気がふれるところだった。怪我や擦り傷は癒《い》え、髪も伸びたが、びくともしない真っ黒な壁がたちはだかっているという地獄のような感覚は変わることがなかった。死ぬほどの恐怖で発作を起こしたあと、叫んだり物を投げたりしたあと、目からなにかを引き剝がそうとする無駄な試みのあと、彼は半分意識を失ったような状態におちいり、そのあとふたたびパニックのような耐えがたいなにかが膨張しはじめたのだが、それに匹敵するのはただ、墓のなかで目覚めた人間があじわうとされているあの途方もない恐怖だけだろう。

しかしながら、こうした発作も少しずつおさまってきて、彼は何時間も黙り込んでじっとあおむけに寝たまま、プロヴァンス地方の昼の物音を聞いていたが、実質的にすべてのはじまりとなったあのルジナールの朝を不意に思い出してうめき声をあげはじめ、そのときにはもう、思い出されるのは別の事柄——彼があまり見ていなかった空や緑の丘で、するとふたたび墓場の恐怖が波のように押し寄せてくるのだ。まだマントンの病院にいたとき、マグダは彼にパリのホーンからの手紙を声に出して読んでやったことがあったが、その内容はこんなふうだった。

「クレッチマー様　私がより衝撃をうけたのは、あなたが不意に理由もなく、きわめて無礼にも出発してしまったことで私に与えた侮辱のせいなのか、それともあなたに起こった災難のせいなのか私にはわかりません。あなたをお見舞いすることもできないほどに怒りを覚えながらも、信じてほしいのですが、とりわけあなたが絵画を愛し、贅を尽くした色彩や洗練された陰影や、視覚を天上からの神々しい賜りものに変えてくれるありとあらゆるものを愛しておられたことを思い出したとき、私はほんとうに心からあなたの身の上に起こったことを悲しく思います。まさに目、そして視覚によって生きている人間がいて（あなたと私もその数に入っています）――ほかの感覚はどれも、この五感の王様の家来に過ぎないのです。
今日私はパリからイギリスに発《た》ち、そこからニューヨークに向かいますが、生まれ故郷の国をふたたび訪れることは、当分はまずないでしょう。あなたのお連れの女性に親愛なる挨拶をお伝えいただきたいのですが、その人の気まぐれな性格が――そうじゃないとどうして言えるでしょう――たぶん、クレッチマーさん、あなたの私に対する裏切りのもとにあるのでしょうね――そう、というのも彼女の性格は、あなたにたいしてだけは安定していますが、そのかわり、もともとの彼女の性質は――しかもそれは女性にはきわめてありふれたものですが――知らず知らずに服従を要求し、女性の魅力に無関心な男にたいするぼんやりした敵意の感情にいつのまにかとらえられているのです――その男が彼女にとって、単純素朴で容姿も醜く、愛の趣味という点でもおかしくて汚らわしいやつだったとしてもです。クレッチマーさん、信じてください。もしあなたが、あなたがたお二人をうんざりさせてしまった私から逃れようとしたとき、単刀直入にそれを私に言ってくださったなら、私はあなたの率直さをただただ評価したことでしょうし、そうだったなら、絵画について、巨匠たちの透明感のある色彩について私たちが会話したときのすばらしい思い出も、あなたの背信的な逃亡が投げかけた影のせいでこれほど悲しく陰気なものになることはなかったでしょうに」

「そう、これは同性愛者の手紙だな」クレッチマーは言った。「どっちにしてもあの男が行っちまってうれしいよ。たぶん神様がぼくに罰をあたえたんだよ、マグダ、きみのことを疑ったりしたせいだ、でもきみは悲しむかな、もし……」

「もしなんなの、ブルーノ。どうか最後まで言ってちょうだい」

「いや、なんでもない。ぼくはきみを信じてるから。ああ、きみを信じてるからね」

彼は黙り込むと、とつぜんあの虚ろな音、うめき声のような、泣き声のような音をたてはじめたが、それは暗闇の壁をまえにした恐怖の発作がはじまるときの合図だった。「透明感のある色彩」彼は腹の底からしぼりだすような、震える声で幾度かくりかえした。「そう、そうだ、透明感のある色彩だ」

彼が落ち着きを取りもどすと、マグダはお昼を食べてくると言い、彼の頰にキスすると、通りの日陰になっているところを小刻みに早足で歩いていった。彼女はこぢんまりした涼しいレストランに入ると、奥の大理石のテーブルに陣取った。となりのテーブルにはホーンがいてビールを飲んでいた。「こっちに座れよ」彼は言った。「おまえも臆病になったもんだ」

「見つかったら告げ口されるわよ」彼女は不安そうに答えたが、それでも彼のテーブルに移ってきた。

「くだらんことを。だれがそんなことをするかね。で、やつはあの手紙になんて言った。実のところたいした出来だろう」

「そうね、万事うまくいったわ。水曜にあたしたちはチューリヒの専門医のところに行くの。三人分の寝台車の券を手に入れて。ただしあんたは別の車両よ――そのほうがなにかと安全でしょう」

「ただじゃ買えないぜ」面倒くさそうにホーンがつぶやいた。

「あら金欠なのねえ」マグダはやさしくにやりとした。そしてバッグから紙幣の束を取り出した。

XXXII

クレッチマーはすでにもう何度か（昼の物音にみちた深い真夜中に）病院のさほど広くない庭に散歩に出たことがあるとはいえ、チューリヒ旅行に準備万端とはとてもいえなかった。駅では彼は頭がくらくらした――しかも盲目の人間がめまいをおこすほど奇妙でどうしようもない事態もなかろう――彼は、足音や声、物が当たる音など、周囲をとりまくあまりにたくさんの音や、なにかにぶつかるのでは、という恐怖に辟《へき》易《えき》してしまって、マグダが彼に付き添っていてもどうにもならなかった。列車のなかでは吐き気に襲われたが、それというのも、車両の揺れと前に向かって走る急行列車の動きが頭のなかでどうやってもうまく一致しなかったせいだ――どれほど苦心して想像力を張りつめて、飛び去って行く景色を想像してみても無駄だった。さらに悪いことには、チューリヒに着くと今度は、姿の見えない人々や、存在しないのに常にそこここに待ち構えているような気がする手すりや柵やでっぱった角《かど》のなかを、どこかへ移動しなければならなかった。「怖がらないで、怖がらないで」マグダは苛々して言った。「あたしが手を引いてるでしょう。さあ今度は止まって。これから車に乗りましょう。なにをそんなに怖がってるのかしら、まったく——ほんとうに子供みたい」

眼科医として有名なその教授は、特殊な光学機器を使って彼の眼底を検査し、ねっとりとしつこくて小さい教授の声を聞いたクレッチマーは、ずんぐりむっくりした老人を想像したのだが、実際には教授はたいそう痩せていて見た目は若かった。彼は、クレッチマーがもうある程度知っていることをくりかえした——出血によって視神経が頭蓋内でちょうど交差するところに圧迫が起こったので——浮腫の腫れはもしかしたら引くかもしれないし、完全な感覚喪失にいたることもありうる等々等々。けれどもいずれにせよ、クレッチマーの病状を全体的にみれば、彼にとって今いちばん大切なのは完全に安静にしていることで、二、三ヶ月は人里離れてひっそりと暮らすこと、いちばんいいのは山岳地のような場所で、そうすれば、と教授は言ったのだが、そうすれば、目は見えるようになる……。

「見えるようになるんですか」クレッチマーは憂い顔でうす笑いをうかべて（うま

く音がそろったものだ）彼の言葉をくりかえした。

マグダはホテルの部屋に彼を一人残して代理店を何軒かまわり、いくつか候補地を勧められた。ホーンと相談のうえ、彼女は場所をきめて、ホーンと連れ立って借り受ける予定の山荘《シャレー》を見にでかけた。それは二階建てのこぢんまりした山荘で、部屋はさっぱりとこぎれいに整えられ、どのドアにも聖水のための小さな器が作りつけられていた。山荘の所有者は人嫌いのアイルランド人夫妻で、夏はノルウェーに引っ込んでしまうのだが、賃料は安くはなかった。ホーンは山荘の立地の良さを確かめて――開けた風通しのいい場所にあって、エゾ松の木立にかこまれ、村からも離れている――二階のいちばん日当たりのいい部屋を自分用と決めて、マグダにこの小屋を借りるよう命じた。そのあと二人は村で料理女を雇い入れた。ホーンがその料理女に言った台詞ははなはだ感動的なものだった。彼は言った。「あなたに高い給金を支払う理由は、心の病がもとで目が見えなくなって苦しんでいる人物の世話をあなたがすることになるからだ。私は医者で、彼に付きっきりで面倒を見るが――しかしその人の病状の重篤さに鑑《かんが》みれば、彼の姪以外に、医者がともに暮らしていることなど、もとより彼に知られてはならない。であるからして奥さん、たとえ間接的にであっても、ごくごくやさしい囁き声であっても、たとえば台所でそのお嬢さんとおしゃべりするときであっても、私がその家にいることを声に出してしゃべってしまったら、医師の確定した治療方法に違反したかどで、あなたは法的責任を問われることになる――これはスイスでは、おそらくたいへん厳しい処罰を受けるのだ。つけ加えて言うなら、あなたが私の患者の部屋に入ったり、そもそも彼となにか会話をすることも推奨しない。患者は凶暴性の発作を頻発し、すでにひとりの老婆が完全にぐちゃぐちゃにもみしだかれ、踏み潰されてしまったので、私ならそんなことがくりかえされるのを望みはしないからだ。だが重要なのは――市場でおしゃべりするときにも、もしあなたが巻き起こした好奇心のせいで、この土地の住人が私たちにまとわりつくようなことがあると、今の状態では私の患者は別荘も粉々にしかねない。了解しましたか」

彼はあんまり老婆を怖がらせたので、彼女は実入りのいいこの仕事を断りかねないところだったが、やっとのことで引き受けたのは、ホーンが彼女を説得して、盲目の狂人に彼女が直接会うことはないし、刺激しなければ患者はおとなしく、しかも常に姪と医師の監視下に置かれているのだと信じ込ませたからだった。

最初に越してきたのはホーンだった。彼は荷物をすべて運び入れ、どこにだれが暮らすかを決め、不必要で壊れやすい物品を運び出すよう指示し、なにもかもが整うと自分の部屋に上がり、口笛で音楽を吹きながら、画鋲で壁にペン画をあれこれと貼りつけはじめたが、それはかなり淫らな性質のもので——まだベルリンにいたころに芸術的ポルノの出版業者の注文で描いたイラストの下書きだった。五時ごろ彼は、はるか下方にタクシーが着いて、鮮やかな赤のジャンパーを着たマグダが飛び出し、クレッチマーが降りるのを手伝っているのを眺めたが、クレッチマーは黒眼鏡をかけていて梟《ふくろう》のようだった。自動車があとずさりしたかと思うとふたたびまえに飛び出して、カーブの向こうに消えた。マグダはクレッチマーの手を取り、彼はステッキでまえを探りながら小道を登った。しばらくのあいだ二人はエゾ松の葉に隠れて見えなくなったが、ちらりと姿を見せ、また見えなくなったかと思うと、ついに庭の敷地に姿を現し、そこでは顔を曇らせてはいるが、すでに心からすっかりホーンに忠実になった料理女が不安げに二人を迎えに出て、狂人のほうをなるべく見ないようにしながら、マグダの手から化粧道具箱を受け取った。

そうしているあいだにもホーンは二階の窓から身を乗り出し、マグダにおかしな歓迎の合図を送った——手のひらを胸に押し当ててから、木でできたみたいに両腕をぶらぶらさせると、人形劇の道化人形のようにお辞儀したのだ――もちろんのこと、これは全部声を出さないで行われた。マグダは下から彼ににっこり笑いかけ、クレッチマーの手を引いて家に入った。

「部屋を一つひとつ案内して、全部説明しておくれ」クレッチマーが口を開いた。彼にはどうでもよかったのだが、彼女が喜ぶと思ったのだ――新しい家に引っ越すのが好きだったたから。

「小さな台所に、小さなリビング、小さな書斎」マグダは彼の手を引いて一階の部屋を回りながら説明した。クレッチマーは調度品に触れ、品々を手探りして、自分がどこにいるのか把握しようと努めた。

「つまり、窓はあっちだな」信頼しきったように一面壁ばかりの方向を指差して彼は言うのだった。彼は太ももをテーブルの角にしたたかにぶつけたが、わざとやったようなふりをしていた――天板に手のひらを這わせて、まるでその大きさを測ろうとしているかのようにふるまった。

そのあと二人はいっしょにぎしぎしいう木造の階段をあがりだしたが、いちばん上の段にはホーンが腰かけて、声を漏らさないようにがまんしてそっと身を震わせて笑っていた。マグダは指で彼を脅かし、彼は用心して立ち上がると爪先立ちで後ろにさがった。それは必要ない行動だった、というのも、盲人の重い足取りに踏みつけられた階段は、ばきばきと大きな音を立てたからだ。

二人は廊下にたどりついた。ホーンは奥の自分の部屋のドアのまえに立ってそのドアを指差し、マグダがうなずいた。彼は手のひらで口を押さえたまま何度かしゃがみこんだ。マグダは怒って首を振った——危なっかしいおふざけだ、彼はまるで子供のようによろこび勇んで悪乗りしていたのだ。「ここがあなたの寝室よ、で、あっちはあたしの」順番にドアを開けながら彼女は言った。「どうしていっしょじゃないんだね」クレッチマーが悲しそうに聞いた。「まあ、ブルーノ、教授がなんて言ったかわかってるでしょう……」。すみからすみまで(ホーンの部屋は除いて)まわり終えると、彼はこんどは彼女の助けを借りないで今来た道をもどって、家のなかをひと巡りしたがったが、それは彼女がなにもかもはっきり説明してくれたおかげで、自分はもうぜんぶきっちりわかっているのだと、彼女に証明したかったからだ。ところが彼はすぐにわけがわからなくなり、壁に突きあたって申し訳なさそうに笑い、もうすこしで洗面器を壊しそうになった。彼は角の部屋(ホーンが住みついた)にも行きあたり、そこは廊下からしか入れないのだが、彼はもう完全に自分の居場所がわからなくなって、自分の寝室を出るところなのだと思い込んでいた。「きみの部屋かい」ドアを手探りしながらクレッチマーはたずねた。「いいえ、ちがうわ、そこは物置よ」マグダが言った。「あなた、お願いよ、覚えておいてね、さもないと頭を打っちゃうわ。それにそもそも、そんなに歩き回って体にいいのかどうかもわからないのよ――いつもそんなふうにあなたに好きほうだい旅をさせておくなんて思わないでね――これは今日だけよ……」

しかし、彼自身ももうぐったりと疲労しきっていた。マグダは彼を寝かせた。彼が寝入ると、マグダはホーンの部屋に移った。この家の音の響き方がまだわからないので、二人はひそひそ声でしゃべっていたが、大声を出しても問題はなかっただろう。ここからクレッチマーの寝室までは相当な距離があったのだから。

XXXIII

クレッチマーがひどい形相のまま大あわてで山道のカーブの向こうに姿を消したあと、ゼーゲルクランツはトラブルの種になった黒いノートを手にしたまましばらくじっと松林の草のうえに座って、何事がおきたのか考えあぐねていた。クレッチマーはちょうどここに描いたカップルと旅していて、このカップルの愛のささやきがクレッチマーにとっては衝撃的な啓示だったのだ——ゼーゲルクランツに理解できたのはせいぜいその程度だが、自分がとんでもなく間の悪い行動をして、結果的にうぬぼれた下種野郎になりさがったという意識に苛まれて、彼はくいしばった歯のあいだからうめき声をもらし、額にしわを寄せ、火傷《やけど》でもしたように、指を激しく震わせていた。こんなへま《ガフ》はつくろいようがない。じっさいクレッチマーのところに行って謝ったほうがいいのでは。不注意に銃を扱ったためになんの罪もない同行者を怪我させてしまったら、「申し訳ない」と言うんじゃなかろうか。

そして、ゼーゲルクランツには、自分が書いたものがもう文学なんかではなく、けがらわしい真実に気取った言葉の小細工という調味料をまぶした無礼千万な匿名の怪文書のようにしか思えなかった。人生を公平無私な正確さで再現するべきだという彼の前提、移ろいゆく時の一瞬の相貌を永遠にページの上に定着させるたった一つのやり方だと、つい昨日まで彼が思っていた方法が、今ではもう、やりきれないほどに野暮ったく、いかにも悪趣味なものにしか見えなかった。こんなにぶざまで忌々しい事態になってしまったのは、自分の信念をきちんと守らず、ちょっとしたすり替えに手を染めて、例の人物たちをあの呪われた客車から歯医者の待合室に移しかえてしまったからだ、もし、マントンの歯科医ムッシュー・ロンムの実際の患者たちを描写していたなら、そのなかにあの要りもしないカップルは入ってこなかったはずだ、と考えて彼は自分を慰めようとした。けれど、そんな慰めは売文の徒にありがちな偽りであり、事の本質はもっと重大で唾棄《だき》すべきものだった。あきらかになったのは、ほんの一瞬であれ人生を晒《さら》しものにしようとした者は、人生から復讐されるということだ——人生は立ち止まり、俗悪な身振りで腰に手をあてて、こんなふうに言っているかのようである。「どうぞ、とくとご覧なさいな、これがあたしなのよ、文句を言わないでちょうだいな、もし見るのがつらくて気分が悪いとしてもね」。「こともあろうに、まさかこんな偶然がおこるなんて」ゼーゲルクランツはあわれな声で自分に逆らおうとしたが、もっとも、じつは偶然の一致なんかもともとありはせず、こういう事態が以前には彼に起こったことがなかったということ、たとえば、若い娘に半年もつきまとったあげく、饒舌《じょうぜつ》な短篇小説のなかで彼女のことを微に入り細を穿って精緻に描いてみせたにもかかわらず、その娘の父親が、彼を叩きのめしに来たことがいまだにない、ということのほうがはるかに驚くべきことなのだ、ということは彼にもわかっていた。

いまさらクレッチマーに会うなどはもう無理だったので、すばらしいルジナールをしばらく離れざるをえなかったし、ゼーゲルクランツは発作的な人間だったので、その日のうちにルジナールをあとにし、東ピレネーの渓谷でひと月以上をすごした。彼は落ち着きを取りもどした。彼はもう、もしかするとあれはそんなにひどい出来事なんかじゃなくて、クレッチマーがいささかも躊躇せずにあの書かれた人物たちを見抜いたことはむしろ光栄でさえあるのじゃないかと思いはじめていた。彼はルジナールにもどり、めったに出ない勇気が湧いてくるのを感じて——やはり発作的に——まっすぐホテルに向かい、そこでクレッチマーに会えると思っていた。そこで、たまたま知り合いと出くわして話をして（それは例の黒髪に鷲鼻のムッシュー・マルタンだった）、彼はクレッチマーが逃げるようにホテルを出て事故にあったのを知った。「Il vivait ici avec sa poule.［あの人はここで愛人と暮らしてましたよ］」マルタンは訳知り顔にニヤニヤしながらつけくわえた。「Une petite grue très jolie, qui le trompait avec ce pince-sans-rire, cette espèce de peintre, un Monsieur Korn ou Horn, Argentin je crois ou bien Hongrois.［とてもかわいい娘さんでしたがね、あの皮肉屋の男とつるんであの人を裏切ってましたよ、絵描きかなにかで、ムッシュー・コルンだかホルンだかっていう、アルゼンチンかハンガリーの人だったでしょうか］」

そこで彼はマントンに行ってみたのだが、病院でわかったのは、愛人がクレッチマーをスイスだかドイツだかに連れて行ったということだった。ゼーゲルクランツはいまや、あまりの恐ろしさにすっかり神経をやられて、自分は気が狂うんじゃないかと思ったほどだった。彼は自分の原稿をものすごい力をこめてびりびりに引き裂き、おかげで指を脱臼しそうになったが、それ以来、夜毎悪夢に襲われるようになった。頭蓋骨がちぎれかかって、眼球が赤いひも状のものにぶらさがっているクレッチマーが腰を曲げて彼のうえに身をかがめ、甘ったるい、しかし恐ろしい声で言うのだ。「ありがとう、旧知の友よ、ありがとう」。ルジナールにとどまることは不可能だった。取るものもとりあえず、大胆さとひきかえに彼のなかに根を下ろした痙攣的なあわただしさで、ゼーゲルクランツはベルリンに発った。

XXXIV

まだ生きている以上、自分のことを思い出してクレッチマーがやりきれなさと憎悪にうち震えているにちがいない、というゼーゲルクランツの考えはまちがっていた。クレッチマーは彼のことなどまるで思い出さなかったが、それというのも、あの驚きと破滅と死に至るほどの苦しみの耐えがたい瞬間——あの緑生い茂る丘や、こんこんと湧き出る泉のそばでの瞬間——にもどることを自身に禁じていたからだ……。いまやクレッチマーの存在は、水も漏らさぬビロードの袋に密封されていたが、そのことが、ある種厳格で気高いとすら言えるようなスタイルを彼の思考や感情にもたらしていた。暗闇というなめらかな覆いによって彼は、魅惑的だが悩みの種でもある、あざやかで色彩にあふれた人生から切り離され、めまいがするようなあのカーブでそれは断ち切られたのだ。その思い出で心を満たそうとして、彼はあたかも、たくさんのミニアチュールのようにそれらをつぎつぎと並べていった。模様の入ったエプロンを着てカーテンをもちあげるマグダ、きらきらした傘をさして木苺色の水溜りのなかを歩くマグダ、鏡のまえにすっ裸で立ち黄色い丸パンをかじるマグダ、つやつやのトリコットの生地や、玉虫色の舞踏会用のドレスを着て、日に焼けたオレンジ色の手をしたマグダ。それから彼は妻のことを考えたが、アンネリーザと暮らした時期のことは、やわらかくて青白い光に満たされていて、ごくまれにこのミルクのような霧のなかに、一瞬なにかがきらめくことがあった。スタンドの光に照らされた金髪の房、絵画の額縁のきらめき、娘が遊んでいたガラスの玉——そしてふたたび——オパール色の霧、そしてそのなかに——ひっそりと、まるで泳いでいるようなアンネリーザの動きが見える。過去の人生のなかでいちばん悲しく恥ずかしいことでさえ、なにもかもが色彩という欺瞞的な魅力につつまれていて、彼の心はそのとき、螺鈿《らでん》でできた目隠しのなかで生きており、今現在彼が直面しているあの深淵はまだ見えていなかった。もうたくさんだ、彼は鋭敏にものを見てとる自分の才能を、十分に利用していたのだろうか。今になって気がついて恐ろしくなったのは、たとえば、一時期暮らしていた場所の風景を思い出そうとしても、樫の木とバラ以外には植物の名前がなにひとつ出てこないし、カラスと雀のほかには鳥の名前も全然出てこないことだった。クレッチマーは今さらながら、かつてあれほど軽蔑していた蛸壺的な専門家連中や、自分の機械のことしかわからない労働者、楽器の添え物になりさがってしまった名演奏家《ヴィルトゥオーソ》と自分とが、本質的になにひとつ変わるところがないことを理解できるようになった。クレッチマーの専門は結局のところ絵画への熱愛だった。彼のいちばんの掘り出し物だったのはマグダだ。ところがもはや、マグダのなかで残ったのは声や衣擦れの音や香水の匂いだけなのだ――彼女はまるで、かつて彼がそこから彼女を引っぱりだしたあの暗闇（小さな映画館の暗闇）にまたもどって行ってしまったかのようだった。

しかしながら、クレッチマーはいつも道徳的に考えることで自分を慰めることができたわけではないし、肉体的な盲目がある意味では精神的な開眼なのだと自分に言い聞かせるのにいつも成功していたわけでもない。彼は、今のマグダとの生活が、よりしあわせでより深く、より純粋だと考えて自己を欺いたり、彼女が尽くしてくれることを思って感動したりしていたが、それはむなしいことだった。もちろんそれは感動的だったし、彼女はどんなに忠実な妻よりもすてきだった、この目に見えないマグダ、この天使のごとき冷たさ、興奮しないように彼をなだめるときのこの声……。しかし、真っ暗闇のなかで、通りすがりのおどおどした手をつかまえて感謝の言葉を言おうとしたとたんに、その手を一目見たいという強い欲望が彼のなかで目を覚ましてしまい、するとモラルなどというものはすっかりどこかに吹っ飛んでしまって、彼は狂気が目のまえに迫ってくるのを感じ、顔を引きつらせて、なんとかして光を生み出そうと四苦八苦するのである。なんであれ興奮するのは体に悪いという口実のもと、マグダは彼が体に触れるのを断固として禁じたのだが、ときには彼女に抱きつくのに成功することもあって、そんなときには彼女の顔や体を手探りし、触ることをとおして彼女を見ようとがんばるのだけれど、やっぱりなにも見えたりはしないのだ。ホーンはクレッチマーとおなじ部屋にいっしょにいるのがとても気に入っていて、彼の動きをむさぼるように観察していた。マグダは盲人の胸に突きあたると、天をふり仰いで、運命に絶望した人のような身振りをおおげさに演じてみせたり、クレッチマーに舌を出したりしたが、それはもちろん、盲人の顔に表れた絶望的なやさしさの表情とくらべると、とくにおもしろくて仕方がないのだった。マグダはたくみにくるっと向きをかえて、裸足で白いズボンをはき、腰から上も素肌のまま窓敷居に腰かけているホーン――彼は背中を太陽で焼くのが好きだったのだ――のほうに離れていくのだった。

クレッチマーはパジャマとガウンを着て、安楽椅子になかば横たわっていた。顔はちぢれた強い髭《こわ》におおわれ、こめかみの傷のあとはあざやかなバラ色に染まっていて――あごひげを伸ばした犯罪者にそっくりだった。「マグダ、もどってきておくれ」彼は手を伸ばして懇願するように言った。「だめよ、体に悪いわ」彼女は冷淡にそう答えながら、広くて毛むくじゃらなホーンの背中をなでていた。クレッチマーはあきらめようとせず、もがくように体をうごかして、荒々しく目をこすっていた。「きみがほしいんだ」彼は言った。「はるかに体に悪いよ、もうこれでふた月もぼくらは……」(このあとには、二人の愛の語彙《ごい》集に載っているいわゆる自家製の、自分たちだけの愛情表現の言葉がつづくのだった)。ホーンはマグダにウインクしてみせた。彼女は意味ありげに微笑みながら、指で自分の額を叩いた。クレッチマーは、まるで黒雷鳥が雌を呼ぶときのように彼女を呼びつづけていた。危険を冒すのが好きなホーンは、ときおり裸足のまま爪先立ちで彼に近づき、ほんのかすかにその体に触った――するとクレッチマーは喉をごろごろと鳴らして、いるはずのないマグダを抱こうとするのだが、ホーンは音もなくそばを離れて、すぐにまた窓敷居に座って背中を暖めているのである。「いい子だから、お願いだよ」クレッチマーはぜいぜいと息を切らせ、安楽椅子から起きあがると、彼女のほうに歩いてきた――窓敷居の上のホーンは足を引っ込め、マグダは腹を立ててクレッチマーに叫び声をあげ、今すぐに出て行くわ、もし言うことを聞かないならあなたを捨てるわよ、と大声を出し、すると彼はばつが悪そうにうす笑いをうかべて自分の安楽椅子にすごすごと引き下がるのだった。「わかった、わかったよ」彼はため息をついた。「なにか読んでくれないか、新聞かなにか」。彼女はまた天を仰ぐように顔をあげた。

ホーンはそっと長椅子に移り、マグダを自分の膝の上に抱き、彼女は新聞をひろげると声を出して読み、クレッチマーは憮然《ぶぜん》としてうなずきながら、自分には見えないさくらんぼをゆっくりと口に入れ、手のひらに見えない種を吐き出すのだった。それはまったく平和そのものの光景だった。ホーンは彼女の読む仕草を真似て唇を突き出したり吸い込んだりしてマグダを笑わせようとしたり、今にも彼女を落っことすようなふりをしたので、彼女の声は調子っぱずれになるのだった。

『そう、きっとこれはみんないいほうに向かっているんだろう』クレッチマーは思った。『ぼくらの愛は今ではより厳格で落ち着いたものになって、より精神的なものになったんだ。彼女がぼくを捨てないということは、本当に愛しているということなんだ。それはすばらしい、すてきなことだ』。そしていきなり彼は、なんという理由もなしに大声で泣き出し、闇を手で引き裂こうとしながら懇願するのだ――ほかの教授のところに連れて行ってくれ、もっともっと別の医者のところに、目が見えるようになるなら――どんなことでもかまわない、手術でも、拷問でも、目が見えるようになるなら……。ホーンはあくびしながら、テーブルの上の皿に盛られたさくらんぼを摑みとり、庭に出ていった。

いっしょに暮らしはじめたころには、罪のないおふざけはいろいろとやってはいたものの、ホーンとマグダはとても用心深かった。彼は裸足かフェルトのスリッパを履いて歩いた。自分の部屋のドアのまえの廊下に、万一にそなえて彼は衣装ケースや旅行鞄でバリケードを作り、マグダは夜な夜なそれを乗り越えてやって来た。しかしクレッチマーは、最初に家をひとしきり探検したあとは部屋の間取りには興味がなくなり、そのかわり、自分の寝室と書斎については完璧に頭に入れた。マグダは彼にその部屋の色彩をひとつ残らず描写してやった。青い壁紙、電気スタンドの黄色い傘——けれど、ホーンにそそのかされて、どの色もわざとちがう色に変えられていた——ホーンには、盲目の男が自分の住む小さな世界を、彼つまりホーンが言ったとおりに想像するのが愉快なことに思えたのだ。自分の部屋にいるときは、クレッチマーは、自分には家具調度や物がほとんど見えているような感覚を持っていたし、守られているような安心感があった。まれに庭に腰かけているときには、見たこともないような深淵に周囲をとりかこまれているような気がしたが、それというのも、描写しようとするにはなにもかもがあまりにスケールが大きすぎ、茫漠としすぎていて、さまざまな騒音に満ちすぎていたからだ。

クレッチマーは聴覚を使って生きるすべを身につけようとしはじめ、音で動きを察知するようになって、やがてホーンは気づかれずに出入りすることがむずかしくなった。どんなに音を立てないでドアを開けても、クレッチマーはすぐにそのほうを向いて聞くのだ。「きみかい、マグダ」。そして、マグダが彼にべつの方向から答えると、自分の耳の鈍さに腹を立てるのだった。日々は過ぎてゆき、彼の耳が敏感になればなるほど、ホーンとマグダは自分たちの愛が見られていないことに慣れて、ますます無用心になっていった。以前のように、キッチンで年老いたエミリアの尊敬に満ちたまなざしに見守られて食事するかわりに、ホーンはマグダやクレッチマーとおなじテーブルについて、みごとな技巧を発揮して、金属を陶器に当てないようにしたり、嚙んだり呑み込んだりするときには、マグダがわざと大きな声でしゃべるのを利用したりして、音も立てずに食べるのだった。あるとき、彼はむせてしまった。マグダはクレッチマーのうえにかがんで、カップにコーヒーを注いでいたが、クレッチマーは不意に楕円のテーブルの向こうで奇妙な音がするのに気づいた――人が息を詰まらせるような騒音だ。マグダはあわてて早口でしゃべりはじめたが、彼はそれをさえぎった。「あれはなんだ。あれはなんだ」。ホーンはそのあいだに、自分の皿を持って抜き足差し足で出ていこうとしたのだが、半開きのドアを通ろうとして、フォークを落っことしてしまった。「あれはいったいなんだ、だれがいるんだ」クレッチマーはくりかえした。「あら、あれはエミリアよ。なにを興奮してるの」――「でもあの人はここにはぜったい入ってこないじゃないか……」――「でも今日は入ってきたの」――「ぼくにはどうも幻聴がはじまったみたいだ」クレッチマーがすまなそうに言った。「たとえば昨日もぼくは、だれかが裸足で廊下をぱたぱた歩いてるような気がしたんだ」──「そんなことしてたら気がふれちゃうわよ」彼女はそっけなく言った。

昼間、彼女は小一時間ほどホーンと散歩にでかけるのだった。郵便局に新聞をとりにいくか、滝のほうに登っていくかしていたのだ。ある日、帰り道に山荘に通じる急な小道を登りながらホーンが言った。「やつに結婚をせっつかないほうがいいぜ。請け合うがね、女房を捨てたことに良心が痛んで、あいつは女房を聖者に祭りあげちまってるからな、女房がこれ以上悲しむことなんてできっこないさ。やつの財産の半分でいいから、おまえが少しずつ巻き上げていくことができたら、そっちのほうがはるかにかんたんでうまいやり方だな」

「お金、それも大金ね」マグダが考え込むように言った。

「そうさ、うまくいくはずだ」ホーンはしゃべりつづけた。「小切手にかんしちゃ、いまのところ首尾は上々だな。まるで判で押したみたいにサインしてくれるからね。でもあまりやりすぎるのはまずい。まあ、冬になるまでにはやつを捨てられるだろう。そのまえにやつに犬を買ってやろう──ちょっとした思いやりのしるしにな」

「静かにして」マグダが言った。「もう岩のところよ」

この岩、羊にも似た大きな灰色の岩は、道端からねじれるようにせり出してきているのだが、そこを過ぎると大声でしゃべるのは危険だという境界になっていた。二人は黙って歩き出し、数分後には庭のすぐそばまで来た。不意にマグダがリスを指差して笑いだした。ホーンは木切れを投げたが当たらなかった。「リスはひどく木をだめにするらしいわ」マグダが小声で言った。「なにが木をだめにするだって」クレッチマーが大きな声で聞いた。

彼が立っていたのは、灌木《かんぼく》の茂みのなかの石の階段のうえだったが、そこは山道が庭の敷地へとつながる場所だった。「マグダ、きみはだれとしゃべってるんだい」彼はこちらに向かって歩いてきたが、突然足を踏みはずしてどっかりと座り込むと、ステッキを取り落とした。「どうしてこんな遠くまで歩いてきたの」。彼女はびっくりして、ちょっと乱暴に彼を立ち上がらせた。細かい砂利が手のひらに食い込んでいて、彼は指を広げながら荒々しく息を吐いていた。「あたしはリスを捕まえようとしたのよ」マグダが説明した。「あなたはなんだと思ったの」——「ぼくが感じたのは」クレッチマーが切り出した。「そこにいるのはだれだ」不意に彼は突拍子もない叫び声をあげ、ホーンのいるほうを向いたが、ホーンは草のうえをこっそりと歩いているところだった。「だれもいないわ。あたし一人だけよ。なにをそんなに興奮してるのよ」マグダはつぶやき、我慢できずにクレッチマーの手をはたいた。「ぼくを家まで連れて行ってくれ」彼は泣きそうになりながら言った。「ここはあんまり音がうるさいよ、木だとか風だとかリスだとか。なにが起こってるのかわからないんだ……音がうるさすぎるんだ」

「これからはあなたを閉じ込めておくことにするわ」いらついて彼を小突きながら、彼女はそう言った。

夜がおとずれた、いかにもありふれた夜だ。マグダとホーンは長椅子にならんでねそべり、煙草をふかしていたが、そこから四、五メートルのところにクレッチマーがいて、梟のように身じろぎもせずに革の安楽椅子に座り、二人のほうに濁った青い目をじっと注いでいた。マグダはクレッチマーに頼まれて、自分の子供の頃のことを話して聞かせていた。彼は早めに寝ることにして、スリッパの底とステッキで一段一段の個性を確かめようとでもするかのように、長い時間をかけて階段をのぼった。夜中に彼は目を覚まし、安物の目覚まし時計のガラスをはずした文字盤を手で触った。一時半だった。妙に胸騒ぎがした。このところ、目が見えないという恐怖と闘う手助けに唯一なってくれる、大切ですばらしい考えに知力を集中しようとすると、いつもなにかがじゃまをするのだった。彼は横になったまま考えた。どういうことなのか。アンネリーザか。いや、彼女は遠くにいる。彼女は、盲目のいちばん奥深いところで、愛らしく、蒼白くて悲しげな影となっていたのであり、そっとしておかなければならない。マグダにあれを禁じられたからか。それもちがう。だってそれは一時的なことにすぎない。実際体に悪いことなのだから。それに、純粋に、精神的にマグダと接することを学ばなくちゃならない。彼女だって、かわいそうに、我慢するのは並大抵のことではないにちがいない……。じゃあいったいなんなのか。

　彼はベッドから這い出すと、マグダの部屋のドアのまえに立った。彼女はドアに鍵をかけており、廊下に出るには彼女の部屋を通るしかなかったので、彼は閉じ込められてしまっていた。『あの娘《こ》はなんておりこうさんなんだ』彼はやさしくそう思い、彼女の寝息を聞こうと、ドアに耳を押しつけてみたが、なにも聞こえてこなかった。「ちっちゃなねずみみたいにすやすやと寝てるな」彼はつぶやいた。「彼女の頭をさっとなでてすぐに姿を隠したいもんだ」。鍵をかけ忘れているかもしれない。とくに期待もしないで彼はノブを押した。いや、忘れてはいなかった。

　彼は突然、子供の頃、蒸し暑い夏の夜に、ライン河畔のだれかの屋敷で、軒をつたって小間使いの部屋に忍び込んだことを思い出した（ところでその小間使いは彼に平手打ちをくわして叩き出した）——でも、あのときは身も軽かったし体もよく動き、目も見えた。『試してみたっていいんじゃないかな』メランコリックな茶目っ気をかきたてられて彼は考えた。『落ちて怪我したところで、どうだっていいじゃないか』。彼はステッキを見つけると、窓から突きだして、幅の広い軒に沿って動かし、さらに、となりの窓に向けてもちあげ横に這わせた。開いている窓枠にはまったガラスがほんの少しがちゃんと鳴った。『まったくよく寝てるな。昼間はずっとおれの世話を焼いて疲れたんだろう』。ステッキを引っ込めようとしたとき彼はなにかに引っかかり、ステッキは滑って落ち、地面にあたるやわらかい音がした。引力の法則だな、でもあれなら、この窓は二階じゃなくて一階ぐらいの高さしかないんじゃないだろうか。窓敷居につかまって彼は軒先に這い出し、雨樋《あまどい》の管が横にあるのを手で探り当てて、冷たい鉄でできた管がせり出しているところを乗り越えると、すぐさまとなりの窓敷居にしがみついた。『かんたんじゃないか』彼は思ってちょっと得意になった。「カッコー、マグダ」彼は小さな声で言ったが、すでに開いた窓からなかにもぐり込もうとしていた。彼はつるっと足をすべらせ、もう少しで庭であるはずのところに落ちそうになった。心臓がどきどきと鳴りだした。窓敷居から転がり込んだ彼はなにかに突き当たり、ばきっと音がして、床に重々しい物体がどすんと落ちた、きっと本だろう。クレッチマーはじっとした。汗のしずくが顔をくすぐり、手のひらにはなにかねばねばしたものがへばりついていた——樹液が暑さで染み出ていたのだ、この家は松の木でできているのだろう。「マグダ、ねえ、マグダ」彼は笑顔で言った。しんと静まり返っていた。彼はベッドを見つけたが、それはおろしたてのまっさらのようで、レースのカバーのようなもので覆われていた。クレッチマーはベッドに腰かけて考えをめぐらせはじめた。布団がまくれていて温かかったなら、それはわかる——腹がちょっと痛くなったかなにかで、彼女はすぐにもどってくるだろう。「でもちょっと待ってみるか」彼はぼそっとつぶやいた。しばらくすると、彼は廊下に出て聞き耳を立てた。どこか、はるか遠くのほうで、かすかなうめき声みたいな音がしているような気がした——叫びや軋みでもなく、かといって葉ずれの音でもない。なぜだか彼はぞっとして、大声で叫んだ。「マグダ、きみはどこにいるんだ」。問いかけるような沈黙。そのあとどこかで物音がした。「マグダ、マグダ」彼はくりかえし、さらに廊下を進んだ。「はいはい、あたしはここよ」落ち着き払った彼女の声が響いた。「どうしたんだい、マグダ。どうしてこんな時間まで寝てないんだね」。マグダは彼にぶつかった――廊下は暗かったのだが、一瞬彼女にさわったクレッチマーは、彼女が裸だと感じた。「日光浴してたのよ」彼女は言った。「毎朝そうしてるでしょう」――「今は夜中だよ」彼はやっとのことで言葉に出した。「わからないな、マグダ、なにか変だよ。今は夜中だ。時計の針をさわってみたんだよ。今一時半なんだ」――「おかしなこと言って。今は朝の六時で気持ちのいいお日様が出てるわよ。あなたの目覚ましは壊れちゃったのよ。あんまり針をさわってばかりいるから。でもおかしいわね――どうしてここに出てこられたの」――「マグダ、本当に朝なのかい。それは本当なの?」彼女はいきなり彼にぴったり寄り添うと、昔のように首に手をまわした。「朝だけどね」彼女は小声で言った。「もしそうしたいなら、ブルーノ、もしそうしたいなら、今回だけは特別よ……」

それは、彼女にとってはむずかしい一手だったが、唯一正しい選択だった。クレッチマーはしっとりした空気や、鳥のさえずりがまだ聞こえないことに注意を向けるひまもなかった。あったのはただ一つ――激しくてとろけるような快楽だけで、そのあとで彼はすぐに寝入ってしまい、起きたのは昼過ぎ――つまり本当の昼過ぎだった。

彼が目を覚ますと、豪胆にも窓をつたって冒険した彼をマグダはさんざん叱りつけ、彼が悲しげに微笑んでいるのを見るとよりいっそう腹を立てて、彼の頰をひっぱたいた。

昼間、彼はリビングに座って、朝のしあわせがどんなものだったか思い返し、つぎはいつできるだろうかと考えていた。不意に彼は、だれかが短く咳払いしたのをはっきりと耳にした――あれはマグダではありえない――彼女は庭に出ていたのだ。「そこにいるのはだれだ」彼は聞いた。答えはない。『また幻聴か』クレッチマーは不安にかられてそう思ったが、そのとたん、夜中に彼がいだいたあの不安もまさにそれとおなじ感覚だったことに思い当たった――そうだ、ときどき聞こえてくる、まさにあの奇妙な音、衣擦れや、息づかい、かすかな足音。「マグダ、おしえてくれ」彼女が帰ってくると、彼はたずねた。「エミリア以外にはだれも家に来ることはないんだね。確かかい」――「どうかしてるわ」彼女は簡潔に答えた。

だが、いったんそんなふうに思い込みはじめると、彼はもうひとときも安心していられなくなった。彼は沈みがちになり、一日中ひとところに座ってじっと聞き耳を立てるようになった。ホーンにはそれがもうなんとも痛快でしかたなく、マグダがどんなに用心するように頼んでも、彼はいっこうに遠慮する気配もなかったので、たとえばあるときなどは、クレッチマーから四、五メートルのところに腰かけて、巧みな口笛で鳥のさえずりを真似てみせ、おかげでマグダは、小鳥が窓敷居にとまって鳴いているのよとクレッチマーに説明するはめになったことさえあった。「追い払ってくれ」クレッチマーは顔を曇らせて言った。「シッシッ」マグダはそう言いながら、突き出したホーンの唇を手のひらで押さえた。

「ねえきみ」数日後にクレッチマーは言った。「そのエミリアって人とちょっとおしゃべりしてみたいんだけど」

「無駄なことよ」マグダは答えた。「あの婆さんはのろまなうえに、あなたのことをものすごく怖がってるのよ」

二分ほどクレッチマーは一生懸命になにかを考えていた。

「ありえない」彼は小声でとぎれとぎれに言った。

「ブルーノ、なにがありえないの?」

「ああ、どうでもいいことさ」彼は暗い顔をして言った。「どうでもいいことさ」

「こういうことだよ、マグダ」しばらくして彼が口を開いた。「髭がぼうぼうだ、村から床屋を連れてきておくれ」

「無駄なことね」マグダが言った。「あなた、髭がとても似合ってるわよ」

クレッチマーには、マグダでないだれかが、あたかもマグダのそばでいやらしいうす笑いを浮かべたように思えた。

XXXV

マックスは事務所で彼に会った。「私を覚えておられないでしょうね」ゼーゲルクランツが言った。「八年前にブルーノの、クレッチマーの家であなたにお会いしました。どうか教えていただきたいんですが、彼はここですか。あなたは彼のことをなにかご存知ですか」

「チューリヒの郊外だそうです」マックスは答えた。「偶然に知ったのです、取引銀行がいっしょなのでね。完全に失明したそうです——それ以外私にはなにもわかりません」

「そういうことですか」ゼーゲルクランツが声をあげた。「完全に失明とはね。ある意味ではそれは私のせいなんです。かつては私たちはとても親しくしておりましてね——ああ、何時間も酒場ですごしたものでした——彼の絵画への愛情といったら、それはもう燃えるようでしたね。ところが先ごろ——思いもよらないことですが、ある小さな駅で鉢合わせしましてね、私は彼が一人旅をしているものだと思っていまして、まったく考えもおよばなかったのですが……」

「すみませんが」マックスが言った。「おっしゃることがいまひとつ飲み込めないのですが、するとなんですか、あなたは事故の直前に彼とお会いになったんですか」

「そのとおりです、そのとおりです。でも考えてみてください——どうして私に見抜くことができたでしょう、どうしたらわかったでしょうか、彼が奥さんを……」

「できましたら」マックスは話をさえぎった。「その件はわきに置いておこうじゃありませんか。彼がうちの姉にどんな仕打ちをしたかについては話したくありませんから。もちろん、運命が彼をじゅうぶんに罰したわけですがね。彼は、ほんとうにかわいそうだと思いますよ。彼が怪我したことを新聞で読んだときにはもう——まったくもって言葉も出ませんでしたから。でもいまさらうちの姉が彼のところに行って見舞いをするなんてことは、どうにも我慢できませんな。そりゃあ不条理ってもんだ。あなたに姉と話をさせるわけにはいきませんよ——それはむちゃくちゃだ。やっと少しばかり落ち着いてきたところなのに——またぞろ心配の種を持ち込もうなんて。だから、彼があなたをよこしたのは無駄でしたな——私はどんな交渉もするつもりはありませんからね、そりゃあ当然ですとも、当然ですよ」

「だれも私をよこしちゃあいませんよ」ゼーゲルクランツが叫んだ。「なんだって私にそんなものの言い方をするんですか。まったくわけがわからない。あなたはいちばん大事なことをまだ聞いてないでしょう。あの二人の旅行には、彼の知り合いの画家がいっしょだったんですよ、名前はいま忘れましたが——ベルク、いや、ベルクじゃないな——ベーリンク、ゲーリンク……」

「ホーンじゃありませんか」マックスが陰気な顔で言った。

「そうそう、もちろん、ホーンだ。あなたはその人を……」

「……有名人ですよ——モルモットを流行らせた張本人だ。不愉快きわまりない人物ですよ。二度ほど会いましたがね。でもそれがなんの関係があるんです」

「あなたは事情をご存知ないようですな。お分かりいただけますか、なんと、あの女性と例の画家は、ブルーノにかくれて……」

「反吐《へど》が出るな。なんとけがらわしい豚野郎だ」マックスが言った。

「しかもですよ、考えてみてください、ブルーノがそれに気づいたんです。いったいどうして気づいたのかはお話ししないでおきましょう――あまりにも恐ろしい、芸術による密告でしたが、事実としてはそれで彼は気づいたわけでして、そのあとにおこったのは、これまで書かれたこともないし描写するなど不可能なことでした――彼は女性を自動車に乗せてまっしぐらに飛ばし、崖っぷちの曲がりくねった自動車道で百キロもの猛スピードを出して、意図的に谷底へジャンプしたんです――自殺ですよ、道連れの心中です……でもうまくいかなかった。女性は助かったが彼は失明した。これでお分かりになりましたか」

しばしの間。

「ええ、それははじめて知りました」ようやくマックスが言った。「それははじめて知りましたよ。で、あのならず者はどうなりましたか」

「わかりません――しかしあの男は、そのあとも、まるで鮫《さめ》のようにしつこくあの二人を追っていったと見てまず間違いないでしょうね。それに、想像してみてください、彼は失明して目が見えなくなっただけじゃない、裏切りにとりまかれていることを知ってるのに、なにもできないんですからね。こんなのはまさに出口のない拷問地獄ですよ。どうにかしなくちゃならない、そのままにしちゃいけません」

「彼はあちらでたいそうな金を使っているけれど」マックスが考え事をするように言った。「きっとなにか特別な治療法に使っているんだと思ってたが、あるいは……——たしかに、彼はまったく孤立無援だろうな。彼を見舞いに行って、どんな暮らしをしているのか見てきていただけませんか——どうなっているかわかったものじゃない」

「よろこんでお引き受けしたいんですが」ゼーゲルクランツは神経質そうに言った。「ただ問題は……。私は健康を害していまして、こういったことはすごく体に障るものですから。温暖な南国から離れてこうして出てくるだけでももう、およそ軽率きわまりない行動なんですからね。ブルーノに会うなんて想像もできません——どうか、私に行けとはおっしゃらないようお願いいたします。私はただお知らせしたかっただけです。あなたは用心深くて慎重なお方でしょう——お願いですから、あなたがお出かけください。私の住所をお渡ししますので、なにもかも書いて送っていただきたい……行くとおっしゃってください」

「仕方ありませんな」マックスが顔を曇らせて言った。「ただ私が危惧するのは、もしかしたらあなたが——どういったらいいか——ちょっとばかり大げさに言っているのじゃないかと、あるいはもっと正確に言うと……」

「つまり、行っていただけるのですね」ゼーゲルクランツがうれしそうに割り込んだ。「ああ、それはすばらしい。これで安心です。このお話をするのはとてもつらかったんですよ、信じてください。私がここ最近どういう思いをしてきたか、あなたはご存知ないでしょうから……」

彼はおおいに満足して帰った。クレッチマーの運命をこれ以上は望めないほどに好転させようとしていたし、そもそも勇を鼓してベルリンに行くことで、ついうっかり犯してしまった罪を償ったのだから。それに、だれにもわからないことだけれど——たぶん——今日明日ではないにしても、いつか、いつかは（たとえばひと月後）、事の顚末のなかからあれやこれやひっぱりだして、たとえば、インスピレーションにふれ、浮世ばなれした作家とその友人の気むずかしいがお人好しな男や、丘のうえでの朗読や、近くを流れる湧水等々を描写することだってできるかもしれないのだ。

ピュアですばらしい考えじゃないか……。

マックスはといえば、家に帰るとわざとらしく陽気な声で散歩に出ないかとアンネリーザを誘ったが、それは暖かい夕暮れ時のことだったけれどまだ陽がさしていて、バルコニーにはチョッキ姿の男たちが腰をおろし、空にはときおり飛行機のブーンという音が響き渡った。「ぼくは近いうちに家を留守にしなくちゃならない」マックスは言った。「出張なんだ」。彼女は、いつだったか彼がイルマといっしょにスポーツ・パレスから帰ってきたときとそっくりおなじ目をして彼を見つめ、そのことを思い出してマックスは目をそらした。二人は黙ったまま通りが終わるところまで歩いた。「そうね、行かなくちゃ」出し抜けにアンネリーザがそう言った。マックスは咳払いした。二人は通りのおなじ側を黙ったまま家路についた。あくる日彼はチューリヒに発った。そこで彼はタクシーに乗り、一時間ちょっとでクレッチマーが住んでいる場所の近くにある村に入った。彼は郵便局のまえで車を停めたが、そこの職員――とってもおしゃべり好きな若い女性――は、山荘までの道を説明してくれたうえに、クレッチマーは姪や医者と同居しているのだと教えてくれた。マックスは先を急がせた。彼にはその姪とやらがだれかはわかったけれど、医者が付き添っているのには驚かされた。それは、クレッチマーがいくらかは大事にされていることを示していたからだ。『もしかしたら、わざわざ会いに来たのは杞憂だったかもしれない』マックスは思った。『もしかしたら、彼はなに不自由なく満ち足りているのかもしれない。いや、もうここに来ちまったんだし……。とにかく行って、その医者と話してみよう……。かわいそうな男だ、誘惑に勝てなかったばっかりに、人生を台無しにしたんだからな、先のことはわかったもんじゃない……』

マグダはその朝、家のこまごました用事があってエミリアといっしょに村に来ていた（たとえば、白のジャンパーにできたバラ色の染みのことで洗濯屋を怒鳴りつけるとか）。ところが彼女はマックスの車に気づかずに見過ごしてしまっていて、そのかわり、新聞をとりに郵便局に寄ったときに、いましがたでっぷりした紳士がクレッチマーのことをいろいろたずねて、山荘に向かったことを知った。

その頃、ベランダのガラス戸をとおして陽の光が差し込む小さなリビングでは、クレッチマーとホーンが向かい合わせになって座っていた。ホーンはわざと家に残っていたのだが、それというのもこのなんとも滑稽きわまりない共同生活の最後の日々をこころゆくまで堪能したいと願っていたからだ。一週間後にはベルリンに発つことになっていて、あちらでは、こんな余興をあてにすることはもう不可能だったからだ——それはあまりにも危険だった。ホーンは小さな折りたたみの椅子に腰をおろして、真っ裸だった。庭や屋根の上で（そこで彼は、アイオロス〔ギリシア神話の風の神〕の琴を真似て風のように柔和なうなり声をたてていた）毎日焼いたおかげで、翼をひろげた鷲のような黒い胸毛のある、細身だが力強い彼の肉体は、黄色っぽいコーヒー色に染まっていた。足の爪は汚くてぎざぎざになっていた。彼はちょっとまえにキッチンの蛇口から頭に水を浴びたので、黒い髪はぺったりと貼りついてつやつやとした光沢があった。突き出た赤い唇に長い草の茎をくわえ、毛だらけの足を組み、あごを片手で支えていたが、その手首にはマグダのブレスレットが光を放っていて、彼はクレッチマーの顔から目をそらさなかったが、クレッチマーのほうもじっと彼を見つめているように見えた。クレッチマーはねずみ色のゆったりしたガウンをまとい、あご髭の伸びた顔は緊張して苦しそうな表情を浮かべていた。彼は周囲の音に耳を澄ましていた——このところ彼がすることといったら、ただただじっと聞き耳を立てているだけで、ホーンはそのことを知っていて、なにか恐ろしいことが頭をよぎったときに盲人の顔にさっと表れるその反映を注意深く観察しては有頂天になるのだが、それというのも、それがすっかりそのまま驚嘆すべきカリカチュアそのものであり、まさに至高の諷刺芸術そのものだったからだ。それからホーンは、おかしさをさらに増幅させようとして、自分の膝をほんの軽くぴしゃりと叩き、すると、ちょうどそのとき皺を寄せた額を手でおさえようとしていたクレッチマーは、手を持ち上げかけたまま凍りついた。

そのとき、ゆっくりとまえに身を乗り出してきたホーンは、ついさっきまで口にくわえていた草の長い茎の先端についた綿毛で彼の額に触れた。クレッチマーは、とぎれとぎれに奇妙なため息をつくと、目に見えない蠅を追い払った。ホーンは彼の唇をくすぐった――また追い払うしぐさだ。そのおかしさときたらもう堪《たま》らない。出し抜けに盲人は急になにかに驚いてびくっとした。ホーンがそのほうを見ると、ガラスのドアの向こうに赤ら顔をした太っちょがいたが、どこかで見たようなその男は自動車旅行用のサングラスを眉の上にもちあげ、石造りのベランダに立ったまま、驚きのあまり石のように固まっていた。

ホーンは彼を見つめながら人差し指を唇にあて、今そちらに出て行くと合図しようとしたが、男はドアをぐいと引き開けて、ずかずかとなかに入ってきた。

「もちろんあなたを知ってますよ。あなたの名はホーンでしょう」ぜいぜい息をつきながらマックスは言って、この裸の人物をじっと見つめたが、その男はうす笑いをうかべて人差し指を唇にあてたままで、素っ裸の情けない姿をさらしていることについては、いっこうに頓着する様子はなかった。そうしているうちにクレッチマーは立ち上がり、額をよこぎって走るバラ色の傷痕がみるみる怒張し、彼はいきなり叫び声をあげはじめ、まったく意味不明な声を張りあげていたが、ただ、胸の空気のありったけを振り絞って出てきたこの音のごた混ぜのなかから、少しずつ言葉がその姿を現してくるのだった。「マックス、ぼくは一人なんだ」彼は叫んでいた。「マックス、ぼくは一人だって言ってくれ、ホーンはアメリカだ、ここにはホーンはいないんだ、お願いだよ。ぼくは完全に失明したんだからね」――「ばかめ」手を振るとホーンは言い、階段に通じるドアに向かって駆けだした。マックスは安楽椅子のそばに落ちていたステッキをつかむとホーンに追いつき――ホーンは振り返って手のひらをこちらに突き出し――そしてマックスが、その生涯で生き物にたいして手をあげたことなどない善良そのもののマックスが、ホーンの耳元めがけて力いっぱいステッキを振り下ろした。相手は衝撃でのけぞったが、それでもうす笑いをうかべたままだった――すると突如として面白いことがおこった。まるで知恵の実を食べてしまったアダムのように、ホーンは壁際に立ち歯をむき出して笑いながら、裸のまえを手で覆い隠したのだ。マックスはふたたび彼に飛びかかったが、裸の男はすばやく身をかわして階段を駆け上がった。その瞬間、背後からなにかがマックスに襲いかかってきた。それはクレッチマーだった――彼は叫び声をあげ、大理石の文鎮を握りしめていた。「マックス」彼はむせるような声を出した。「マックス、ぼくにはなにもかもわかってる、コートを取ってきてくれ、はやくコートを、そこの戸棚にあるやつだ」――「黄色のやつかい」マックスは息切れと闘いながらたずねた。クレッチマーはすぐにポケットをさぐって自分に必要なものを見つけ出し、叫ぶのをやめた。

「すぐにきみをここから連れ出してやるからな」マックスは言った。「ガウンを脱いでコートを着るんだ。そんな文鎮は置いて。手伝うから……。あいつらがきみにしていたことは身の毛もよだつよ。ほら……ぼくの帽子をかぶるんだ――夜用のスリッパでもかまいやしないさ。さあ、行こう、ブルーノ、ぼくは下にタクシーを停めてあるから――なにより、こんな拷問部屋は一刻もはやくおさらばしないと」

「いや」クレッチマーが言った。「だめだ。そのまえに彼女と話さないと――彼女はぼくにぴったり寄り添ってくれるはずだよ、ぴったりとね。すぐ帰ってくるから待とう。そうしたいんだよ、マックス。一分とかからないから」

けれどマックスは彼をベランダから庭へと押し出し、そこから下の道に停まっているタクシーを見つけると、大声をあげて手をふり運転手を呼んだ。「ただ彼女に寄り添ってもらうだけでいいんだよ」クレッチマーはくりかえしていた。「すぐそばにね、お願いだよ、答えてくれ、マックス。もしかして、彼女はもうここにいるのかい。もしかしたらもう帰ってきたのかな。もしかしたらとなりを歩いているのかい」

「ちがうよ、ブルーノ、落ち着くんだ。さあ、行こう。だれもいやしない、ただあの裸男が窓からこっちを見てるだけだ。行こうよ、ねえ、行こうよ」

「行くよ」クレッチマーは言った。「でも、もし彼女が来たらちゃんと言ってくれよ、途中で会うかもしれないからね。そしたらじゃまをしないで、そのまま彼女がぼくに寄り添うようにして、よりそ、りそうよ、よりそちりそうように――」

二人は山道をくだりはじめたが、数歩あるいたところで、クレッチマーは突然あおむけにくずおれて昏倒《こんとう》し、マックスは彼を支えるのがやっとだった。運転手が息を切らして駆けつけた。彼とマックスがクレッチマーを車に運び込んだ。ちょうどそこに二輪馬車がついて、マグダが飛び出してきた。彼女は駆け寄ってなにか叫んだが、タクシーはバックしてすんでのところで彼女をはね飛ばしそうになりながら、すぐさま前に突進して曲がり角の向こうに姿を消した。

XXXVI

アンネリーザは火曜にチューリヒから電報を受けとったが、水曜の夜八時ごろには玄関にマックスの声がして、スーツケースがドアの枠にぶつかる音や足音、なにかが動く気配がした。ドアが開いてマックスがクレッチマーを連れてきた。彼はきれいに髭を剃って青黒い眼鏡をかけ、白い額には傷痕があって、見覚えのない褪めた紫色のスーツはみるからに大きすぎた。「連れてきたよ」マックスは落ち着いて言い、アンネリーザはハンカチで口を押さえて泣き出した。クレッチマーはなにも言わずに、泣き声のようなものが聞こえたほうにお辞儀した。「手を洗いにいこう」マックスが言い、ゆっくりと彼を別の部屋に連れていった。

それから三人でダイニングで夕食をとった。アンネリーザはまだ夫を見ることができないでいた。彼女には、それでも夫は自分の視線を感じているように思えた。彼の動きや宙を手探りする仕草にはどこか厳かなところがあって彼女は胸が締めつけられ、哀れみの気持ちのようなものがどうしようもなくひたひたとこみあげてくるのだった。マックスはまるで赤ん坊に話しかけるようにクレッチマーに語りかけ、てきぱきと彼にハムを切ってやっていた。

彼はイルマのいた部屋を使うことになった——アンネリーザは、この不幸せな住人のためにこの部屋の眠りを破って、なかをすっかり模様替えして家具も置きかえ、盲人に使いやすいようにすることがあまりにやすやすとできてしまったのには、自分でも驚いた。

クレッチマーは黙ったままだった。もっとも、はじめのうち、つまりチューリヒや、ベルリンへの汽車のなかでは、彼は倦《う》むこともなく、重苦しいうわごとにとりつかれでもしたように、マグダを呼んでちょっとだけでも会わせてくれと、執拗にマックスに頼みつづけていた——彼は、この最後の逢いびきは一分もかからないからと誓うのだった。実際、いつもとおなじあの暗闇のなかで手探りし、片手で握り締めたらすぐにブローニングを胸か横腹に押し付けて引き金をひく――一発、もう一発、と七発ぶち込むのに、そんなに時間がかかるだろうか。マックスは頑として彼の頼みを聞き入れなかった――するとそれ以来彼はなにも言わなくなり、ベルリンに着くまでのあいだ黙ったまま汽車に揺られ、到着してもなにも言わず、その後三ヶ月のあいだ黙したままだった……。アンネリーザはずっと彼の声を耳にしなかった――まるで失明しただけではなく、口も利けなくなってしまったみたいだった。

黒いずっしりした物、死の宝石箱は、絹のようにつやつやしたスカーフにくるまれて、コートのポケットの奥深くに眠っていた。汽車のトイレで鍵をかけひとりになると、彼はブローニングをズボンのポケットに移し、到着すると今度は自分のスーツケースに隠し、スーツケースの鍵を夜中じゅう握り締めていたが、なにかから逃げ回る、込み入ってはいるがあいまいな夢を見て朝になるころには鍵を無くしてしまい、目を覚まして長いあいだ探し、黒々とひろがるベッドの闇を手探りして、鍵を見つけ出すと結局スーツケースを開けて、ふたたびブローニングをズボンのポケットに入れたが、それは、つねに手元にそれを置いておくためだった。

そして彼は沈黙をつづけていた。アンネリーザが家にいても、彼女の足音やささやき声（なぜか彼女は小間使いやマックスとささやき声で話した）も、結局は彼の思い出のなかの彼女とおなじように、あまりに実感に乏しい幻のようなものだった。そう、衣ずれの音を立て、かすかにオーデコロンが香る思い出以上のものではなかったのだ。本物の人生、ずるがしこくて抜け目なく、筋肉質の蛇のような人生、ただちに息の根を止める必要のあるあの人生はどこか別の場所にあるのだが――それはどこか。わからない。彼が出て行ったあと、彼女とホーン――柔軟に体を曲げ、すばしこく、おそろしくぎらぎらした眼《まなこ》を剝き出しているあの二人――が荷物をまとめ、蓋が開いた旅行鞄が立ち並ぶなかをくねくね身をくねらせながら、マグダが先の割れた舌をシュウシュウいわせてホーンにキスし、最後にはどこかに去ってしまう様子を、彼はおどろくほどありありと思い浮かべることができた――でも、どこに、どこに行ったのか。町は何百万とあり、しかも漆黒の暗闇に隙間なくおおわれている。

無言の三日間が過ぎた。四日目の早朝に、彼がなんの監視もなしに一人とり残されたことがあった。マックスは仕事に出かけたばかりで、アンネリーザも夜のあいだずっと眠れなかったので、まだ寝室から出てきていなかったのだ。クレッチマーは一刻もはやく行動をおこさなければという絶望的な思いに駆られて、家具や柱を手探りしながら家のなかを歩き回った。すでにしばらくのあいだ書斎の電話が鳴っていて、それで彼は、ベルリンにあの目に見えない男が関係する出版社がいくつかあって、共通の知り合いもいて、なにかわかる可能性があることに思い至った――だが、クレッチマーは電話番号を一つも思い出すことができず、全部どこかにメモしたはずだが、頭のなかにはなにも残っていなかった。ベルの音は激しく響き渡ってはまたふっと途切れるのだった。クレッチマーは目に見えない受話器をとり、耳にあてた。かすかに聞き覚えのある男の声が、ホーエンヴァルトさん、つまりマックスをお願いしますと告げた。「不在です」クレッチマーは答えた。「ああ、そうですか」声はいったんとぎれたが、出し抜けに元気よく言った。「あなた、クレッチマーさんですか」――「ええ、ええ、で、どちら様でしょう」――「シッファーミューラーです……。ちょっと用事がありましてね。今ホーエンヴァルトさんの事務所にお電話したのですが、まだいらしてなかったので。お宅にかければつながるかと。クレッチマーさん、あなたがいらしてよかったですよ。きっと何事もないとは思いますが、一応はご連絡しておくべきかと……。つまりですね、今フロイライン・ペータースが自分の荷物をとりにいらしてまして、あなたのお宅にお通ししたんですが、わかりませんけど……もしかしたら、なにかご指示をと……」――「なにも問題ない」コカインでも吸ったようにこわばってしまった唇をやっとのことで動かしながらクレッチマーは言った。「なんとおっしゃいましたか」――「なにも問題はないよ」クレッチマーはくりかえした。「聞こえないんですが、もしもし」――「なにも問題ない」クレッチマーはすこしはっきりした声でくりかえすと、震えながら受話器をおいた。

どういうわけか、なににもぶつからずに彼は玄関にたどりつき、ステッキと帽子を探そうとしたが、あまりに時間がかかるうえに面倒だったのでやめた。あせって靴底で階段の端をさぐり、手のひらを手すりにすべらせ、踊り場に来ると膝を不器用に折り曲げて「問題ない、問題ない」とくりかえしながら――クレッチマーは下に降り、そしてやっと――通りに出た。細かくて湿った粒が彼の額にあたった。彼はぬるぬるする鉄柵に手をかけて動き、タクシーが通らないかと耳を澄ませていた。あれだ――のんびりとして湿り気を帯びたタイヤの音だ。クレッチマーはとぎれとぎれに叫んだ。タイヤの音はあわてることもなく遠ざかった。「ああ、急がないと」彼はつぶやいた。「横断ですね、お手伝いしましょうか」肩の間近で気持ちのいい女性の声がした。「お願いです、タクシーを」クレッチマーは言った。

エンジンの音、タイヤの軋み。だれかが乗り込むのを助けてくれた。だれかがドアをばたんと閉じた。「出してくれ」クレッチマーは小声で言い——車が走り出すと、身を乗り出して指で仕切りガラスを探りあて、とんとん叩いて住所を告げた。

曲がり角を数えよう。まず一つ——これはきっとモッツシュトラーセだ。左側を路面電車がぎしぎしし、がたがたと通っていった。クレッチマーはいきなり自分の周囲に手を動かし、シートや、前の仕切りガラスや、床を手探りしたが、それは、もしかしたらだれかがいっしょに乗っているかもしれないと思ってあわてたからだった。また曲がった——これはきっとヴィクトリア・ルイーゼ・プラッツだ。それともプラーガー・プラッツかな。いまにカイザー・アレイに入るぞ。停まった。もう着いたのか。そんなことはありえない、たんなる交差点だろう。まだ五分は乗らないとあそこまでは……。でもドアが開いた。「どうぞ」運転手の声が言った。「五十六番地です」

クレッチマーは舗道に降りた。彼の前方の空気のなかを、ついさっき電話で聞いたばかりのあの声が完全版となって現れ、うれしそうに近づいてきた。管理人のシッファーミュラーは言った。「おやまあ、うれしゅうございますよ、クレッチマーさん。フロイライン・ペータースは上のお宅におります、あの人は……」——「静かに、静かに」クレッチマーはつぶやいた。「金を払ってくれないか。ぼくは目をやられてね……」。彼はなにかガチャガチャしてなんだか不安定なものに膝をぶつけた――子供用の自転車だ、たぶん。「ぼくを家に入れてくれ」彼は言った。「家の鍵をくれないか。早くしてくれ。こんどはエレベーターに乗せてくれ。急いでね。いやいや、そこに残っていい。一人で上がるから。自分でボタンを押すよ……」

エレベーターはかすかなうなりをあげ、ふっと軽いめまいがしたが、かかとに衝撃が来た。着いたのだ。

彼はエレベーターを降りて歩き出したが、方向がすこしちがっていたようで、片足が底なしの穴のうえに出てしまった。いやこれは底なしの穴じゃない、下に降りる階段の一段目だ。そして彼はへたりこんだ。「もっと右だ、はるかに右のほうだ」彼はつぶやくと、手を伸ばして、ドアのところまでたどりついた。あまり引っ掻いたり音を立てたりしないように気をつけながら、彼は鍵穴を見つけてそこに鍵を差し込み、回した。ドアの鍵が開く、慣れ親しんだ歌だ。

左だ、左だ、そう――隅の小さなほうの客間だな――紙がさらさらいう歯切れのいい音がして、そのあとなにかがかすかに、ほんのかすかにぱきっと鳴ったが、それはまるで人がしゃがんだときに関節が鳴ったような音だった。「シッファーミューラーさん、ちょうどあなたに助けていただきたかったのよ」マグダの声がした。「あなたに手伝っていただいてこれをみんな……」。声が途切れた。『見つかったか』クレッチマーはそう思い、ポケットからピストルを取り出した。左の部屋のなかでぱちんと硬い音がして、マグダが喉を鳴らし、歌うようにつづきをしゃべりだした。「……これをみんな下に運んでもらいたいの。それともいっそ運送屋を……」。そのとき彼女の声は「運送屋を」という言葉で裏返ったようになり、急に静かになった。

クレッチマーは右手にブローニングを構え、左手で開いたドアの枠を探りあてると、なかに入って背後でドアをばたんと閉じ、背中をドアにもたせかけた。

物音は聞こえてこない。彼は自分がマグダと二人きりでこの部屋にいるとわかっていた。この部屋に出口は一つしかない——彼が押さえているドアだ。まるで彼には部屋が目で見えているみたいだった。左には——縞模様のソファがあり、右の壁際には——ちいさなテーブルがあって、その上に陶器のバレリーナが置かれている。窓際の角には高価なミニアチュールを飾った棚が、中央には——ちょっと大きいもう一つのテーブルと、縞模様の椅子が二脚。

なにか目印になる音を出させようとして、彼は手をまっすぐにのばし、ブローニングを自分のまえで左右に動かしてみた。しかし、マグダがミニアチュールの棚のあたりのどこかにいることは直感でわかっていた――そちらのほうから、わずかにほんのりと、毒々しい香水の匂いのする温もりがつたわってきて、炎熱のなかで空気が震えるときのように、なにかがそこで震えていたからだ。彼は銃口を動かす幅をしだいに狭めていったが、すると不意になにかが軋んだ小さな音がした。撃つべきか。いや、まだ早い。もっと近づかないと。彼はテーブルにぶつかって立ち止まった。毒々しい温もりはどこかに移動したが、自分自身の足音がぎしぎしいうのに消されて、移動した音を聞き逃した。そう、今はそれはもっと左側の窓ぎわだ。背後のドアに錠をかければ、もっと自由に動ける。鍵は見あたらなかった。そこで彼はテーブルの端をつかみ、後ずさりしながらそれをドアまで引っぱった。またしても温もりが居場所を変え、徐々に小さく消え入りそうになった。彼はドアをふさぐと、ふたたびブローニングをまえに突き出して左右に動かし、またもや暗闇のなかに、生きたなにかが震えている場所をみつけた。そこで彼は静かにまえに動き出したが、今度は床が鳴らないように気を配り、聴覚をじゃましないようにした。彼はなにか固いものに躓《つまず》き、ブローニングをおろさずに障害物を調べた。小さな旅行鞄だった。彼はそれを、左のソファのほうにどけて、ふたたび部屋を斜めに歩き出し、目に見えない獲物を部屋の隅に追い詰めていった。聴覚と触覚は極度にとぎすまされ、いまや彼女をはっきりと感じとれるようになっていた。それは呼吸の音や心臓の鼓動ではなく、ある種の全体的な印象、彼女の生命そのものの響きだったが、それは今、まさに今断ち切られようとしているのであり、そうすれば安らぎが、明白さが、暗闇からの解放がおとずれるだろう……。だが、彼はその隅のほうの気配が急に軽くなったような感じがした——ピストルをそこに向けると、部屋の隅はふたたび温もりのある存在に満たされた。そのあとそれはまるで背が低くなったみたいで、この存在はどんどんと身をかがめ、みるまに這いだし、床に伸びていく。クレッチマーは我慢できずに引き金をひいた。銃声が暗闇を引き裂いた、とその瞬間、なにかが舞いあがって彼にぶつかってきた——いっぺんに頭と肩と胸にだ。彼はなにかに絡まって倒れた——なににだろう——椅子だ、椅子が飛んできたんだ。倒れたときに彼はブローニングを取り落とし、すぐさま手探りでそれを見つけたが、同時に荒い息づかいを感じ、冷たくてすばしこい手が、彼自身がつかんだものを奪い取ろうとしたので、クレッチマーはこの生きたもの、絹のようなもののにしがみつき、するといきなり――くすぐったときのようでもあるが、もっとひどい信じがたいほどの金切り声がして、かと思うと、ものすごい音がして横腹におよそ耐えがたい衝撃が走り、あまりの激痛に、しばらくのあいだじっとおとなしく腰をおろさなくちゃならない、腰をおろすんだ、それから砂浜をそろそろと歩いて、青々とした波の打ち寄せるほうに歩いていく、青々とした、いや、黄金色をした血管を流れる青くて赤い波だ、色彩を眺めるのはなんてすばらしいことだろう、色彩はどんどんと流れ出して、口のなかがいっぱいになる、ああ、なんてやわらかくて、なんて息苦しいんだろう、もうこれ以上持ち堪《こた》えられない、あの女はおれを殺したんだ、彼女の目はどうしてあんなに飛び出してるんだろう、バセドー病か、でもやっぱり起きあがって行かなくちゃ、おれにはなんでも見えるぞ――盲目ってどういうことだ。どうしてまえには知らなかったんだろう……でもむやみに息苦しい、ごほごほいってる、ごぼごぼいわせることはないんだ、もういちど、もう――ひっくりかえそう、いや、できない……。

彼は床に座って首を落としたが、そのあと弱々しくまえに屈み、横腹から斜めにくずれ落ちた。

物音はしなかった。ドアは玄関に向かってひろびろと開け放たれていた。テーブルはどけられ、椅子は、色あせた紫のスーツを着た男の遺体のそばにころがっていた。ブローニングは見あたらなかった——それは体の下にあった。かつてアンネリーザがいた頃には陶器のバレリーナが置いてあった（後に別の部屋に移された）テーブルの上には、裏返された婦人用の手袋があった。縞模様のソファの近くには、洒落《しゃれ》た旅行鞄があってカラフルなシールが貼ってあった——「ソルフィ、ホテル・アドリアティク」。玄関から階段へのドアもやはり開いたままだった。

解説

貝澤哉

『ロリータ』の原型となる小説

ヴラジーミル・ナボコフ（一八九九〜一九七七）といえば、何よりも小説『ロリータ』の作者として世界的に知られた作家だろう。帝政ロシアの貴族の家庭に生まれ、一九一七年のロシア革命によって亡命を余儀なくされたナボコフは、その後イギリス、ドイツ、フランス、アメリカ、スイスと場所をかえながら執筆活動を続け、ロシア語、フランス語、英語など複数の言語で作品を発表するマルチリンガル作家として広く認知されただけでなく、小説の細部に異様なまでにこだわる独自の作風から「言葉の魔術師」とも呼ばれた。

そんなナボコフが三十三歳のときにロシア語で書いた初期の傑作のひとつが、この『カメラ・オブスクーラ』なのである。『ロリータ』はアメリカ移住後、五十代の円熟期に英語で発表された小説だが、アメリカ移住前の一九三〇年代末までは、若き作家はベルリンやパリで、当時ヨーロッパに数多く暮らしていた亡命ロシア人読者にむけて、ロシア語の小説をつぎつぎと発表していた。一九三二年から翌年にかけて、彼の長篇第五作としてパリの雑誌に連載ののち単行本化されたのが『カメラ・オブスクーラ』だった。

とりわけ注目されるのは、この初期のロシア語作品が、後に作家の代表作となる『ロリータ』の出現を多くの点で予感させる先駆的作品となっていることである。

一九五五年パリで、一九五八年アメリカ本国で出版された『ロリータ』は、よく知られているように、未成年の美少女ロリータへの禁断の愛に囚われた中年男ハンバートがたどる運命を描いて一大センセーションを巻き起こし、「ロリコン」という言葉の元にもなったあまりに有名な作品なのだが、『カメラ・オブスクーラ』が描き出すのもまた、未成年の美少女の虜《とりこ》となった中年男の破滅の過程なのである。年齢こそ、ロリータの十二歳にたいしてマグダは十六歳と少々高いものの、マグダとロリータが、ともにモデルや映画スターに強い憧れを持っている点や、小説の後半が自動車旅行とともに進行する点、少女を狙う別の男の影がつきまとう点など、たんなる偶然というにはあまりにも多くの共通点が見られ、実際『カメラ・オブスクーラ』のなかに『ロリータ』の原型を見る研究者は少なくない。

しかも、『ロリータ』は難解な修辞や複雑なプロットで知られる長大な作品だが、それに比べれば、初期作品である『カメラ・オブスクーラ』ははるかに楽に読めるので、後に『ロリータ』へと開花するナボコフ特有のテーマや構想を理解しやすいという利点もある。すでに『ロリータ』を読んでしまった人も、これから読みたいという初心者にとっても、ナボコフの世界への入門編として、『カメラ・オブスクーラ』は格好の入り口になるのではないかと思われるのである。

英語訳とは異なるロシア語原典

刊行後、この小説の運命は、少々複雑な道筋をたどることになる。雑誌掲載の翌年にまずフランス語に訳され、一九三六年には英訳も出版されるなど、世間から一定の注目をあつめたものの、ナボコフ自身がその英訳に強い不満を持ち、一九三八年にみずから英訳し直した決定版を『闇のなかの笑い』と改題し、改めてアメリカで刊行したのである。

この英語版は、篠田一士によって一九六七年に『マルゴ』の題名ですでに日本でも翻訳されているのだが、じつはナボコフは、設定を一部変更し、大胆な削除や書きかえをおこなうなど、ロシア語版の原稿にかなり大きな修正を加えている。たとえば、冒頭のアニメキャラクター「チーピー」にかんする部分は、英語版ではごっそり削られているし、小説の後半、マグダたちが旅行先で鉄道に乗るシーンはバス旅行へと書きかえられている。偶然出会った友人の作家が朗読する奇妙な長い自作の小説も英語版では割愛された。登場人物も、クレッチマーは「アルビヌス」、マグダは「マルゴ」、ホーンは「レックス」というまったく別の名を与えられているのである。

これはナボコフには珍しいことだった。彼は初期にロシア語で書いた小説を後につぎつぎと英訳して刊行するのだが、そのさいにおこなわれた修正は、他の小説では『カメラ・オブスクーラ』ほど大掛かりではない。だから研究者によっては、これを作品の抜本的な改稿、新たな作品への作りかえととらえる向きもあるほどだ。

本書はロシア語版の『カメラ・オブスクーラ』を原典にしているので、この翻訳によって日本の読者は、英語版を底本とするこれまでの日本語訳（『マルゴ』）とは別バージョンに接することができるようになり、またナボコフのファンにとっては、ナボコフがどこをどのように改稿したのか、篠田訳『マルゴ』と読み比べる楽しみも同時に手に入れることができるというわけである。ちなみに、この小説の日本語訳としては、一九六〇年、河出書房から、仏語訳からの重訳『マグダ』（川崎竹一訳）も出版されていることを付け加えておく。

「見る」「見えない」というテーマ

この小説で描かれるのは、美しいが軽薄でずる賢い少女マグダによって、裕福で育ちのよい美術評論家クレッチマーが破滅してゆく過程である。小心な紳士クレッチマーは、たまたま出会った美少女マグダとの火遊びに夢中になるが、そこにマグダの昔の愛人、諷刺漫画家ホーンが偶然姿をあらわす。あらゆる物事を皮肉で意地悪な見方で歪めることに言い知れぬ快感をおぼえる悪意の塊のような男ホーンは、ひそかにマグダと縒《よ》りを戻し、裏切られていることに気づきもしないクレッチマーの間抜けぶりをあざ笑う。クレッチマーは妻と別居し愛娘《まなむすめ》をも失い、果ては事故で失明し、療養を理由にマグダとホーンに幽閉され、財産までも二人に騙し取られてしまう。かろうじてそこから救い出されたクレッチマーは、盲目のまま銃を持ち出して、マグダに復讐しようとするのだが……。

読者はもちろん、とりあえずはこうしたストーリーを、「悪女《ファム・ファタール》」物の系譜に属するサスペンスとして単純に楽しめばよい。美しく魅力的だが人を破滅させる悪魔のような女、そして手玉に取られ奈落に落ちていく哀れな男の悲劇に、身につまされるような人生の皮肉や、日常の男女関係のなかにもつねにひそむ避けがたい危険、誘惑に満ちた現代の都会の享楽的だがドライで刹那的な風俗などを読み取ることもできるだろう。

だが、ちょっと視点を変えてみれば、この小説の「悪女《ファム・ファタール》」物のストーリーの背後に、いかにもナボコフらしい独特なテーマがいろいろと仕組まれていることに気づくのは、それほどむずかしいことではない。なかでもいちばんわかりやすいのは、「見る」「見えない」というテーマではないだろうか。彼の小説には、デビュー当時から『ロリータ』、そして晩年に到るまで一貫してこのテーマが流れている。

『カメラ・オブスクーラ』は、その冒頭から結末まで一貫して、「見る」ことと「見えない」ことをめぐって書かれた小説だと言ってもけっして言いすぎではない。クレッチマーは美術評論家で、絵画を「見る」ことが仕事である。諷刺漫画家ホーンもまた、漫画を描くという視覚的な職業に携わっている。マグダは絵のモデルや映画女優として、やはり「見られる」ことに執着する。このように、登場人物たちはいずれも「見る・見られる」ことに深くかかわっている。それだけではない。クレッチマーがマグダと運命の出会いをとげるのはほかならぬ「映画館」という場所なのであり、この悲劇の物語そのものが、じつは映画を「見る」ということをきっかけに始まると言ってよい。

　ところが「見る」ことが商売の美術評論家クレッチマーは、マグダとホーンの裏切りのショックから自動車事故をおこし、こともあろうに両眼を失明してしまう、つまり「見えなく」なってしまうのである。暗闇の世界に閉ざされたクレッチマーは、山荘に閉じ込められ、マグダの介護を受けるものの、じつはホーンがひそかに同居してマグダとの関係を続けていることが「見えない」。

　だが実際には、この暗闇は、彼がマグダと出会った小説の冒頭からすでに彼につきまとっていたとも言える。クレッチマーが訪れた映画館の室内は「ビロードのような暗がり」で、そのなかで彼はかすかな薄明かりに照らされたマグダの美しい顔を見初《みそ》め、二度と忘れることができなくなる。クレッチマーの盲目的な愛欲は、すでにこのときから始まっていたわけで、この映画館の暗闇から、失明という本物の暗闇へといたる物語がこの小説だと言うこともできるのである。

原題の『カメラ・オブスクーラ』が意味するのもまさにそのことに違いない。ラテン語で「暗い部屋」を意味する「カメラ・オブスクーラ」とは、写真機の原型となった光学的な視覚装置であり、部屋の壁のひとつにあけた小穴に取り付けたレンズから、外の光を取り入れて、向い側のスクリーンとなった壁に外の風景や事物を映すものなのだが、壁に投影された風景や事物は、あくまで暗闇に浮かんだ虚像でしかない。クレッチマーはマグダに魅入られたその瞬間から、この密室を充たす闇のなかで視力を失っており、はじめから何も見えてはいなかったのだ。登場人物たちを視覚にかかわる職業につけることで、ナボコフは「見える」はずの人たちがじつは何ひとつ「見えない」という痛烈な皮肉を、ドラマティックなまでに冷酷に描き切っているのである。

小説を読むことにひそむ盲目

しかし、この「見る」「見えない」のテーマは、たんに登場人物の運命の皮肉をドラマティックに演出するためだけの仕掛けなのではない。「言葉の魔術師」とまで言われた稀代《きたい》の小説の名手ナボコフにとって、じつはこのテーマは、小説という言葉の芸術の本質にかかわるとてつもなく重要な意味を持っていた。だからこそナボコフは、初期からずっとこのテーマを追求しつづけたのである。

　そのことを理解するヒントは、たとえば、この小説の終盤、山荘に連れてこられた盲目のクレッチマーが、マグダに部屋の調度品の色彩を教えてもらう場面に見て取ることができるだろう――「クレッチマーは、最初に家をひとしきり探検したあとは部屋の間取りには興味がなくなり、そのかわり、自分の寝室と書斎については完璧に頭に入れた。マグダは彼にその部屋の色彩をひとつ残らず描写してやった。青い壁紙、電気スタンドの黄色い傘――けれど、ホーンにそそのかされて、どの色もわざとちがう色に変えられていた――ホーンには、盲目の男が自分の住む小さな世界を、彼つまりホーンが言ったとおりに想像するのが愉快なことに思えたのだ」（二九九頁）。

　私たち読者はここで、まちがった色彩をホーンやマグダに教えられても信じるしかないクレッチマーの立場を哀れに思ったり、ホーンの悪辣さに心底憤慨するかもしれない。でも、クレッチマーの置かれた状況は、じつは私たちにも案外身近なものではないだろうか――とくに小説の読者にとっては……。

　小説を読むとはそもそもどういうことなのか考えてみればよい。小説は言葉でできているので、すべての情報は当然ながら言葉をとおした伝聞でしか入ってこない。映画やアニメや絵画なら、私たちは主人公の顔や部屋の家具の色を視覚的に即座に見ることができる。ところが小説の読者は、何ひとつ直接見ることはできない。小説に書かれた「描写」の言葉をとおして、場面や人物を間接的に「想像」することしかできないのである。だとしたら皮肉なことに、つねに盲目状態に置かれていながら普段はそのことに気づいてすらいない私たち読者は、マグダに嘘を教えられて信じ込むクレッチマーと五十歩百歩なのではないだろうか。クレッチマーに劣らずどうしようもなく盲目で間抜けなのは、じつは、作家が言葉で書いたにすぎない小説を読んでいるだけなのに（もしかしたら、作家だってホーンのように意地悪で大嘘つきかもしれないのだ！）、その主人公や場面を何の疑いもなく見た気になって信じている私たち読者自身にほかならないのではないか。

ナボコフは、小説の言葉のこうした特性を強烈に意識した作家だった。彼がこの小説にアニメキャラクターの「チーピー」や絵画、映画のテーマをわざわざちりばめるのは、小説の言葉が、絵画や映画、アニメにはない不透明さと盲目性をそなえていることを、ことさら際立たせたいからに違いない。その意味では、文学研究者である主人公ハンバートが、映画女優に憧れる少女ロリータの見た目の美しさ（虚像）に囚われて破滅する『ロリータ』の物語もまた、小説の盲目性という同じテーマをみごとに反復しているのだと言えよう。

細部を読み解く面白さ

言葉がこうした盲目性のなかに永遠に閉じ込められているため、小説は「見る」ことにたいする激しい欲望からどうしても逃れることができない。しかし、どんなに詳しく的確に描写したところで、言葉が物の正確な姿かたちを見えるように映すことは絶対に不可能だ。だとしたら、小説には何ができるというのだろうか。ナボコフの答えはシンプルなものだ——言葉の盲目性、不透明さを逆に利用して小説を面白くすること、である。この作家が「言葉の魔術師」と称されるゆえんもそこにある。

たとえば、ざっと読んだだけではわかりにくい、妙に込み入った比喩や描写——妻が話している受話器からは「顕微鏡的な声」が聞こえ、タクシーは「右に赤い舌を出すと角を曲がって消え」（もちろんウィンカーのことだ！）、ドアには「黄金色の自分の姓が無邪気に冷たく輝く」（つまり金文字の表札が出ているのだ）——これらは、読者をつまずかせ、理解を困難にすることで、言葉が不透明な障害物にほかならないことをみずから実践しているのだと言ってよいだろう――まるで盲目のクレッチマーが、いちいち机や椅子につまずくように。

この作家に特有のこうした文体を、読みにくい、むずかしいと感じる読者もいるかもしれないが、じつはここにこそ、ナボコフの文体が持つ最大の魅力があるわけなので、むしろ恐れることなく、軽い気持ちで言葉につまずく感覚をおおいに楽しめばよいだろう。終盤にあらわれる「作家ゼーゲルクランツ」の、一見プルースト風だが、あきらかに悪乗りとしか思えないヘボ前衛小説も、見るからに読みにくそうな文章ではあるけれど、大げさで技巧過多の比喩や描写を苦労して読み解いていくと、書かれている内容があまりに下らないというギャップに、思わず笑ってしまうにちがいない。

小説の面白さはストーリーではなく細部にあるのだ、と事あるごとにナボコフは強調していたし、そうした細部の面白さや仕掛けを読み取るためには、読者は何度も何度も作品を読み直すべきだと彼は考えていた。もちろん、作家のそうした意図を、読者がいちいち尊重しなければならないなどという決まりはない。小説をどう読んで楽しもうが読者の自由なのであり、どんな感想を持とうが勝手な評価を下そうが、だれも咎めたりしない。

けれど、ナボコフのように、言葉と読者の盲目性を知りつくし、それをいちいち手玉に取ろうとする一筋縄ではいかない作家の小説は、私たち読者にたいする一種の挑戦ととらえることもできるだろう。ホーンが盲目のクレッチマーをいろいろな仕掛けで欺き、まだわからないのかとあざ笑うように、作者ナボコフは私たち読者にたいして、さまざまなトラップを小説の細部に無数に仕掛けて待ち構えている。作家の挑戦を受けて、隠れた細部の面白さを少しずつ丹念に読み解いていくのもまた、小説のまっとうな楽しみ方のひとつなのである。

たとえば終盤、マックスに救い出された盲目のクレッチマーは、マグダとホーンが蛇のように「くねくね身をくねらせながら」「先の割れた舌をシュウシュウいわせて」キスするイメージに突然とり憑かれるのだが、注意深い読者なら、じつは小説の序盤からすでに、マグダの描写のなかに、トカゲや蛇の比喩がこっそりと配置されていたのに気づくだろう。瀟洒《しょうしゃ》なアパートに引っ越してソファベッドに横になった彼女は「トカゲのようにじっとして」いたし、リゾート地では「水着という黒い蛇皮から脱皮」し、さらに離婚を迫ろうとして「まるで蛇がとぐろをほどくときのようにゆっくりと体を上に伸ば」す。このように作家は、蛇になったマグダのイメージがクレッチマーの頭の中で生まれるはるか前から、周到な伏線を張りめぐらしていたことがわかるのである。

探究心旺盛な読者のためのささやかなヒントとして記しておくが、ほかにも、「赤」「白」などの色彩や「光」と「闇」、「ドア」や「窓」、「鏡」などにかかわる細部に注意してこの小説を読み直せば、いろいろと面白い発見ができるはずである。

この翻訳には、二〇〇〇年にサンクト＝ペテルブルクで出版されたロシア語期ナボコフ全集のテキスト（*Набоков В.В.* Русский период. Собр. соч. в 5 тт. Т.III. СПб., 2000.）が使われているが、雑誌掲載原稿を一九三三年に単行本化したさい抜け落ちた部分（第V章「そんなわけで彼は折れた。」から「どうも書斎だと堅苦しすぎるかな。」まで〔六一頁〕）を同全集の註から復元して本文にもどしてあることをお断りしておく。

ナボコフ年譜

一八九九年
四月二二日（露暦一〇日）、サンクト＝ペテルブルクの貴族の家庭の第一子として生まれる（下に四人の弟妹）。父ウラジーミル・ドミートリエヴィチ・ナボコフは法学者で、後に立憲民主党創設に参加、二月革命時には臨時政府の閣僚も務めた。母はエレーナ・イワーノヴナ。英国びいきの家庭で、幼少時から英国人家庭教師による養育をうけ、ロシア語より先に英語を習得したという。また、幼少期よりチェス、テニス、ボクシングなどに親しむ。

一九一一年　一二歳
ペテルブルクにあった私立の中等学校テニシェフ校に入学。詩作と蝶の研究に熱中。テニシェフ校は英国風の自由主義的な校風を持ち、商業者・企業家などの子弟を多く集めた。ナボコフは、当時テニシェフ校の教師であり象徴派のマイナー詩人でもあったワシーリイ・ギッピウスから薫陶を受けたとされる。

一九一六年　一七歳

一〇月、死んだ伯父の遺産を元手に『詩集』を自費出版。

一九一七年　一八歳

革命直後、一家は革命を避けてクリミア半島のヤルタ近くに避難。当時クリミアに在住の象徴派詩人で画家、美術批評家でもあったマクシミリアン・ヴォローシンと交流。

一九一九年　二〇歳

四月、赤軍の進攻にともないクリミアを脱出、ギリシャからマルセイユに逃れ、パリ経由でロンドンに渡り、一〇月、ケンブリッジ大学トリニティ・カレッジに入学、動物学やフランス文学を専攻した。家族はその後ベルリンに移住。

一九二一年　二二歳

ベルリンのロシア語新聞「舵」に定期的に寄稿。「V・シーリン」の筆名をはじめて使用。

一九二二年　二三歳

三月、ベルリン・フィルハーモニー・ホールで講演中の亡命ロシア人政治家ミリュコフを狙った銃撃事件が発生、講演者を庇おうとした父が銃弾をうけ死去。ケンブリッジ大学を卒業したナボコフはこの年の夏ベルリンに移り住み、以後英語の家庭教師やショーの脚本執筆などで生計を立てる。スヴェトラーナ・ジーヴェルトと婚約。詩集『房』を出版。

一九二三年　二四歳

スヴェトラーナとの婚約、相手方より

破棄される。詩集『山道』出版。ルイス・キャロル『不思議の国のアリス』を翻訳。母エレーナがプラハに移住。

一九二五年　二六歳

四月、ユダヤ系ロシア人亡命者ヴェーラ・スローニムと結婚。

一九二六年　二七歳

三月、初の長篇小説『マーシェンカ』をベルリンで出版。一部の亡命ロシア人批評家から高く評価される。

一九二八年　二九歳

小説『キング、クイーン、ジャック』をベルリンで出版。

一九二九年　三〇歳

一〇月から長篇『ルージン・ディフェンス』をパリのロシア語雑誌「現代雑記」に連載開始。

一九三〇年　三一歳

短篇集『チョルブの帰還』をベルリンで出版。中篇『密偵』を「現代雑記」に発表。

一九三一年　三二歳

小説『偉業』を「現代雑記」に連載開始。

一九三二年　三三歳

小説『カメラ・オブスクーラ』を「現代雑記」に連載開始。

一九三四年　三五歳

小説『絶望』を「現代雑記」に連載開始。五月、長男ドミトリイ誕生。『カメラ・オブスクーラ』が仏訳される。

一九三五年　三六歳

小説『断頭台への招待』を「現代雑記」に連載開始。

一九三六年　三七歳
『カメラ・オブスクーラ』英訳出版（ウィンフレッド・ロイ訳）

一九三七年　三八歳
ナチスの支配するドイツを逃れ、五月、家族でフランスに移住。戯曲『事件』執筆。小説『賜物』を「現代雑記」に連載開始。『絶望』をみずから英訳。

一九三八年　三九歳
『闇のなかの笑い』（『カメラ・オブスクーラ』）をみずから英訳。初の英語による小説『セバスチャン・ナイトの真実の生涯』執筆。戯曲『ワルツの発明』を「現代雑記」に発表。短篇集『密偵』出版。

一九三九年　四〇歳
五月、母プラハで死去。『魅惑者』、『孤独な王』執筆開始。

一九四〇年　四一歳
『孤独な王』の断片を「現代雑記」に掲載。五月、スタンフォード大学に職を得てアメリカに移住。批評家エドマンド・ウィルソンの知遇を得る。ハーバード大学比較動物学博物館非常勤の職に就く。

一九四一年　四二歳
『セバスチャン・ナイトの真実の生涯』をアメリカで出版。五月末、ニューヨークからアリゾナ経由でカリフォルニアへの大陸横断自動車旅行に出発。夏、スタンフォード大学で講義。秋、ウェレズリー大学での講義開始。

一九四二年　四三歳
ハーバード大学比較動物学博物館の常勤研究員となる。

一九四三年　四四歳
グッゲンハイム助成金を獲得。

一九四四年　四五歳
評論『ニコライ・ゴーゴリ』、訳詩集『三人のロシア詩人たち』を刊行。

一九四五年　四六歳
アメリカ市民権を獲得。

一九四七年　四八歳
小説『ベンド・シニスター』、『九つの短篇』を出版。

一九四八年　四九歳
コーネル大学教授に就任し、以後一九五九年までの一一年間文学を講じる。

一九五一年　五二歳
自伝『確証』を出版。

一九五二年　五三歳
パリで『詩集　一九二九―一九五一年』(露語)を出版。『賜物』(露語)をニューヨークで出版。

一九五三年　五四歳
グッゲンハイム助成金、アメリカ芸術文芸協会助成金を獲得。

一九五五年　五六歳
アメリカで出版を拒否されたため、小説『ロリータ』をパリで出版。

一九五六年　五七歳
短篇集『フィアルタの春』をニュー

ヨークで出版。

一九五七年　五八歳
小説『プニン』を出版。

一九五八年　五九歳
レールモントフ『現代の英雄』英訳をみずからの序文をつけて出版。短篇集『ナボコフの一ダース』出版。『ロリータ』がアメリカで刊行され、大きな話題となり世界的名声を獲得した。

一九五九年　六〇歳
『断頭台への招待』を英訳。コーネル大学を辞職し、以後スイス、モントルーのレマン湖畔にあるホテルに居を移し執筆に専念。

一九六〇年　六一歳
中世ロシアの叙事詩『イーゴリ軍記』

を注釈付きで英訳。

一九六二年　六三歳
小説『青白い炎』を出版。スタンリー・キューブリック監督により『ロリータ』が映画化される。ナボコフはみずから『ロリータ』の映画用台本を用意したが、採用されたのは一部だった。

一九六三年　六四歳
『賜物』を英訳し出版。

一九六四年　六五歳
プーシキン『エヴゲニイ・オネーギン』英訳とコメンタリーを四巻本で刊行。この本をエドマンド・ウィルソンが厳しく批判。『ルージン・ディフェンス』を『ディフェンス』として英訳。

一九六六年　六七歳

短篇集『ナボコフの四重奏』を出版。『絶望』改訳を出版。

一九六七年　六八歳
回想録『記憶よ、語れ』出版。『ロリータ』を露訳しアメリカで出版。

一九六九年　七〇歳
小説『アーダ、あるいは情熱——ある家族の年代記』を出版。

一九七〇年　七一歳
『詩とチェス・プロブレム』出版。『マーシェンカ』を『メアリー』として英訳。

一九七一年　七二歳
『偉業』を『栄光』として英訳。

一九七二年　七三歳
小説『透明な事物』を出版。ノーベル賞作家ソルジェニーツィンが、ノーベル賞選考委員会にナボコフを推薦する書簡を送る。

一九七三年　七四歳
ロシア語期の短篇を英訳した『ロシア美人その他のストーリー』、インタヴュー集『ストロング・オピニオン』出版。

一九七四年　七五歳
小説『道化師をごらん』、『ロリータ——映画台本』出版。

一九七五年　七六歳
短篇集『暴君殺しその他のストーリー』を出版。

一九七六年　七七歳
短篇集『ある日没の細部その他のス

トーリー』を出版。
一九七七年　七八歳
風邪を悪化させ気管支炎となり、七月二日、ローザンヌの病院で死去。
一九七八年
ライナー・ヴェルナー・ファスビンダー監督が『絶望』を映画化。
一九八〇年
『ヨーロッパ文学講義』、『ナボコフ―ウィルソン書簡集 一九四〇―一九七一』出版。
一九八一年
『ロシア文学講義』出版。
一九八三年
『ドン・キホーテ講義』出版。
一九八四年
『妹との往復書簡』(露語) 出版。
一九八六年
『魅惑者』英訳出版。
二〇〇九年
一九七〇年代半ばに書かれた未刊の草稿『ローラのオリジナル』出版。

訳者あとがき

この古典新訳文庫で、ぜひとも翻訳したい二〇世紀ロシアの古典的な文学作品はないか、と編集部から打診されたとき、ナボコフの作品を訳したらよいのではないか、ということは即座に頭に浮かんだ。

二〇世紀を代表するロシア出身の作家のなかで、ナボコフの知名度は抜群と言っていいし、これまでほとんどの作品が邦訳され、日本にも熱心なファンが多い。勤務する大学の文芸科や文芸誌の仕事を通じて知り合った、現役で活躍するプロの作家たちのなかにも、ナボコフについて熱く語る熱烈な崇拝者が数多くいた。近年、『セバスチャン・ナイトの真実の生涯』や『青白い炎』のように文庫化されるものも現れ、また『ローラのオリジナル』や、増補改版された『ナボコフ全短篇』などもつぎつぎと翻訳刊行されている。だが、それでもナボコフの邦訳には、現在品切れ、絶版の状態となっていて、なかなか手に入らないものも少なくない。

とりわけ、作家がアメリカに移住する前に書かれた初期のロシア語作品は、日本ではごく最近まで、すべて英訳からの重訳であり、かならずしもオリジナルのロシア語版の雰囲気が伝えられていない場合もあった。だが、二〇〇〇年から二〇〇一年にかけて刊行された『ナボコフ短篇全集』の翻訳で、英文学とロシア文学の専門家のコラボレーションがはじめて実現し、先ごろロシア語時代の代表的小説『賜物』のロシア語原典からの翻訳も初出版されるなど、ナボコフをめぐる出版界の風向きも徐々に変わってきている。

そこで、大学の講義でせっかくとりあげても、現在品切れになっていて、学生にもなかなか読んでもらえない初期ナボコフの重要な小説を、古典新訳文庫で、しかもロシア語版から直接翻訳刊行すれば、だれにでも手に入りやすく読みやすいかたちで、ロシア語期のナボコフの小説の魅力を読者に広く知っていただける良い機会になる、と考えたわけである。

なかでも『カメラ・オブスクーラ』は、後の『ロリータ』を予感させる重要な作品でありながら、英語からの邦訳が現在手に入らない状態となっているだけでなく、ナボコフの初期小説のなかでもロシア語版と英語版にかなり大きな相違がある作品なので、ロシア語版を新たに翻訳する意義もけっして少なくない。そこで、編集部にこの作品の翻訳を提案したのである。

もちろん、そこには一抹の危惧がなかったわけではない。ナボコフは文体や細部に徹底的にこだわりぬく「言葉の魔術師」であり、著名な『ロリータ』や『アーダ』、『青白い炎』のような彼の英語期の代表的な大作は、複雑で難解な修辞や錯綜するプロット、精緻な細部の描写や、無数に施された思いがけない仕掛けのため、こうした複雑な小説を読み慣れていない一般読者にとっては、けっして読みやすいものではない。

初期のロシア語による小説は、このような英語期の大作に比べれば、プロットもはるかにすっきりしていて、読み物としての面白さやテンポのよさも充分に備えているし、長さも手頃なものが多く、ナボコフを多くの読者に楽しんでもらう入門編としては格好のものとさえ言えるだろう。

とはいえ、そこはやはりナボコフである。初期のロシア語作品でも、彼の細部へのこだわりや独特の言語感覚、さまざまな小説的な仕掛けがそのなかに潜んでいる。やさしく読みやすい翻訳を追求するあまり、そうした複雑な細部や独特の文体の感覚を全部そぎとって、わかりやすい言葉に置きかえてしまったら、だれにでも楽に読めるようにはなるだろうが、肝心のナボコフ文学の魅力はすっかりどこかに消えてしまうだろう。それではナボコフを翻訳する意味がない。

実際、生前のナボコフは自分の作品がどう翻訳されるか、どう解釈されるかに、異常なほど執心していて、自分の作品が少しでも歪められ、細部の仕掛けが無視されることを極度に嫌った。訳者として、作家や作品に一応の敬意を払うなら、どの程度実現できるかは別にして、少なくとも、できるかぎりオリジナルの作品の持つ感覚や雰囲気を再現しようと努力する必要はあるだろう。古典新訳文庫でナボコフを訳すことは、できるかぎり読みやすく、しかし同時にナボコフの繊細な文体や仕掛けをできるだけそこなわないようにする、という矛盾した課題をみずからに課す、なかなかに覚悟のいる冒険だとも言える。

その課題がどこまでうまくできたのか、訳者としてはただ首を洗って読者の方々からの評価を待つしかない。しかしこの翻訳によって、たんにストーリーや主人公のキャラクターの面白さだけにとどまらないナボコフの小説の魅力に気づく読者が少しでも増えるなら、訳者にとっては望外の幸せである。

この翻訳でナボコフの小説に興味を持たれた読者には、『ナボコフ全短篇』を一読することをぜひお勧めしたい。短篇という限られた枚数のなかでは、ナボコフがこだわる細部の緻密な面白さ、一分の隙もない筋運びやひそかなテーマの展開などを、よりわかりやすく、鮮やかなかたちで堪能できるにちがいない。

もともと学生時代から、ナボコフは強く惹かれる作家のひとりだったが、訳者がナボコフについて物を書くようになった直接のきっかけは、大学院生だったころに、雑誌のナボコフ特集への寄稿を沼野充義さんに勧めていただいたことだった。その後、『ナボコフ短篇全集』翻訳の分担者にも推薦していただき、八つの短篇を手がけて、この作家の、水も漏らさぬ、窒息するほどに密度の高い言葉や、語り手と主人公、そして読者との関係を極度に意識化し、それを小説技法へと転用するなんとも鮮やかな手際に、あらためて感心させられた。

それまでにもいくつか他の作家の翻訳を手がけてきたが、翻訳すること自体がこれほどに面白く手に汗握るようにスリリングだった経験はいまだかつてない。その経験をふたたび味わうことができたのも、今回またしても沼野さんに訳者としてご推薦いただいたおかげである。記して感謝したい。

このようなひと癖もふた癖もある作品を選んでしまったために、編集部にはいろいろな意味でご苦労やご迷惑をおかけすることになってしまった。訳の作成が遅延しただけでなく、訳文をより読みやすくするために、編集部の手をかなり煩わせてしまう結果ともなった。古典新訳文庫での翻訳を勧めていただいた駒井稔文芸局長、遅れがちな翻訳作業を温かく見守っていただき、ゲラの段階までさまざまな局面で相談に乗っていただいた光文社翻訳編集部の今野哲男さんと中町俊伸さん、原稿を詳細に検討していただき、的確な助言をいただいた鹿児島有里さんに、心より感謝いたします。

この本には、「癲狂院」という、今日の観点からみて差別的な表現があります。「癲狂院」とは現在の精神科病院の古い名称であり、当時は患者の治療よりも隔離を優先し、患者は劣悪な環境に置かれていました。

本作品では、時代背景、および古典としての意味を尊重し、また原作者が古い表現を使用しているためあえて「癲狂院」と表記しました。

（編集部）

kobunsha classics
光文社古典新訳文庫

カメラ・オブスクーラ

著者　ナボコフ
訳者　貝澤《かいざわ》哉《はじめ》

2011年9月20日　初版第1刷発行
2023年2月25日　第4刷発行

発行者　三宅貴久
印刷　大日本印刷
製本　大日本印刷

発行所　株式会社光文社
〒112-8011東京都文京区音羽1-16-6
電話　03（5395）8162（編集部）
03（5395）8116（書籍販売部）
03（5395）8125（業務部）
www.kobunsha.com

落丁本・乱丁本は業務部へご連絡くだされば、お取り替えいたします。
ISBN978-4-334-75236-1 Printed in Japan

組版　新藤慶昌堂

いま、息をしている言葉で、もういちど古典を

長い年月をかけて世界中で読み継がれてきたのが古典です。奥の深い味わいある作品ばかりがそろっており、この「古典の森」に分け入ることは人生のもっとも大きな喜びであることに異論のある人はいないはずです。しかしながら、こんなに豊饒で魅力に満ちた古典を、なぜわたしたちはこれほどまで疎んじてきたのでしょうか。

ひとつには古臭い教養主義からの逃走だったのかもしれません。真面目に文学や思想を論じることは、ある種の権威化であるという思いから、その呪縛から逃れるために、教養そのものを否定しすぎてしまったのではないでしょうか。

いま、時代は大きな転換期を迎えています。まれに見るスピードで歴史が動いていくのを多くの人々が実感していると思います。

こんな時わたしたちを支え、導いてくれるものが古典なのです。「いま、息をしている言葉で」――光文社の古典新訳文庫は、さまよえる現代人の心の奥底まで届くような言葉で、古典を現代に蘇らせることを意図して創刊されました。気取らず、自由に、心の赴くままに、気軽に手に取って楽しめる古典作品を、新訳という光のもとに読者に届けていくこと。それがこの文庫の使命だとわたしたちは考えています。

このシリーズについてのご意見、ご感想、ご要望をハガキ、手紙、メール等で翻訳編集部までお寄せください。今後の企画の参考にさせていただきます。
メール info@kotensinyaku.jp

光文社古典新訳文庫　好評既刊

賭博者
ドストエフスキー
亀山郁夫 訳

舞台はドイツの町ルーレッテンブルグ。「偶然こそ真実」とばかりに、金に群がり、偶然に賭け、運命に嘲笑される人間の末路を描いた、ドストエフスキーの〝自伝的〟傑作！

初恋
トゥルゲーネフ
沼野恭子 訳

少年ウラジーミルは、隣に引っ越してきた公爵令嬢ジナイーダに恋をした。だがある日、彼女が誰かに恋していることを知る…。著者自身が「もっとも愛した」と語る作品。

地下室の手記
ドストエフスキー
安岡治子 訳

理性の支配する世界に反発する主人公は、「自意識」という地下室に閉じこもり、自分を軽蔑した世界をあざ笑う。それは孤独な魂の叫び声だった。後の長編へつながる重要作。

貧しき人々
ドストエフスキー
安岡治子 訳

極貧生活に耐える中年の下級役人マカールと天涯孤独な少女ワルワーラ。二人の心の交流を描く感動の書簡体小説。21世紀の〝貧しき人々〟に贈る、著者24歳のデビュー作！

白夜／おかしな人間の夢
ドストエフスキー
安岡治子 訳

ペテルブルグの夜を舞台に内気で空想家の青年と少女の出会いを描いた初期の傑作「白夜」など珠玉の4作。長篇とは異なるドストエフスキーの〝意外な〟魅力が味わえる作品集。

光文社古典新訳文庫　好評既刊

死の家の記録

ドストエフスキー
望月 哲男 訳

恐怖と苦痛、絶望と狂気、そしてユーモア。囚人たちの驚くべき行動と心理、そしてその人間模様を圧倒的な筆力で描いたドストエフスキー文学の特異な傑作が、明晰な新訳で蘇る！

絶望

ナボコフ
貝澤 哉 訳

ベルリン在住のビジネスマンのゲルマンは、プラハ出張の際、自分と"瓜二つ"の浮浪者を偶然発見する。そしてこの男を身代わりにした保険金殺人を企てるのだが……。ナボコフ初期の傑作！

偉業

ナボコフ
貝澤 哉 訳

ロシア育ちの多感な少年は、母に連れられクリミアへ、そして革命を避けるようにアルプス、そしてケンブリッジで大学生活を送るのだが……。ナボコフの「自伝的青春小説」が新しく蘇る。

大尉の娘

プーシキン
坂庭 淳史 訳

心ならずも地方連隊勤務となった青年グリニョーフは、司令官の娘マリヤと出会い、やがて相思相愛になるのだが……。歴史的事件に巻き込まれる青年貴族の愛と冒険の物語。

スペードのクイーン／ベールキン物語

プーシキン
望月 哲男 訳

ゲルマンは必ず勝つというカードの秘密を手にするが……現実と幻想が錯綜するプーシキンの傑作『スペードのクイーン』。独立した5作の短篇からなる『ベールキン物語』を収録。

光文社古典新訳文庫　好評既刊

アンナ・カレーニナ（全4巻）

トルストイ
望月　哲男　訳

アンナは青年将校ヴロンスキーと恋に落ちたことを夫に打ち明けてしまう。一方、公爵令嬢キティはヴロンスキーの裏切りを知って—。十九世紀後半の貴族社会を舞台にした壮大な恋愛物語。

イワン・イリイチの死／クロイツェル・ソナタ

トルストイ
望月　哲男　訳

裁判官が死と向かい合う過程で味わう心理的葛藤を描く「イワン・イリイチの死」。地主貴族の主人公が嫉妬がもとで妻を殺す「クロイツェル・ソナタ」。著者後期の中編二作。

戦争と平和（全6巻）

トルストイ
望月　哲男　訳

ナポレオンとの戦争（祖国戦争）の時代を舞台に、貴族をはじめ農民にいたるまで国難に立ち向かうロシアの人々の生きざまを描いた一大叙事詩。トルストイの代表作。（全6巻）

現代の英雄

レールモントフ
高橋　知之　訳

カフカス勤務の若い軍人ペチョーリンの乱行について聞かされた私は、どこか憎めないその人柄に興味を覚え、彼の手記を手に入れたが……。ロシアのカリスマ的作家の代表作。

鼻／外套／査察官

ゴーゴリ
浦　雅春　訳

正気の沙汰とは思えない、奇妙きてれつな出来事。グロテスクな人物。増殖する妄想と虚言の世界を落語調の新しい感覚で訳出した、著者の代表作三編を収録。

光文社古典新訳文庫　好評既刊

ワーニャ伯父さん／三人姉妹

チェーホフ
浦　雅春　訳

棒に振った人生への後悔の念にさいなまれる「ワーニャ伯父さん」。モスクワへの帰郷を夢見ながら、出口のない現実に追い込まれていく「三人姉妹」。人生の悲劇を描いた傑作戯曲。

桜の園／プロポーズ／熊

チェーホフ
浦　雅春　訳

美しい桜の園に5年ぶりに当主ラネフスカヤ夫人が帰ってきた。彼女を喜び迎える屋敷の人々。しかし広大な領地は競売にかけられることになっていた（「桜の園」）。他ボードビル2篇収録。

二十六人の男と一人の女
ゴーリキー傑作選

ゴーリキー
中村　唯史　訳

パン職人たちの哀歓を歌った表題作、港町のアウトローの郷愁と矜持を描いた「チェルカッシ」など、社会の底辺で生きる人々の活力と哀愁に満ちた、初期・中期の4篇を厳選。

われら

ザミャーチン
松下　隆志　訳

地球全土を支配下に収めた〈単一国〉。その国家的偉業となる宇宙船〈インテグラル〉の建造技師は、古代の風習に傾倒する女に執拗に誘惑されるが……。ディストピアSFの傑作。

花のノートルダム

ジュネ
中条　省平　訳

都市の最底辺をさまよう犯罪者、同性愛者たちを神話的に描き、〈悪〉を〈聖なるもの〉に変えたジュネのデビュー作。超絶技巧の比喩を駆使した最高傑作が明解な訳文で甦る！

光文社古典新訳文庫　好評既刊

ちいさな王子

サン＝テグジュペリ
野崎 歓 訳

砂漠に不時着した飛行士のぼくの前に現われた不思議な少年。ヒツジの絵を描いてとせがまれる。小さな星からやってきた、その王子と交流がはじまる。やがて永遠の別れが…。

肉体の悪魔

ラディゲ
中条 省平 訳

パリの学校に通う十五歳の「僕」と十九歳の美しい人妻マルト。二人は年齢の差を超えて愛し合うが、マルトの妊娠が判明したことから、二人の愛は破滅の道を…。

恐るべき子供たち

コクトー
中条 省平
中条 志穂 訳

十四歳のポールは、姉エリザベートと「ふたりだけの部屋」に住んでいる。ポールが憧れるダルジュロスとそっくりの少女アガートが登場し、子供たちの夢幻的な暮らしが始まる。

マダム・エドワルダ／目玉の話

バタイユ
中条 省平 訳

私が出会った娼婦との戦慄に満ちた一夜の体験「マダム・エドワルダ」。球体への異様な嗜好を持つ少年と少女「目玉の話」。三島由紀夫が絶賛したエロチックな作品集。

赤と黒（上・下）

スタンダール
野崎 歓 訳

ナポレオン失脚後のフランス。貧しい家に育った青年ジュリヤン・ソレルは、金持ちへの反発と野心から、その美貌を武器に貴族のレナール夫人を誘惑するが…。

光文社古典新訳文庫　好評既刊

狂気の愛
ブルトン
海老坂　武　訳

難解で詩的な表現をとりながら、美とエロス、美的感動と愛の感動を結びつけていく思考実験。シュールレアリスムの中心的存在、ブルトンの伝説の傑作が甦った！

海に住む少女
シュペルヴィエル
永田　千奈　訳

大海原に浮かんでは消える、不思議な町の少女の秘密を描く表題作。ほかに「ノアの箱舟」、イエス誕生に立ち合った牛を描く「飼葉桶を囲む牛とロバ」など、ユニークな短編集。

シラノ・ド・ベルジュラック
ロスタン
渡辺　守章　訳

ガスコンの青年隊シラノは詩人にして心優しい剣士だが、生まれついての大鼻の持ち主。従妹のロクサーヌに密かに想いをよせるが…。最も人気の高いフランスの傑作戯曲！

オンディーヌ
ジロドゥ
二木　麻里　訳

湖畔近くで暮らす漁師の養女オンディーヌは騎士ハンスと恋に落ちる。だが、彼女は人間ではなく、水の精だった—。「究極の愛」を描いたジロドゥ演劇の最高傑作。

青い麦
コレット
河野万里子　訳

幼なじみのフィリップとヴァンカ。互いを意識しはじめた二人の関係はぎくしゃくしている。そこへ年上の美しい女性が現れ……。奔放な愛の作家が描く〈女性心理小説〉の傑作。

光文社古典新訳文庫　好評既刊

夜間飛行

サン＝テグジュペリ
二木 麻里 訳

夜間郵便飛行の黎明期、航空郵便事業の確立をめざす不屈の社長と、悪天候と格闘するパイロット。命がけで使命を全うしようとする者の孤高の姿と美しい風景を詩情豊かに描く。

八十日間世界一周（上・下）

ヴェルヌ
高野 優 訳

謎の紳士フォッグ氏は、八十日間あれば世界を一周できるという賭けをした。十九世紀の地球を旅する大冒険、極上のタイムリミット・サスペンスが、スピード感あふれる新訳で甦る！

ゴリオ爺さん

バルザック
中村 佳子 訳

出世の野心溢れる学生ラスティニャックが、場末の安下宿と華やかな社交界とで目撃するパリ社会の真実とは？　画期的な新訳で贈るバルザックの代表作。（解説・宮下志朗）

猫とともに去りぬ

ロダーリ
関口 英子 訳

猫の半分が元・人間だってこと、ご存知でしたか？　ピアノを武器にするカウボーイなど、人類愛、反差別、自由の概念を織り込んだ、知的ファンタジー十六編を収録。

神を見た犬

ブッツァーティ
関口 英子 訳

突然出現した謎の犬におびえる人々を描く表題作。老いた山賊の首領が手下に見放されて「護送大隊襲撃」。幻想と恐怖が横溢する、イタリアの奇想作家ブッツァーティの代表作二十二編。

光文社古典新訳文庫　好評既刊

天使の蝶

プリーモ・レーヴィ
関口 英子 訳

アウシュビッツ体験を核に問題作を書き続け、ついに自死に至った作家の「本当に描きたかったもうひとつの世界」。化学、マシン、人間の神秘を綴った幻想短編集。（解説・堤 康徳）

ドリアン・グレイの肖像

ワイルド
仁木めぐみ 訳

美貌の青年ドリアンに魅了される画家バジル。ドリアンを快楽に導くヘンリー卿。堕落するドリアンの肖像だけが醜く変貌し、なぜか本人は美しいままだった…。（解説・日高真帆）

飛ぶ教室

ケストナー
丘沢 静也 訳

孤独なジョニー、弱虫のウーリ、読書家ゼバスティアン、そして、マルティンにマティアス。五人の少年は友情を育み、信頼を学び、大人たちに見守られながら成長していく―。

変身／掟の前で 他2編

カフカ
丘沢 静也 訳

家族の物語を虫の視点で描いた「変身」をはじめ、「掟の前で」「判決」「アカデミーで報告する」。カフカの傑作四編を、〈史的批判版全集〉にもとづいた翻訳で贈る。

訴訟

カフカ
丘沢 静也 訳

銀行員ヨーゼフ・Kは、ある朝、とつぜん逮捕される…。不条理、不安、絶望ということばで語られてきた深刻ぶった『審判』は、軽快で喜劇のにおいのする『訴訟』だった！

光文社古典新訳文庫　好評既刊

1ドルの価値／賢者の贈り物　他21編
O・ヘンリー
芹澤　恵　訳

西部・東部・ニューヨークと物語の舞台を移しながら描かれた作品群。二十世紀初頭、アメリカ大衆社会が勃興し急激に変わっていく姿を活写した短編傑作選。（解説・齊藤　昇）

幼年期の終わり
クラーク
池田真紀子　訳

地球上空に現れた巨大な宇宙船。オーヴァーロード（最高君主）と呼ばれる異星人との遭遇によって新たな道を歩み始める人類の姿を哲学的に描いた傑作ＳＦ。（解説・巽　孝之）

宝島
スティーヴンスン
村上博基　訳

「ベンボウ提督亭」を手助けしていたジム少年は、大地主のトリローニ、医者のリヴジーたちと宝の眠る島へ。だが、コックのシルヴァーは、悪名高き海賊だった！（解説・小林章夫）

フランケンシュタイン
シェリー
小林章夫　訳

天才科学者フランケンシュタインによって生命を与えられた怪物は、人間の理解と愛を求めるが、醜悪な姿ゆえに疎外され……。これまでの作品イメージを一変させる新訳！

リア王
シェイクスピア
安西徹雄　訳

引退を宣言したリア王は、王位継承にふさわしい娘たちをテストする。結果はすべて、王の希望を打ち砕いたものだった。愛情と憎悪、忠誠と離反、気品と下品が渦巻く名作。

光文社古典新訳文庫　好評既刊

マクベス
シェイクスピア
安西　徹雄　訳

三人の魔女にそそのかされ、予言どおり王の座を手中に収めたマクベスの勝利はゆるがぬはずだった。バーナムの森が動かないかぎりは…。（エッセイ・橋爪　功／解題・小林章夫）

ジュリアス・シーザー
シェイクスピア
安西　徹雄　訳

ローマに凱旋したシーザーを、ローマ市民は歓呼の声で迎える。だが、彼の強大な力に不満をもつキャシアスは、暗殺計画を進め、担ぎ出されたのは、誉れ高きブルータス！

十二夜
シェイクスピア
安西　徹雄　訳

ある国の領主に魅せられたヴァイオラだが、領主は、伯爵家の令嬢のオリヴィアに恋焦がれている。そのオリヴィアが男装のヴァイオラにひと目惚れ、大混乱が。

ヴェニスの商人
シェイクスピア
安西　徹雄　訳

恋に悩む友人のため、貿易商のアントニオはユダヤ人の高利貸しから借金をしてしまう。担保は自身の肉一ポンド。しかし商船が難波し全財産を失ってしまう!!

ハムレットＱ１
シェイクスピア
安西　徹雄　訳

これが『ハムレット』の原形だ！　シェイクスピア当時の上演を反映した伝説のテキスト「Ｑ１」。謎の多い濃密な復讐物語の全貌が、ついに明らかになった！（解題・小林章夫）

光文社古典新訳文庫　好評既刊

盗まれた細菌／初めての飛行機
ウェルズ
南條竹則　訳

「SFの父」ウェルズの新たな魅力を発見！　飛び抜けたユーモア感覚で、文明批判から最新技術、世紀末のデカダンスまで「笑い」で包み込む、傑作ユーモア小説十一篇！

木曜日だった男　一つの悪夢
チェスタトン
南條竹則　訳

日曜日から土曜日まで、七曜を名乗る男たちが巣くう秘密結社とは？　幾重にも張りめぐらされた陰謀、壮大な冒険活劇が始まる。奇想天外な幻想ピクニック譚！

天来の美酒／消えちゃった
コッパード
南條竹則　訳

小説の〝型〟にはまらない意外な展開と独創性。短篇の職人・コッパードが、「イギリスの奇想、恐怖、不思議」に満ちた物語を詩情とユーモア溢れる練達の筆致で描いた、珠玉の十一篇。

ジーキル博士とハイド氏
スティーヴンスン
村上博基　訳

高潔温厚な紳士ジーキル博士と、邪悪な冷血漢ハイド氏。善と悪に分離する人間の二面性を追究した怪奇小説の傑作が、名手による香り高い訳文で甦った。（解説・東　雅夫）

嵐が丘（上・下）
E・ブロンテ
小野寺健　訳

荒野に建つ屋敷「嵐が丘」の主人に拾われた少年ヒースクリフ。屋敷の娘キャサリンと愛し合いながらも、身分の違いから結ばれず、ヒースクリフは復讐の念にとりつかれていく。

光文社古典新訳文庫　好評既刊

ガラスの鍵

ハメット
池田真紀子 訳

ハードボイルド小説を生み出した伝説の作家・ハメットの最高傑作であり、アメリカ文学史に屹立する不滅の名作。賭博師ボーモントが新たな解釈で甦る！（解説・諏訪部浩一）

武器よさらば（上・下）

ヘミングウェイ
金原瑞人 訳

第一次世界大戦の北イタリア戦線。負傷兵運搬の任務に志願したアメリカの青年フレデリック・ヘンリーは、看護婦のキャサリン・バークリと出会う。二人は深く愛し合っていくが…。

黒猫／モルグ街の殺人

ポー
小川高義 訳

推理小説が一般的になる半世紀前、不可能犯罪に挑戦する探偵・デュパンを世に出した「モルグ街の殺人」。現在もまだ色褪せない恐怖を描く「黒猫」。ポーの魅力が堪能出来る短編集。

梁塵秘抄

後白河法皇 編纂
川村湊 訳

歌の練習に明け暮れ、声を嗄らし喉を潰すこと、三度。サブカルが台頭した中世、聖俗一体の歌謡のエネルギーが、後白河法皇を熱狂させた。画期的新訳による中世流行歌一〇〇選！

歎異抄

唯円・著
親鸞・述
川村湊 訳

天災や戦乱の続く鎌倉初期の異常の世にあって、唯円は師が確信した「他力」の真意を庶民に伝えずにいられなかった。ライブ感あふれる関西弁で親鸞の肉声が蘇る画期的新訳！

光文社古典新訳文庫　好評既刊

故郷／阿Q正伝

魯迅
藤井省三 訳

定職も学もない男が、革命の噂に憧れを抱いた顚末を描く「阿Q正伝」など代表作十六篇。中国近代化へ向け、文学で革命を起こした魯迅の真の姿が浮かび上がる画期的新訳登場。

クリスマス・キャロル

ディケンズ
池央耿 訳

クリスマス・イヴ、守銭奴で有名なスクルージの前に、盟友だったマーリーの亡霊が現れる。マーリーの予言どおり、彼は辛い過去と対面、そして自分の未来を知ることになる―。

聊斎志異

蒲松齢
黒田真美子 訳

古来の民間伝承をもとに豊かな空想力と古典の教養を駆使し、仙女、女妖、幽霊や精霊、昆虫といった異能のものたちと人間との不思議な交わりを描いた怪異譚。43篇収録。

今昔物語集

作者未詳
大岡玲 訳

エロ、下卑た笑い、欲と邪心、悪行にスキャンダル……。平安時代末期の民衆や勃興する武士階級、人間味あふれる貴族や僧侶らの姿をリアルに描いた日本最大の仏教説話集。

ペスト

カミュ
中条省平 訳

オラン市に突如発生した死の伝染病ペスト。社会が混乱に陥るなか、リュー医師ら有志の市民は事態の収拾に奔走するが……。不条理下の人間の心理や行動を鋭く描いた長篇小説。